宫廷生存纪事

亭在山阳 著

国际文化出版公司
·北京·

目录

苦海滔滔
业孽自招

仙女不愧是仙女，看什么都脏。

第一章 摘星楼

月色如纱凉如水
幽蓝的火焰慢慢散去
像是虚妄的一场梦

（一）

璃国皇宫，摘星楼。

月明星稀，挂在檐角的铜铃发出“丁零丁零”的响声。宫殿最上方的夜明珠明亮皎皎，一如高月，照着此间雕梁画栋，富贵绝伦。

歌乐靡靡。

舞女洁白的玉足踏过光滑如镜的地面。

脚腕系着红纱，媚眼缠着钩子，一颦一笑似乎透着渗入骨的风情，非要勾得那高坐榻上之人跌落红尘。

不只是她。

宫殿里拿着拂尘静候一边的老太监额头发汗，偷偷看着榻上之人，磕磕绊绊开口：“陛……陛下，这是东洲送来的舞女，舞、舞艺独绝。”

大璃国如今的皇帝陛下倒是很给面子，靠在榻上，懒洋洋应了声：“嗯。”

声音压着，轻佻又慵懒。

他穿着华贵的雪袍，袖口和衣领处绣着黑色云纹，年仅十六，尚未及冠，素有“陵光珠玉”之称的容颜妖冶精致，唇色殷红，鼻梁高挺，诡艳又靡丽。

看着下面风情万种的舞女，楼观雪漫不经心道：“东洲来的？”

太监两股战战，颤声说：“对、对。”

楼观雪歪了下头，墨色的发拂过脸颊，眼神天真无辜：“孤听闻东洲女子好细腰，素以节食为趣，身轻如燕，可是真的？”

太监愣了愣，脸色发白：“好像是、是这样。”

此时笙歌已经停了，舞女娉娉婷婷作礼，随后跪在地上。

楼观雪轻笑一声，赤着足往下走，他很瘦，皮肤是病态的苍白，于是手腕、脚腕上的青色血管都隐约可见。

在他靠近的时候，舞女的身子都僵直了，一动不动。

关于这位暴君的传言顷刻浮现脑海，她吓得大脑一片空白，但想到太后娘娘的交代又马上冷静下来。

她是太后送来的人……没事的，没事的……

紧接着，她就听得上方那人用清冷的声线慢慢道：“此地高百尺，若真是轻如燕，你来给孤跳一曲《飞天》如何？”

太监脸色苍白，骤然抬头。

舞女也吓傻了，她仓皇地抬眸，绝色妩媚的脸上满是惶恐：“陛下。”

楼观雪唇噙笑意，却一句话没说。

这时狂风四起，摘星楼外忽然“哗啦啦”地飞进一群鸟雀来。它们身形小巧，青羽黄尾，绕着舞女周围转。

恍如百鸟朝凤一般壮观，在这寂静清冷的宫殿却显得格外诡异。

舞女还在愣神之际，忽然感觉发丝被鸟雀啄起，手腕上的红纱也被爪子钩牵，舞女骤然失声：“陛下！陛下！不，陛下！”

楼观雪往旁边扫了一眼，笑着说：“奏乐啊。”

被吓傻了的乐师们迅速回神，颤抖着手拨弄着琴弦，竖笛、箜篌清越动听。

那舞女已经疯了，往外跑，她跑到了外面的楼台之上，百尺高楼手可摘星，却没有设立围栏。

她骤然回头，脸色苍白如纸。那些盘旋上空的青鸟成了一张张长满獠牙的口，她往后一步，直坠而下。

“啊啊啊——”绝望的声音撕破寂夜。

可是鸟鸣声、丝竹声还在继续，她下坠的一幕，黑发四散，红衣如血，仿佛真的是表演了一舞“飞天”。

楼观雪慢条斯理地笑笑，然后对那个太监道："告诉太后，孤很满意。"

老太监已经被吓傻了，哆嗦着嘴唇，一句话都不敢说。

年轻的陛下无视众人，鸦羽般的睫毛垂下，似乎有些困了，他打了个哈欠道："按祖训，孤还要在这里待半个月是吧？希望明天过来的人，也这么有趣，都退下吧。"

老太监丧失了言语功能，恨不得赶紧逃离这个地方，颤声说："是，奴先退下了。"

原本歌乐靡靡的摘星楼瞬间寂静下来。

楼观雪淡了笑意，眉眼间寒霜般冷，他赤足往宫殿内走。

"死、死了？"现在就剩夏青一个人，哦不，一个"鬼"飘在殿内。

他人都是蒙的。

系统乖巧地说："对啊，死了。"

夏青半天才找回干涩的声音："他就这么无缘无故杀了一个人？"

系统道："对啊，楼观雪的人设可是暴君呢，杀人肯定是看心情的啦。"

夏青不知说什么好。

系统看出他脸色不好，急忙安慰："宿主不必心疼，这坠楼的舞女本就是恶人，以毁人容、剥人皮为趣，是太后专门送来的蛇蝎美人，也算是恶人自有天收。"

夏青还是没说话，他一来就看到一抹红衣坠楼，真是瞬间清醒。他压抑住内心的烦躁，道："所以你说带我攒功德，是在一个暴君身上攒？！"

"呃。"系统好像也发现了不对劲儿的地方，闭上了嘴。

夏青笑了："就这还攒功德？这不扣到下十八层地狱都是好的了吧。"

系统讪讪道："不至于，不至于。"

夏青嘲讽："帮我查查十八层地狱都有哪些套餐，我先做个准备。"

系统安慰他："宿主别气馁啊，我们慢慢来啊，你要知道，这个世界上万物皆可‘洗白’。”

夏青不作声。

系统再接再厉道：“反正楼观雪三个月后就要死了。到时候你占据这个身体，完成书本剧情，攒下的功德一定可以抵前面原主造的孽。”

夏青冷嘲热讽：“我看了不少穿书文，还真是第一次遇到穿书穿到原主死前三个月的。”

系统讪讪，不说话了。

夏青沉默片刻，无声地笑了下：“还有，你不觉得我拿着别人的身体攒功德复活，像个小偷吗？”

系统愣了愣，心虚地劝他：“这、这话也不能这么说。楼观雪杀人如麻、阴晴不定，你来接管他的身体是为民除害。”

夏青本来就异常沉重的心情现在更加沉重了，他摆摆手，懒得跟它理论。

过了片刻，他心里的烦躁随着风烟消云散，冷漠地说：“得了吧，我不要功德，你赶紧把我送回去。”

系统是个年仅一岁的小孩，把夏青弄过来就已经是精疲力竭，现在更是慌了，干巴巴地说：“可、可是宿主，你这来都来了，真的要放弃吗？”

夏青漠然看他：“是你强制把我拉进来的。”

系统更委屈了：“你真的不想复活吗？”

夏青看了系统一眼，清浅的瞳孔纯粹又干净，他朝系统一笑：“不想哦。我无父无母、无妻无子，遗嘱早就写好了，全捐福利院。你一开始找人就找错了，能不能别浪费时间，你赶紧去找另一个人走剧情，我也该干吗干吗去。”

系统崩溃：“可把你弄进来我就已经没能量了啊。”

夏青愣了愣，问道：“那你什么时候能恢复？”

系统快哭了：“可能，要半年吧。”

夏青呕血：“所以我要在这破地方当个半年的孤魂野鬼？”

系统：“嘤……”

夏青人已经麻木了。

系统暗自垂泪，内心委屈死了。

它只是个一岁的宝宝，为什么世界要对它那么残忍？

空寂的大殿地上还残留着零落的鸟羽。

系统抽抽搭搭的哭声更是显得可怜巴巴。

“对不起，呜呜呜，都是我的错，呜呜呜呜。”

夏青无语。

夏青本来就是个容易心软的性子，摆摆手，有气无力道：“算了算了，我不怪你，我就当异世半年游吧。”

系统外形是一团透明的幽火，哭的时候金豆豆是往下掉的，它瑟缩了一下，还是不死心地说：“宿主，你真的不考虑走剧情吗？”

夏青凶巴巴：“不考虑。”

系统恹恹道：“哦。”

可它怎么想怎么不甘心，心中劝自己，离楼观雪死还有三个月，说不定有一天夏青就动摇了呢。

系统又眼巴巴地说：“我时间剩得不多了，你想知道这个世界的设定吗？你看你这，来都来了嘛。”

它的声音实在是太卑微。

夏青感觉自己跟欺负小孩似的，心想：反正这半年就这样了，当听个故事吧。他随意道：“算了，你说吧。”

高楼上夜风凉得很，吹过来冻得系统瑟瑟发抖。它虽然是虚影，可是五感是存在的，晃了晃小火苗，奶声道：“这里好冷啊，我们、我们进去说。”

夏青扯了下嘴角，又看了眼舞女坠楼的地方，空旷寂寞只有来风。他闭眼甩了下头，拽着那团火往宫殿里面走。

里面是个光线很暗的寝室，不如外面大殿光华熠熠。

温暖典雅，这里焚着香，白烟袅袅地从博山炉中曳出，蜿蜒往上。

屏风八扇绘着墨梅，风雅无双。

刚刚才杀了人的暴君就坐在桌案前，青丝如瀑，白衣曳地，支颐懒洋洋翻着一本杂书。

烛火微微，照着他昳丽眉眼，光看他的样貌和气质，不知道的还以为是哪个光风霁月的世家公子。

夏青进来后，四顾看了一下，发现没位置，犹豫片刻，还是坐到了楼观雪的对面。

楼观雪虽然喜怒无常、杀人如麻，可是夏青又不是人。他对这个世界没有任何归属感，一进来就见死人，只觉得晦气直冲天灵盖。

系统对这个暴君感到害怕，这种害怕像是一种天生躲避危险的本能，它抖了抖，颤声说："宿主，我、我们换个地方行不行？"

夏青把它摁在桌上："你给我找个地方？还有，你怎么胆子那么小啊，他又看不见我们，坐着。"

系统火焰晃了晃，委委屈屈："哦。"

系统默默扭了个方向，屁股对着楼观雪，不去看那张脸心里才踏实很多。

夏青就全然没这顾虑了，他来到这个世界后，原样貌就变成了古代人，头发变长，一头乌发倾泻在桌上，因为乱糟糟没有打理，头顶翘出几根呆毛。

他趴在桌上，细白纤弱的手腕随意搭着，枕着手臂，像学生时代在教室睡觉一样。

他心情不好，打算睡觉，真希望闭眼睁眼就到了该去的地方，不用待在这封建王朝，敷衍道："行了，开始说吧。"

系统："哦，那我开始了啊。其实世界设定什么的都不重要，我也不太清楚。你只要知道这是一本狗血大成的女频文就行了。"

夏青闭着眼，嗤笑一声："哦，居然还是狗血文。"

系统没理他，继续道："你现在所在的璃国是天下第一大国。一年前先皇吞并梁国，将梁国皇室屠杀遍，只留下一个小皇子，也就是我们的主角——温皎。先皇留下他，是见他长得好，打算收来做奴隶，只是还没多久人就死了。然后新皇即位，新皇就是你对面这个。"

夏青听到这里，悄悄地抬头看了眼对面的人。

楼观雪自然是看不见他们的，手撑下巴看书，墨发四散。

灯火煌煌照在他白玉般的面容上，夏青看清楚了他眼皮处有一颗很淡的痣。

楼观雪不笑的时候，气质便如漱冰濯雪，他垂眸翻着书页，姿势散漫慵懒。

新皇。

暴君。

杀人狂。

夏青冷漠烦躁地在心里给他下了几个定义，又趴了回去，跟系统聊天："然后主角就黑化了？卧薪尝胆忍辱负重，三十年河东三十年河西，最后一朝得势逼宫，复国报仇，慰父母在天之灵？"

系统噎了噎："呃，这倒没有。你这是男频的套路，可是我不都敲重点了吗，这是本狗血大成的女频文，所以主角的人设……是个比较没心没肺的傻白甜。"说完，系统又干巴巴地解释说，"如果他不是这性子不可能有圆满结局啊。"

夏青就是敷衍它的，对主角的人设没有任何看法，他闭眼："哦。"

系统继续兴致勃勃道："主角是那种从小就娇生惯养的娇气包人设，被娇惯得已经丧失生活能力那种。他不想过苦日子，可是先皇死后，新帝根本想不起他，让他在宫中备受欺凌。于是主角在某一天洗衣服洗到手生冻疮哭得死去活来后，决定为了过好日子……讨好新帝。"

夏青差点被口水呛着。

楼观雪翻过了一页，书页翻动发出了轻微的响声。

夏青又看了他一眼，发现楼观雪在笑，很淡的笑意噙在嘴角，也不知道是看的什么书。

夏青想喊停了。

这故事也太憋屈了吧？！

但系统停不下来，越说越兴奋："主角历经千辛万苦，终于成功了，不过因为楼观雪性格变态，经常以折磨人为乐，主角很快就后悔了。按原文描述……”

什么玩意儿？！夏青憋住脏话：“闭嘴，我不想听这个。”

系统委屈巴巴：“我这不是讲具体点，想让你有点代入感嘛！”

夏青无语：“代入感，我代入谁？楼观雪？得了吧，我可没这变态癖好。”

系统略微思索：“或许你可以代入主角。”

呃……

啪！夏青待不下去了，一掌拍在了桌上，直起身子来。

他披头散发，浅褐色的瞳孔中全是怒火，看样子恨不得把系统掐死。

系统被他这凶神恶煞的样子吓到了，害怕地缩了缩身体，弱弱地说：“对不起，你别生气。要不，我不讲主角了，我给你讲讲其他人？”

夏青不耐烦道：“滚。”

系统开始卖萌，献宝似的：“哎呀，这个故事你没听到高潮不知道有多狗血，什么替身梗啊认错人梗啊都有。”

夏青凉凉道：“告诉我怎么让你闭嘴。”

系统无视他的话，兴高采烈地卖力推销：“而且这本书充满了当下流行的设定哎！故国隐忍坚定的忠诚将军，璃国神秘高冷的大祭司，都城吊儿郎当的风流纨绔，包括你对面的暴君，前期都眼高于顶，对主角的性格厌恶不屑，但是后面无一不真香，各种发疯求原谅，很爽的。”

夏青把它拽过来，试图找到它的嘴：“你嘴呢？我给它堵住。”

系统左右扭动，试图挣脱他的控制：“你干吗，怎么突然动手动脚的？！我这不是先给你透露一下未来的事嘛！”

夏青：“你就让我当个孤魂野鬼行不？”

系统是火焰形状，从他的指缝钻出一个小苗苗：“这是一本买股文啊，先知道结局，有助于你站队。你想知道你对面的暴君下场是怎样的吗？”

夏青翻个白眼：“不想。”

系统开始了跟他的拉锯战："我偷偷告诉你，楼观雪是后面陷得最深也是被虐得最惨的。不过活该，谁让他前期那么欺负主角。他最开始又残暴又变态，对主角各种凌辱，可真是气死人了。你难道一点不想看他追悔莫及的模样吗？"

夏青嗤笑一声："不想。还有，不是你的主角主动讨好的吗？就这全员恶人的剧情你可闭嘴吧，简直是在侮辱我的精神。哎，这是你的嘴吗？"

夏青终于在那团扭来扭去的火焰中央找到了个震动的细小按钮。

系统浑身一僵。

夏青伸出食指，指腹把那个地方堵住。

系统"唔唔唔"半天，说不出话来了，气得发抖。

"早点闭嘴还用受这罪？"夏青哼笑一声，吊儿郎当坐着，弹了一下系统的火苗头，"不融入这个世界就不会被气到，我对楼观雪的结局一点兴趣都没有。"

"可是我有兴趣啊。"

一声轻笑隔着桌子传来。

"嗯？"夏青疑道，"系统，你还能说话？"

系统："唔唔唔唔唔。"

夏青挑眉："不是你，那是——"

等等。

不是系统，那这就是……

瞬间万籁俱寂。

夏青身体僵直，手里挣扎的系统也一瞬间卡住了。

夏青维持着和系统拉扯的姿势，呆愣愣地抬头。

对面一直垂眸翻页的少年帝王终于放下了手里的书，抬头往这边望过来。

乌发如瀑，雪衣花颜。

楼观雪支颐的手落在桌上，轻点了一下，朝夏青勾唇微笑，声音变得多情缱绻，低语道："继续啊，让它说，我也想听我的结局。"

语调却很冷，淡得恍若能割碎琉璃月色。

（二）

夏青和系统均是一愣。

夏青吓得手一抖，松开了对系统的禁锢。

系统重新获得说话能力，却已经一句话也说不出来了，抖得厉害，钻进了夏青的袖子里。

楼观雪抬眸，懒懒看着对面的少年，不出意料对上一双瞪大震惊的瞳孔。少年的眼眸是浅褐色的，像块玛瑙，清澈泛光；眼尾稍圆，情绪都写在了脸上；头发乱糟糟的，穿着件宽大的灰袍，张嘴半天只结结巴巴说出来一句很低的粗话。

楼观雪能听见？能看见？他刚刚和系统都聊的啥来着？

稍微回忆对话内容，夏青就尴尬得恨不得地面出现条缝，让他钻进去。

智障系统，你害我不浅，我活着的时候都没这么尴尬过。

不过他很快就心思电转，反应过来。就凭他现在这副模样，该害怕不知所措的不该是楼观雪吗？

冷静下来后，夏青把钻他袖子里的尿货系统一把揪出来，搁在头顶上，幽幽的蓝火照耀下，少年清俊干净的脸也带了分阴森。

"你看得到我？"

楼观雪轻笑一下，没说话。

夏青阴恻恻看着他，而后模仿小说里常出现的"灰衣老者"桀桀怪笑两声，压低声音，佝偻着腰说："小东西，你居然能看到我。可真是初生牛犊不怕虎，你知道我是谁吗？"

什么？被迫待在他头顶的系统都蒙了，你谁啊？

楼观雪好整以暇看着他，笑容清雅温润。

夏青沙哑着声音，眼神怨毒："小东西，实话告诉你吧，你暴戾冷血杀人无数，要知道人在做天在看，天道轮回报应不爽。老夫就是被今日那冤死的舞女怨气吸引来的，也算是你的报应吧。”

楼观雪睫毛又密又长，眼形漂亮得很，安静地看着他时就显得很单纯又无辜。

啥？没反应？

夏青感觉自己的演技和身份遭受到了侮辱。

心一狠，他干脆抓了两下头发，乱糟糟的长发一下子披在前面。

头顶蓝色幽火，他双手撑到了桌子上，整个人模仿着贞子凑过去。

按道理来讲，这一幕是很恐怖的，幽蓝鬼火照映下少年的脸狰狞惨白，披头散发，俯身前探，真像是恶鬼索命。同时夏青不忘怪笑，拖着沙哑的声音说：“你不是想知道你的结局吗？那老夫心肠好，告诉你——你的结局就是今日被我——呃。”

声音卡住，夏青感觉被什么冰凉的东西抬起了下巴。

是一支白骨做成的浑身血光的骨笛。骨笛挑起他的下巴，尖端碰着他的喉咙压着喉结，寒意刺骨，夏青整个人都僵了。

拿着骨笛的手很好看，修长如玉，动作轻佻又优雅。

楼观雪靠近，身上是一种清凉奢靡的味道，一手拿笛，一手撑着脸，和夏青面对面，黑发流泻，脸贴得很近。他笑着：“被你如何？”

夏青怨毒狰狞的眼神都差点没绷住。

楼观雪心中恶意更甚，噙着笑，轻轻地吹了口气，将夏青面前的头发吹开，露出了一张僵硬发蒙的脸。

这一口气吹得夏青头皮发麻，整个人“哐当”一声从桌上摔了下去。

“宿主！”装死的系统终于找回了声音，惊恐地扑到他脸上，想去看他有没有事。

夏青头磕到地上，眼冒金星。他咬紧牙关撑着起身，不过还没等他去找楼观雪算账，那变态已经慢悠悠地站了起来，赤足走到了他面前，衣袍是鲛丝织就，外罩清寒白纱。楼观雪半蹲下身子来，忽然轻笑一声：“燕兰渝那个疯女人现在连邪祟都能请动了吗？”

夏青把头发扒开，冷冰冰和他四目相对。

楼观雪又恶声道："她知道招来的邪祟那么没用吗？"

夏青不作声。

系统看他要发飙，已经直接扑到了他的胸口："宿主冷静！宿主冷静！"

楼观雪倒是没跟他废话，幽黑的眸冷若薄冰，笑了笑。

"我猜燕兰渝也没那个本事。你是谁？"

夏青胸腔一口恶气，想也不想："我是你爹。"

但他这回反应特别快，知道楼观雪拿着的那根骨笛能对付他，说完话就抱"火"鼠窜，一飘就直接坐到了屏风上方，朝下面翻白眼。

楼观雪神色冷淡，立在原地抬头。

夏青居高临下，得意道："傻了吧。你是人我是鬼，虽然我碰不到你，但你也别想威胁我。"他想了想，又恶狠狠地说，"告诉你，我就是你作恶多端的报应。你杀了那么多人，活该被恶鬼缠身，这半年你都别想摆脱我！"

楼观雪听完之后脸上缓缓浮现出一丝笑意来，没有愤怒、讽刺、兴味。

干净单纯，就是一个十六岁少年纯粹而清澈的微笑。

他眼神无辜，轻声重复："恶鬼缠身？"

"没错。""恶鬼"夏青瞬间又找回反派的自我修养，阴恻恻一笑，为了不让自己的酒窝露出来，他表情控制得非常扭曲，"从今日开始，我将日日夜夜待在你身边，吸食你的阳气，让你活活病死。"

楼观雪没有说话。

夏青以为他怕了，天才如他高深莫测地加上一句："当然了，也不是完全没有办法，你也可以救你自己。"

只要以后别杀人多做好事就行。

但话点到即止，他很有高人风范地停住了，眼巴巴等着楼观雪问"怎么救"。

然而这位少年帝王根本不按常理出牌，楼观雪嗤笑一声，再没理他。

夏青脸上写满问号，心想：我一个恶鬼在你房里你能不能尊重我一下？

少年修长如玉的手褪下外衣，解开腰带，将乌缎般的黑发随意撩至耳后。夏青坐在屏风上能看到楼观雪的锁骨，像一道玉色的弧，漂亮得惊人。

但他并不能欣赏这种美。

夏青忍气吞声："你听懂我的意思了吗？"

楼观雪漫不经心道："嗯。"

夏青暴怒："那你在干什么？"

楼观雪抬眸淡淡地看了他一眼，理所当然地说："脱衣服睡觉啊。"

夏青人都惊了："你现在被恶鬼缠身马上会死你知道吗？"

楼观雪认真想了想，漂亮的桃花眼带着笑意看向他："知道，所以我睡觉时你也要缠着我吗？"

夏青一口气憋在喉咙，怒吼："我缠个屁！你做梦！"

夏青暗想：系统，你真的害我不浅！

感受到宿主的低气压，系统在他手里恨不得原地晕倒。

楼观雪穿着雪白的寝衣，黑发及腰，赤着脚往床边走。

夏青看着他就来气，转身就想跳窗离开，天地高远，任爷潇洒。

然而却被系统扯住了衣角，系统壮着胆小声提醒道："这……宿主，现在你的魂魄是绑定楼观雪的，根本不能离开他百米之外。"

夏青冷冷地看着它，想把这团干啥啥不行坑他第一名的火活生生掐死。

系统看出他的意图，一溜烟，跑了。

夏青没去追，从屏风上飘下来，坐到了案边。

屋内点着熏香，明火熹微。

实际上他对楼观雪也没啥恨或者讨厌，最多就是装神弄鬼失败有些恼羞成怒，但一想是自己和系统当着人家的面说坏话在先，又没啥理由气了，只能憋着。

夏青觉得自己得和他聊一聊："喂，你站住。"

楼观雪理都没理他。

夏青烦躁地拽了下自己乱七八糟的头发，说："我不骗你了，我们好好聊聊。"

楼观雪冷漠地说："我不想跟你聊。"

夏青一愣："你就不好奇我们刚刚说的那些话吗？"

楼观雪微笑，天真单纯："说实话，不好奇。"

夏青人都惊了。

这这这和他想象的不太一样。

楼观雪似乎也懒得跟他解释，白皙的手指拨弄了下床头的灯，待室内一暗，便垂下鸦羽般的睫毛，似乎是真的困了，躺到床上闭眼而眠。

夏青沉默地坐在桌案边仔仔细细回忆了一遍他和楼观雪的对话，终于摸出了一点逻辑，所以——在用骨笛试探出他的存在没有危险后，楼观雪就直接无视他了？哪怕前面系统神神道道说了一堆堪称天机的话，甚至牵扯楼观雪自己的结局，他也没什么兴趣？

绝了。

夏青没忍住，飘过去，看着渺茫月色中睡容冷漠的人，小声问："虽然我前面装神弄鬼，但是系统说的是真的，算得上是未来的玄机，你真的不想知道吗？"

这"鬼"倒是挺有趣的。

楼观雪缓缓睁开眼，幽黑的眸子掠过一丝深沉的杀戮血色，藏在深处，他笑道："我若好奇，你会说吗？"

夏青卡壳。

心里隐隐有不好的预感——他这是被欲擒故纵了？被下套了？

楼观雪一眼就能看出他的想法，意味不明地笑了一下，从枕边拿出了那支骨笛，轻轻地拍了拍夏青的脸，声音冷淡："千机楼每年都会替我占卜一卦。火烧、溺亡、千刀万剐，死法每年都不相同……反正终有一死，有何值得好奇的？"

夏青被那支笛子打蒙了，下意识开口："话不是那么说，若是知道未来的事，你……”或许可以避开死亡。

楼观雪要笑不笑，声音很轻，带着股勾人劲：“那你信不信，我明天把温皎杀了，你们预言的未来便没了。”

夏青茫然。

（三）

夏青跑了出去，一把揪出躲在红柱后面的系统，开门见山：“现在我要听楼观雪的结局！快，你现在就跟我讲清楚！”

系统瞬间明亮起来，兴奋道：“宿主，你改变主意了？”

“不。”夏青脸色狰狞，说，“我就是想知道这人现在狂成这样，以后什么下场。”

系统接不上话。

两人席地而坐。

系统幽蓝的火焰随着夜风左右摇晃，它认真地想了想，说：“宿主，你知道为什么我们要选人来代替楼观雪吗？”

夏青想也不想：“怕他把你们的主角杀了？”

系统心虚结巴：“他也、也没那么可怕吧。”

系统说：“楼观雪后期必须被主角感化，为了救他掏心而死。可原身性情诡谲，变数太大，于是我们就想拉一个可靠的人代替他来走剧情。”

“被拉来的可靠的人”夏青凉凉道：“哦，幸好我没答应你。”

系统更心虚地说：“其实后期的剧情挺好走的。对了，温皎的身份我没说全，他除了是梁国的小皇子，还是个纯鲛。”

夏青一愣：“纯鲛？”

系统点头：“嗯。在当世纯鲛可是无价之宝，貌美体弱、泣泪成珠，权贵皆以家养纯鲛为荣。温皎的娘就是当初梁国国王割城十座换来的绝色鲛人。不过鲛人与人生下的子嗣，一般都血统杂乱，大多是人，所以没人知道温皎纯鲛的这一重身份。

“他现在十六岁，很快就要分化出尾巴了。在原书里，温皎的第一次分化，就在楼观雪面前。”

夏青有些无语了。

系统：“楼观雪觉得有趣，把温皎关了起来，百般虐待。然后有一天，经世殿的大祭司无意间看到了温皎，心生怜惜，开始暗中策划带他出宫。当然楼观雪也不是吃素的，各种阻拦，最后温皎慌不择路跌下山崖，被一个都城世家子弟所救，因为酷似他娘的长相而被拐走。”

夏青：“……行了。”

系统沉浸在自己的世界里：“狗血为主。所以后期楼观雪的戏份就是不断黑化搞事情，很简单的，你都不心动吗？”

夏青靠着偌大的宫柱，是真的有些困了，闭上眼后就少了很多针锋相对的戾气，干巴巴地道：“不心动啊。”

系统期待的火焰瞬间暗淡，丧气地说：“好吧。”

它身上的火焰肉眼可见地变虚。

“那宿主，这段时间你先自己照顾自己，我回去休息补充能源了。”

夏青困得不行：“你去吧。”

居然都没有一句舍不得！系统委屈巴巴：“哦。”

风卷起檐角丁零响的铜铃。

月色如纱凉如水，幽蓝的火焰慢慢散去，像是虚妄的一场梦。

夏青一个“孤魂野鬼”，开始了和楼观雪互不打扰的同居生活。

这座宫殿叫摘星楼，取自“手可摘星辰”之意，百尺高楼，上可俯瞰整个皇城。现在是三月初，每年的这个时候，楼观雪就需要在摘星楼顶层待上半个月，不得外出一步。

太后担忧他寂寞，便常常塞人过来。

不过除却最开始的那个舞女，夏青再没见楼观雪杀过人。

他慢慢地也察觉到了，楼观雪对杀人并没有瘾，甚至有洁癖，极其厌恶鲜血。

摘星楼的晚上总是很热闹，笙歌曼舞。

而高榻上的年轻新帝垂眸看着他们，永远无悲无喜。

夏青却是飘在梁上，看得很起劲儿，他嗑着瓜子，看到精彩处还会鼓掌。

每到这时，楼观雪就会冷冷看他一眼。

当然夏青不会理。

除去例行享受太后的"关怀"，时不时发疯，其余时间楼观雪都很安静。

安静地看书，安静地作画，安静地站在摘星楼顶，一动不动看着对面的浮屠塔。

浮屠塔。

越过漫漫的潇湘竹林，正对面是一座佛塔，高九层，紫气东来，琉璃作瓦，神秘肃穆。

某一日，楼观雪突然说："你猜那座塔是用来干什么的？"

夏青左右四顾，确定殿里只有他一个人后，才慢吞吞地开口："问我吗？猜不出来。"

楼观雪笑笑："你不是能预知天命，这都不知道？"

夏青："……你是不是有病？"

楼观雪修长的手指点着栏杆，落在眼皮上的痣温柔缱绻："是啊，病入膏肓。这点你倒是猜出来了。"

夏青来了这个世界后便觉得自己超然物外，端着高人风范，没理他的嘲讽："你少发点疯，少杀点人，可能这病还有得救。"

楼观雪没搭理这话，下巴扬了扬，对着那座浮屠塔说："那里面镇着大妖。"

夏青一愣："真的？"

楼观雪："我骗你干什么。"

夏青心道，我们的关系也不是很熟吧，可他还是没忍住好奇，问："是什么妖啊？"

楼观雪唇角扬起："一出即祸国，让天下大乱的妖。"

那么可怕？夏青嘀咕："那可得好好压着了。"

楼观雪忽然又用一种非常平淡的语气道："你叫什么名字？"

聊天聊得正和平呢，夏青下意识道："夏青。"说完他就卡壳，偏头恶狠狠瞪过去，"你诈我？"

楼观雪弯了下眼说："礼尚往来，我也告诉你我的名字？"

夏青嫌弃地说："我早就知道了。"

楼观雪闻言轻轻一笑，问道："你身边那团火呢？"

夏青不惜以最大恶意开口："泄露天机，被天道抹杀了。"

楼观雪："哦。"

夏青略有疑惑："你今天怎么那么好说话了？"

第一晚含枪带棒差点把他活活噎死。

楼观雪颜若珠玉，退去了那种阴沉慵懒的邪气，干净通透得像块琉璃，笑了笑道："太寂寞了吧。"

"啥？"夏青一愣，"每天那么多人凑到你面前，还寂寞？"

楼观雪道："对于我来说，那些人都很危险。"

夏青愣了愣。

楼观雪皮肤苍白，唇角有种说不明的脆弱，薄唇轻启道："那个女人想杀了我。"

夏青小心翼翼："……太后？"

"嗯。"楼观雪点头，"我不是她亲生的。先皇子嗣稀少，皇权倾轧，兄弟阋墙，最后只剩下我一人，才顺理成章即位。而我身子不好，由太后代理朝政。"

夏青疑惑地看着他。

楼观雪眼神落到前方某个点，带了深深的疲惫，随后笑了下："如今她兄长摄政王的孩子也长大了，她打算除掉我了。"

夏青悄悄地打量着楼观雪，不得不说楼观雪现在这脆弱的表象……挺能忽悠人的。

"你怎么突然跟我说这些？"

楼观雪歪头微笑："因为只能跟你说了啊。"

夏青：骗鬼呢。

哦，他在这里和“鬼”也没什么区别。

虽然搞不懂楼观雪的意思，但夏青无忧无虑没有任何红尘羁绊，倒也不是很怕他。

上次交流过后，他们之间僵硬的关系也有所缓解。

楼观雪一个人看书时，偶尔也会和他交谈几句。

在看到“鲛人”一词时，夏青想到系统走前的话，没忍住，多嘴问了两句：“鲛人真的都很擅长蛊惑人吗？”

楼观雪想了想，低笑一声，语气很淡：“或许吧。”

夏青在翻一本《东洲杂谈》，其中记载了鲛人从现世到被捕捞的历史。

鲛人曾经只是存在于传说中的种族，世代活在广袤遥远的通天之海的尽头，是传说中最接近“神”的存在。编写民间怪志的人都下意识认为，这“神”是“真龙”。璃国先祖为求长生不老，觊觎龙肉，集结人间道士，出海远征，闯入了鲛人居所。

过程记载不详，结局却很清楚。

先祖并没有获得长生，相反归来便暴毙。

璃国大祭司认为这都是鲛人所害，妖异之族煞气过重，于是立下令法，将鲛人一族归于“奴籍”之下，成为最低下的存在，从此男为奴、女为妓，世代如畜。

为了防止鲛人逃叛归乡，大祭司甚至在通天之海上设了一堵“墙”。

墙一立便是数百年。

百年里沧海桑田巨变，纯鲛越来越少，杂鲛却越来越多。鲛人一族的纯杂是靠后天觉醒的血脉分的，与生父生母无关。

夏青心想，璃国真就是个强盗国。

楼观雪道：“你在看什么？”

夏青摇头，敷衍道：“没什么。”可这个世界的背景就是这样啊，人族对鲛人族凌辱践踏，对同族也毫不留情，灭国屠城株连九族是常有的事，天子一怒，血流漂杵。

楼观雪没由他敷衍，伸出修长的手指从他那里把《东洲杂谈》抢了过来。

夏青选择无视，去翻另一本书。

楼观雪却不放过他："你对这些感兴趣？"

（四）

夏青莫名其妙地瞪他一眼。

楼观雪闷声笑了下，忽然手指点了下桌，转移话题问道："今日是何日？"

夏青："三月四。"

楼观雪意料之中点头，淡淡"嗯"了声，又偏头透过窗，望向那座传言里镇压妖魔的浮屠塔，说："那明天就是三月五了。"

夏青翻个白眼："你这不是废话吗？"

楼观雪说："你知道三月五是什么日子吗？"

夏青爹毛："你到底有多瞧不起我，不就是个惊蛰吗！二十四节气我八岁就会背了！"

楼观雪笑道："哦，真厉害。"

夏青被他一夸又要气死了，冷冰冰道："怎么，难不成明天还是你生日？"

楼观雪摇头："不是，但明天也是个重要的日子。"

夏青："什么？"

楼观雪轻声笑问："我有一个问题，你们'恶鬼'除了霸占着别人宫殿吸食阳气外，都没有别的想法吗？"

话说得好像夏青是个"恶鬼之耻"一样。

夏青才不上他这激将法的当："想法多得是，不想在你身上用罢了。"

楼观雪点头："哦，原来是我没这个荣幸。"

夏青狐疑地看他一眼："你到底想要干什么？"

楼观雪白袍胜雪，黑发流泻，一笑眉眼就格外生动艳丽："不干什么，就是对你很好奇。”

夏青嘲讽：“你的好奇心可真是和常人不同。”

楼观雪慢慢说：“我以为你对鲛人感兴趣，想叫你明天亲眼看看的。”

夏青愣住，蹙眉：“亲眼看看？”

楼观雪的眼睛很好看，一弯，黑的纯粹白的也纯粹：“嗯，亲眼看看，也可以亲自触摸。”

夏青翻白眼：“我碰不到活物。”

楼观雪：“但是我可以。”

夏青的脑子瞬间卡住，火花闪电焚烧理智，僵硬抬头，眼瞳微瞪看着他。

烛火映着屏风上绘画的梅花，楼观雪在白梅之下，笑容温雅，如芝兰玉树。

“你什么意思？”夏青半天才找到自己的话。

楼观雪从容地说：“我这几日查找到一种方法，可以叫你上我的身。”

夏青人都傻了，磕磕巴巴：“你疯了吗？”

从没见过求着“鬼”上身的。

他无语凝噎，满腹疑问——这人行事也太不按常理出牌了。

夏青的思绪基本写在脸上。

楼观雪了然道：“你也没必要多想，你无牵无挂，我图不了你什么的。”

夏青慢吞吞看了他一眼：“那可说不准。”

他心里总觉得不对劲儿，就像对危险的直觉。夏青从小到大情欲淡薄，但直觉天生准得很。虽然这几日楼观雪在他面前温温柔柔，既是坦白心事又是面露脆弱的，可是他从来就没真相信过楼观雪，也没真同情过楼观雪。

楼观雪盯了他几秒，随后笑笑说：“哦，那算了吧。”

三月五，启蛰日。春雷响，万物长。

夏青来到这里后困于楼观雪身边，从来没踏出过摘星楼。

这一日黑云重重，笼罩着九重宫阙。

隔着十里湘妃竹林，那座浮屠塔今日呈现出一种诡谲的血气来，红雾蒙蒙，把象征吉兆的紫气淹没，邪得很。

楼观雪换了身洁白的衣袍，精神似乎有些不佳。

夏青在顶楼露台上，盘腿坐着，震惊地看着那浮屠塔血光冲天。

他好奇地问："这是大妖要出来了？"

楼观雪倚着偌大的红柱，乌发如缎，衣袍宽大，殷红的漆衬得他面色更为苍白，有一种诡异的冷意："没有，出不来的。"

夏青："那这是怎么回事？"

楼观雪笑："惊蛰万物生，除却虫兽，妖邪也蠢蠢欲动。"

夏青长见识了。

楼观雪又道："我昨日吩咐下去，他们今晚应该会送一群鲛人上来。"

夏青愣住，视线收回"唰"地转头，对上楼观雪带了点浅薄笑意的眼眸。

"让你见见活鲛人。"楼观雪顿住，想了下又补充道，"不摸也可以。"

夏青哑然，一时间不知道说什么了。

楼观雪还真的说到做到。

夜晚的时候，夏青见了一屋子的鲛人，都不是纯鲛，却也是万中无一的样貌。

鲛族有个很明显的特征是耳朵，尖尖的，耳垂耳郭的皮肤很薄，晶莹透明得像块玉。鲛人有男有女，十五六岁的年龄，穿着做工复杂的华丽红衣，手和脚都又细又白，仿佛轻轻一折就能断。

他们整整齐齐跪在大殿中间，局促不安，呼吸都放得很轻。

夏青第一次见到鲛人，忍不住多看了几眼，眼尖地发现每个鲛人脖子上都挂了个细小的牌子，上面写着名字，就跟货物一样。

"陛下，您看这些够不够？"

还是那个老太监，忍着恐惧，毕恭毕敬地问道。

楼观雪坐在榻上，淡淡勾唇，没有说话，视线却是越过乌泱泱众人看向夏青。

夏青被他看得头皮发麻。

楼观雪动了下唇，无声说：过来。

这场景实在是太过诡异了。

摘星楼外春雷隐隐，蛰伏在黑紫乌云里，闷热又潮湿。

犹豫了一会儿，夏青还是飘了过去，飘到了楼观雪旁边，一脸“你干什么”的不耐烦。

楼观雪手指执起一只金樽，抬袖借着喝酒的工夫，压低声音笑道：“叫你过来看清楚点。”

夏青冷冰冰道：“都说了，我不感兴趣。”

楼观雪：“你会感兴趣的。”

夏青心生不祥的预感。

果然下一秒，这个预感就成了真。

楼观雪继续用那种慢条斯理的声音问他：“夏青，你猜引恶鬼上身要怎么弄？”

夏青的表情僵硬，直直地盯着他，嘴里的脏话差点骂出来。

楼观雪唇角一扬：“书中说用血祭。”

夏青大脑瞬间被点炸，暴躁道：“我不想上你的身！我再说一遍，我不想上你的身！楼观雪，你有完没完？！放了他们！”

楼观雪靠着床榻，别过头闷声一笑，似乎是听到了什么很好玩的笑话。

他这一笑，跪满整殿的鲛人瞬间面无血色。

夏青也是气得发蒙。

这个疯子，这个变态。

楼观雪将杯中酒饮尽，放在一旁对老太监说：“把孤前些日子得来的那只雪狼带上来。”

老太监脸皮子堆出笑意：“遵命。”

夏青咬牙切齿：“楼观雪！”

咚！

楼观雪面无表情，突然发作，把手中的杯盏扔了出去——

直直擦过跪在最前方红衣鲛人的眉心。

金樽脚锋利冰冷，瞬间划出一条血痕来。

酒盏滚落地上发出极响的声音，刺得所有人头皮发麻。

那个鲛人瑟缩一下，鲜血流满了脸，被驯化得极为乖顺的眼眸不染纤尘，惊惶又害怕。

夏青也被搞愣住了，到嘴边的话也说不出来。

楼观雪垂眸，对上那个鲛人的眼，唇角极缓、极慢地浮现出一丝笑意来。

“传闻里，鲛人一族曾是海洋霸主，生性暴戾，纵横大海，以雪狼为食。恰好前些日子孤得到一只雪狼，今夜赏给你们，莫要让孤失望啊。”

海洋霸主，纵横大海。

他说这段话的时候，语气带笑，听不出情绪。

这时老太监已经招呼着几个带刀侍卫扛着一个三米高的大笼子走了进来。

黑色铁笼里关着一匹雪狼，毛发上全是血和污秽，身躯庞大如一座小山。雪狼现在处于凶残狂暴的状态，喉咙里发出呜呜低吼，獠牙撕咬着栏杆，兽眼一片血红，充斥着饥饿、贪婪和杀戮欲，仿佛只要一开笼子，这头狼就能冲出来活活将人撕碎。

老太监笑得褶子堆叠，讨好地说：“陛下，按您的吩咐这狼已经饿了足足十天。”

楼观雪颔首，淡淡道：“嗯，把笼子打开。”

老太监再次谄媚点头。

夏青冷着脸抿唇站在一边，上次他过来只看到舞女跳楼的一幕，没有看前面发生的事。现在身临其境，除却血液冰冷，就是从骨子里、灵魂里涌出来的厌恶。

兽笼打开的瞬间，雪狼猛地往外冲，眼睛滴血般贪婪地看着外面跪满地的鲛人。只是它脖子上捆着一根链子，喘着粗气，磨牙吮血，怎么也出不了笼，困兽挣扎，在原地暴躁抓地。

跪在地上的一群鲛人察觉到危险，脸色苍白如纸，瑟缩在一起，连求救声都发不出。

以前，每个鲛人的长大，都是从被父母放入雪狼山洞开始的，从幼鲛厮杀成野兽，活着才有资格回大海。

而现在，猎人成了猎物。

被驯化得连本能都忘了。

老太监颤抖着回身，小声问："陛下，您看这……"

楼观雪伸出手，懒懒道："弓箭拿来。"

老太监："好嘞。"

夏青本来为鲛人们急得要死，现在只剩压抑怒火："楼观雪，你还嫌自己作恶不够多吗？你这样子真的要下十八层地狱的！"

楼观雪也不管殿内的其他人，慢悠悠道："是吗？"

夏青心里全是脏话，只能尽自己所能，跑到那个笼子边，因为手根本触摸不到活物，他就去扯那条链子，想把雪狼拉住。

谁料另一边，楼观雪已经接过太监递过来的弓，从高榻上走了下来。

赤足踩过台阶，衣袍雪白。

巨大的黑笼，发狂的雪狼，鲛人们瑟瑟发抖。

殿中央站立的新帝，身姿挺拔，清雅如修竹，举弓的动作却如血海罗刹。

第一箭。

楼观雪唇噙笑意，举弓对准那被他所伤的红衣鲛人。

谁料最后出箭的时刻却偏移了，射到了铁链处。

满殿都吓傻了，动都不敢动。老太监更是战战兢兢，一头雾水——璃国谁人不知道陛下射术高超，箭不虚发，百步穿杨，这……是？

旁人看不见，他那一箭穿过了夏青的手。

夏青压抑的怒火顷刻灼烧理智，猛地抬头，浅褐色眼中火气亮得仿佛能灼烧灵魂。

楼观雪恍如未见，接过三支箭矢，重新上弓，眯起眼。

这次冰冷的箭端对着一个惶恐含泪的小鲛人。

“唔呃唔唔……”小鲛人面色苍白地摇头，似乎是想求饶，可是发出来的只有沙哑破碎的含糊音节。眼泪啪嗒落下，他太小了，不知道该怎么办。

而望进那雪衣人的眼眸，他发现除了恐惧之外居然还有一种深入血液、灵魂的敬畏，以及……近乎虔诚的依赖。

外面乌云越挤越重，偶尔有闪电劈开天际，银蛇般照破黑天。

然而惊蛰夜那道蠢蠢欲动的雷还是没响起。

夏青现在是魂体，他能触物，可是别人用外物却伤不了他，箭就射在他脚边。

他都不知道自己现在为什么要面临这种局面。

所以，楼观雪，这一晚在干什么呢？

——“我以为你对鲛人感兴趣，想叫你明天亲眼看看的。”

——“夏青，你猜引恶鬼上身要怎么弄？”

楼观雪修长的手指缓缓拉弓。

夏青愣住，心里忽然掠过一个念头……他是可以救那个小鲛人的。

夏青怔怔地看着殿中央那个雪衣黑发的少年。

是啊，他可以救下这个鲛人的，甚至救下这一殿的所有人。

只要他……只要他……

弓越拉越满。

雪狼已经被饥饿冲昏了头，庞大的身躯开始疯狂拉扯铁链。

楼观雪神色冷淡，一如高坐九天之上的神明，雪衣绝尘，面无表情。

箭在弦上，千钧一发。最后一刻——

“住手！”

夏青咬紧牙关，再也忍不住了。

他跑过大殿，胸腔是蓬勃的怒火，眼神好像恨不得把楼观雪挫骨扬灰，整个人扑上去，直接去抓楼观雪挽弓的手。

夏青已经气得神志不清了，可这一次他的手却没有穿过楼观雪的躯体，他抓住了触感冰凉的手腕。

“你！”

在夏青猛然抬头错愕的关口，楼观雪已经笑起来了。

下一秒，夏青感觉天旋地转，自己被什么东西往前吸。入体的瞬间，像是硬生生撞在地上。

四肢百骸的痛苦袭击入脑，撕裂灵魂，如影随形，仿佛已经伴随了这具身体好多年。

太痛了。

痛得夏青手臂脱力，弓箭直接掉在地上。

他神情扭曲，半跪下来。

“陛、陛下？！”老太监都顾不得看戏了，惊慌地喊出声。

人群涌动，各种惊呼入耳，嘈杂不堪。

夏青痛得眼睛充血，半跪地上只能看到一角缥缈雪白的衣袍。

是楼观雪以魂体状态站在旁边，唇角噙笑，垂眸看着他。

“陛下——陛下——”

夏青目眦欲裂，大脑像是要炸开，却还是知道自己要做什么，厉声说：“带他下去医治！”

“什、什么？”

太监吓得屁滚尿流。

夏青伸出手，指着那群惊恐失声的鲛人，颤声道：“把他们都放了，然后滚！都给我滚！”

楼观雪平日在璃国积威久矣，太监得到他的命令，马不停蹄去招呼人。

顷刻之间宫殿内乱成一锅粥。

有雪狼的怒吼，有鲛人的哭泣，有太监尖声的吩咐和侍卫们各种慌乱的步伐。

好痛啊，太痛了。所以，楼观雪这具身体一直以来都是这样的吗？

病入膏肓。

真是病入膏肓。

汗水流入眼睛，不知道有没有痛出眼泪。

夏青跪坐地上，双手撑着身体。

耳边乱糟糟，他什么都听不清。

罡风带着微凉的雨丝，贴着地面吹过来，檐角的青铜铃不断作响，丁零零、丁零零。

与此同时，夏青听到了楼观雪低低的笑声。

冰冷遥远，诡异疯狂。

轰隆！摘星楼外春雷乍动！

埋伏很久、藏在黑云深处的惊蛰那道雷终于落下。

很闷却很响。

万物冬眠醒来，百虫相继出土。

天上淅淅沥沥下起了大雨，仿佛要洗刷所有的闷热、躁郁。

夏青痛得蜷曲身体。

视线迷离中仿佛见浮屠塔红光大盛，照得十里竹林恍如妖邪之境。

（五）

后半夜外面的雨越下越大，淅淅沥沥，落入十里竹林，敲打着簌簌浮动的叶子。

摘星楼檐角的青铜铃响个不停。

宫殿里很快就只剩下夏青一个人。

夏青终于从那种经脉灼烧、根骨重塑般的痛苦中缓过神。他脸色苍白如纸，跪坐在殿中央，黑发乱七八糟糊在脸上，狼狈不堪。

楼观雪就在一旁安安静静看着，意味不明地笑着说："我还从来没见过自己这么狼狈的样子呢。"

夏青只想杀了他，眼眸充血，字字咬牙切齿，声音嘶哑："楼观雪，你是不是有病？非逼我上你的身。"

楼观雪垂眸视下："不是你自愿的吗？"

夏青死死瞪着他。

楼观雪也在看他，视线穿过虚假皮囊，直视他的灵魂。漆黑眸光藏不住锋利和冷意，如刀刃，寸寸能在神魂上刻下伤痕。

楼观雪漫不经心地说："我没怪你强占我的身体，你怎么反而倒打一耙？"

他俯身，压低声音轻笑道："夏青，你利用我成全了自己的善良和正义，你怎么好意思怪我呢？"

夏青别过头，已经不想理这个疯子了："滚！"

他闷哼一声，手捂住胸口，跌跌撞撞起身，气得发抖："行，我算是看出来了，你活着就是个祸害。那么想引恶鬼上身？好啊，我就让你看看被附身的下场。"

他要跳楼！

他要让这个变态死！

夏青咽下喉咙间腥甜的血，赤着脚往外走。摘星楼露台上凄风苦雨，吹得他黑发猎猎，宽大的白袖似流风回雪。

楼观雪在后面笑了好久。

夏青已经爬到了栏杆上，想站高点摔得更惨一点。

"我没打算杀那个鲛人。"笑够了，楼观雪才在他身后开口说，"我们可以聊聊。"

夏青拿他之前的话堵他，讥讽道："我不想跟你聊。"

楼观雪："可是我想和你聊。"

夏青磨牙。

他是真的打算跳下去的，但爬到围栏上一看百尺高楼，又忍不住生了点胆怯。

浮屠塔红光大盛，视线往下，是一片妖异的竹林。

楼观雪已经到了他的旁边，魂体状态让那种苍白病弱更鲜明，楼观雪慢条斯理道："你跳下去，我不会死，相反我若出事，会有很多人因此遭殃。"

夏青瞪了他一眼，心里却明白，或许他说的"不会死"是真的，光是这个浮屠塔的设定就已经很诡异了，更何况这具身体如今还承受着断骨般的折磨。

夏青心力交瘁，对于楼观雪，道不同不相为谋，没话可说，想骂的只有系统。

楼观雪微微一笑，声音非常温柔地陈述："到我身边，很少有人能无牵无挂当个局外人看戏的。"

夏青憋着气，冷冷地看他。

楼观雪不再刺激他，轻声道："其实我们完全可以和平共处。"

夏青忍无可忍："你别跟我说，你今晚做的这一切就是为了好玩。"

楼观雪唇角又浮现出那种单纯的笑来，天真无辜："好玩，是好玩啊。"

……

在夏青身体已经往外探出一半时，楼观雪才笑着开口补充道："但又不全是。"

夏青抓着围栏，回头冷冰冰道："是为什么？"

楼观雪想了想，说："我怕痛。"

夏青气得牙关都在颤抖："你叫我上身是因为怕痛？"

"嗯。"楼观雪没否认，下巴微扬，看着对面那座妖气十足的九层佛塔，语气淡淡。

"每年的三月初惊蛰始，佛塔里的大妖就会蠢蠢欲动，需要璃国皇族在摘星楼承受暴乱的妖气安抚它。妖气一年比一年重，去年我痛得死去活来，今年不想试了。"

夏青难以置信地转头，开口："所以你就拉我垫背？"

楼观雪想了想，认真说："我以为你是体会不到那种痛的，没想到……抱歉。"

夏青真是无语至极。

楼观雪又笑："你不冷吗？进去说吧。既然得了我的命令，他们会救活那个鲛人的，别担心。"

夏青现在看楼观雪像看一个人格分裂的人。

不过要他跳楼确实也是跳不下去，他沉默片刻，从围栏上爬下来，对上楼观雪望过来的眼眸，别扭地问："我现在用的是你的身体，你看着我不觉得奇怪吗？"

楼观雪笑了下："我看的当然不是自己。"

夏青："什么？"

楼观雪说："我看的是你。"

夏青愣了片刻："你能直接看到我的灵魂？"

楼观雪："嗯。"

夏青：绝了。

夏青现在心情非常糟糕，在露台上吹了风又淋了雨，本就病弱憔悴的身体更难受了，打了个喷嚏，眼眶微红，心里憋着脏话，像个被逼无奈的好人。

他获得了身体浑身不自在，楼观雪离开了自己的身体却是从容不迫。

寝宫内烛火明亮，温暖舒适。

夏青把头发扎起，楼观雪的发质非常好，指尖一触冰凉，像是黑色的水。

他太冷了，也不知道楼观雪平日是怎么忍受这种痛和寒意的，反正夏青在这身体里待一秒就受罪一秒。

裹了块毯子，把自己包成粽子，夏青才闷声开口："我不想和你和平共处，你快把我放出来。"

楼观雪："你不是要攒功德吗？"

夏青卡住，僵硬地抬头。

楼观雪说："我们互帮互助如何？反正你已经被我拉下红尘，当不成局外人了。"

夏青盯着他，瞳孔微缩，声音沙哑道："我和系统的对话你听到了多少？"

楼观雪歪了下头，微笑着说："大概，全部。"

夏青惊愕。

他是真的每天都在被楼观雪刷新认知！

楼观雪静静道："听到我三个月后会死；听到你可以占据我的身体成为我，攒够功德；听到……"他笑了下，温柔纯粹，"听到我会为温皎而死。"

夏青难以置信："你对这些都不感到害怕吗？如果我告诉你这是一本书里的世界，你信吗？"

楼观雪回想着那团火在他面前畏畏缩缩的样子，唇角勾起："只要是你说的，我就信。"

你信个屁！

你简直快上天了！

夏青进来后压根就没把这里当作书中世界，现在就更是了，系统的话在他看来更像是一种预言。

夏青已经不想深究，有气无力道："你要干什么？"

楼观雪垂下眸，脆弱疲惫："我年复一年受妖气侵害，现在魂体非常虚弱，时不时就需要深眠。但这宫廷危机重重，有那个女人盯着，我不能露出一点端倪，所以希望你必要的时候能替我清醒一下。"

夏青看着他，半天后才拔高调子："就这？"

楼观雪："嗯。"

夏青真是无语了，就这？非要用这种方式？

不过确实，如果楼观雪没有打开这个口子，他是打算看戏看半年的。

系统真是个坑货，在一个暴君身上攒个屁功德，幸好他没答应。

当然这些细节夏青懒得跟楼观雪讲，他注定是要飘在他附近的，以后遇到同样的情况他真的能冷眼旁观吗？

夏青感觉自己一定十世为侠，才有这正义感。

对于杀戮的厌恶就像是写入基因、刻入骨子里的。

楼观雪说："想好了吗？"

夏青没好气："没有。"

楼观雪："真的很痛吗？"

夏青："废话。"

楼观雪笑了下，突然伸出手，堆叠如雪的衣袖落下，露出消瘦苍白的手腕。

他俯身靠近，手指轻轻碰了下夏青的额头。

穿过表面皮相，点在他灵魂深处。

夏青缩在毯子里人都蒙了。

下一秒，暖流漫过四肢百骸，他感觉灵魂变轻、变透明，血液灼烧、骨骼粉碎的痛苦越来越模糊。一片白光过后，夏青已经从那具受痛苦煎熬的躯壳里飘了出来。

他飘在空中，愣愣地落地，站到了桌案对面，傻了一样以一个局外人的角度看“缩成粽子”的楼观雪。黑发糊脸，瑟瑟发抖，痛得龇牙咧嘴，唇上被咬出个白印——哦，这是他留下的样子。

而原主进去后，给人的感觉就完全变了。

楼观雪就像是感受不到那种痛，从从容容解开那层毯，又垂下眼睫把被夏青弄乱的头发拨至耳后。

衣袖稍抬，修长的手轻轻碰了下自己的眼睛，在摸到一点湿润后，他愣了愣，随后没忍住笑出声来。

夏青是真的好想翻窗跑。

楼观雪微笑着，声音很轻：“痛哭了？”

夏青干脆不要脸了：“这是你的身体，哭也是你哭的！”

楼观雪颔首：“好，我哭的。”

夏青仔仔细细打量，想在他脸上看出一点痛苦、挣扎、脆弱，然而这些情绪除非楼观雪装模作样故意流露，根本找不到。

夏青问道：“你不是怕痛吗？”

楼观雪看他一眼，语气平静：“我怕痛，不代表不能忍受痛，总不能让你替我受折磨。”

夏青干巴巴地说：“哦。”

现在倒装起好人了？

楼观雪说：“想好了吗？”

这是他第二次问这个问题了。

夏青听到就头痛，他真是要给这个疯子跪下了。

能把他逼成这样，不愧是楼观雪。

夏青深呼口气，自暴自弃道："你该庆幸遇到的是我这么一个爱多管闲事的恶鬼。"

楼观雪听到这话觉得有些意思，垂眸笑笑，也没接他话。

夏青叹口气，飘到了桌对面说："你大可不必这么逼我，把话说清楚我又不是不会帮忙。"

楼观雪淡淡"嗯"了一声。

夏青抓了下头发，果然再乱都是自己的毛摸着顺手。

"那就这样吧。我答应你，你别随便发疯杀人，坚持半年就行，谢谢！"

楼观雪说："你很讨厌杀人吗？"

夏青胡乱抓了下翘起的呆毛："我很讨厌你当着我的面杀人，却告诉我我可以救他们，而且不需要付出什么太重的代价。"

楼观雪："意料之中。"

夏青吐气认命："算了，我多救点人攒功德，下辈子投个好胎吧。"

楼观雪笑说："你真有意思。"

夏青："哦。"

楼观雪："你觉得我投胎投得怎么样？"

夏青没有接话，他已经知道他要说什么了。

楼观雪轻描淡写道："哪怕是傀儡，我也是璃国皇帝。权力、金钱、美色，你想要什么，就可以得到什么。"

夏青才不上他的当："那你好好珍惜这辈子吧。"下辈子十八层地狱见。

楼观雪看了他一会儿，才说："你很多时候，不像个鬼。"

夏青："你很多时候也不像个人。"你比我像鬼多了！

楼观雪偏头，纯澈无害，认真疑惑："那我像什么？"

像疯狗。

当然夏青没说出去，避免岌岌可危的盟友关系当场崩塌。

（六）

不过后面，夏青对楼观雪的印象就改观了。

楼观雪不像疯狗，像个仙女。

仙女，这个阴阳怪气的外号可真是太符合了，把他洁癖、吹毛求疵、金枝玉叶、挑三拣四等特点概括得天衣无缝。

他真是个取名天才。

需要待在摘星楼的这半月，太后忧心忡忡，不是送佳人就是送珍馐，桌上摆的永远都是山珍海味，可夏青愣是没见楼观雪动过一筷子。

日复一日只喝一盏清酒，好像不会饿死一样。

仙女果真是喝露水长大的。

夏青问："你是怕饭里被下毒吗？"

楼观雪："倒也不是，就是觉得不合胃口。"

夏青很疑惑："你不会觉得饿吗？"

楼观雪手指转着一只小巧的酒盏，笑了下说："我应该体会不到饿。"

夏青："啥？"

楼观雪说："痛久了，就分不出心思去感受冷热饥饿。"

夏青愣住，沉默片刻，闷闷回了句："哦。"

除去惊蛰夜的发疯，楼观雪安静下来的时候，真的一点不像个暴君。

温柔风雅，皎若明珠。当然，夏青现在对他已经有阴影了，根本不会被表象所骗。

太后依旧天天送美人过来。

见上回楼观雪召了那么多鲛人，便投其所好连续送了好几天的绝色鲛人进摘星楼。

夏青一连看了好几天。

他不能离开楼观雪，于是最喜欢待的地方就是梁上。

一个很高，可以看清楚每个人却又不被打扰的地方。

夏青看人的时候总是很专注，浅褐色的眼眸静静的，没有对皮相的惊艳或者对歌舞的赞赏，就像看一朵花或者一棵草，干干净净，神游天外。

某一日晚上，楼观雪漫不经心地问："你看得那么认真，是想记下每个人的长相吗？"

夏青困得不行，打了个哈欠，诚实地说："不是，我是从小就有这个习惯。"

楼观雪来了兴趣："习惯？"

夏青不知道怎么描述，含含糊糊："嗯，看人的习惯。"

这是个他小学的时候就发现的神奇爱好。

刚开始不会克制，走着走着就会盯上一个人发呆，目光黏在那人身上，跟个小变态似的，为此没少挨打，后来长大才学会收敛。

与其说喜欢看人，倒不如说是身体的本能，让他下意识去观察。

观察世上的每一个人，美丽的、丑陋的、年轻的、苍老的，形形色色，也不知道图啥。

夏青无父无母，在福利院长大，应该算是"天生煞星"。

煞人煞己命不太好，一连好几任收留他的家庭都不是太温馨，不是争吵就是打骂，他一个局外人要么被冷落，要么被殃及。有一家男主人是个酒鬼，喝醉了对他动手，吓得他连夜跳窗而逃，咬着冰棍报了个警。他能健康正直地长大，真是叫人感到不可思议。

楼观雪问："那你都看出什么了？"他声线偏冷，放低声音却显得格外温柔。

夏青已经麻木了，困得眼眶微红，莫名其妙地抬头说："什么都没看出来。"

他要是知道就好了。

活到现在也没找出答案。

楼观雪顿了下，又道："明天就三月十四了。"

夏青已经伏在案上瞌睡，被这句话惊醒，抬头："这就三月半了？你要出去了？"

日子过得那么快吗？

这一下子就过去了十天？

“嗯。”楼观雪点了下头，懒懒地翻过手中的一页书，“你要不要先适应一下我的身体？”

夏青表情有些僵硬，又想起了上一次根骨重塑般的痛，他的脸发白。

楼观雪见此，手指点了下桌，笑着安慰道：“放心，妖气已经散了，不痛的。”

夏青摇头，强撑着：“算了无所谓，痛就痛吧。你帮我攒功德，我替你周旋太后，约定好了的。”

楼观雪：“你真的要替我去跟燕兰渝周旋？”

夏青卡壳了几秒，有些心虚，电视上看到的宫斗剧里一个妃子比一个妃子疯，钩心斗角，尔虞我诈，太后作为上一届宫斗冠军，怎么想都不简单。他一个正直的小伙子，不是很有把握。

夏青摸摸鼻子，讪讪地说：“我、我争取少说少错。”

楼观雪：“少说少错吗？”他唇噙笑意，“最好不要。你不拒绝，她什么都能替你安排，包括怎么死。”

那么恐怖？

夏青已经开始对那个太后产生畏惧了：“你说我要是把你害死了，算谁的？”

楼观雪抬眸望入他眼眸深处：“算我的。”

夏青：有你这句话我就放心了。

楼观雪放下手中的书：“你在我身边十天，学会我怎么说话了吗？”

夏青想了想：“没学会，但我知道笑就完事了。”

楼观雪：“嗯？”

夏青正襟危坐，认真跟他分析：“我算是发现了，楼观雪，只要你一笑，你身边所有人就会吓个半死，要么下跪，要么低头，看都不敢看你！我可以学这一点，让他们根本没工夫发现我的异常。

“哦，当然，这笑也分好多种，冷笑、微笑、古怪的笑，不过在我看来你做起来都是假的。”

他问出究极困惑：“有那么好笑吗？你怎么一天到晚都在笑啊？”

楼观雪表情空白了几秒，随后看着他，唇角一点一点扬起来，马上又消散，像一缕风。

“确实，没什么好笑的。”他轻描淡写地给出评价。

夏青几乎是头脑一热：“所以你是为了装疯卖傻？让自己看起来高深莫测？让他们都怕你？”

楼观雪歪头，沉思片刻，轻笑出声：“现在就有点好笑了。”

夏青很无语。

想骂人。

夏青深呼口气：“我认真的。”

楼观雪倒是非常坦然，手点着桌子，似笑非笑：“你想和我谈心？”

夏青疑惑：“我们不就是在谈心吗？”

楼观雪说：“谈心不是你这么谈的。”

夏青：“啥？”

就你这疯样子，你跟人谈过心吗，教我做事？

楼观雪意味不明地笑着说：“谈心是一个循序渐进的过程，你最好先去了解我一下。”

“先知道我幼年生于冷宫，不受恩宠，母妃疯癫，外人势利，饱受人情冷暖。”他撑着下巴，淡淡道，“再知道我小时候爱吃糖葫芦，知道我对风筝有情结，一步一步从引起我注意开始，靠近我。”

夏青心下想：什么玩意儿？

楼观雪读出他的神色，笑了下，继续道：“先从无微不至的关怀开始吧，然后是深情款款的眼神、压抑不住的渴慕，或者反其道而行，当着我的面厌恶我、质疑我。聪明点，再制造机会——你猜这些年，有多少风筝无意中落到我的脚下？”

夏青有点蒙：“你到底想说什么？”

“谈心的步骤啊。”楼观雪低头，黑发垂下，笑说，“夏青，你这可是一跃跃了好几步呢。要知道之前的人都是把每一步都勤勤恳恳走完了才敢问我类似问题，跟我谈心的。”

夏青喉咙里的脏话被憋了回去，瞳孔震动，声音都不像自己的：

“你、你以为我在故意引起你的注意？！”

这是什么神仙理解？

叫你一声“仙女”你真的成仙了吗？

楼观雪别过头笑个不停，手抵着唇边，咳了一会儿才摇头道：“没，就是突然想起了一些事。”

提起这些事，他倒没什么多余情绪，只是平静地说：“为什么他们会觉得，我喜欢跟人谈心呢？”

夏青扯了下嘴角，趴下就要睡：“你爱谈不谈！”

楼观雪抬头，认真看着他，勾唇笑说：“不。我跟你谈，你想问什么我都会回答。”

夏青真是被他刚刚的一番话给震惊到了，直起身体，觉得有必要拉回他的思维：“我觉得你想的是真的很多，可能那些人是真的关心你呢。你不会觉得是个人对你好就是觊觎你吧？”

楼观雪想了想，也很认真无辜地看着他。

“我没有否认他们的关心。”

这话说出来其实是很自私的，如果换作任何一个人，可能都带点“不识好歹”和“自视过高”的成分。

但楼观雪安静看过来的瞬间，夏青却只觉得有一股冷意。

他的眼形漂亮，那颗痣显得冰冷，眼中带着纯粹的疑问。

某一时刻夏青意识到，楼观雪不发疯的时候，其实比发疯更可怕。

楼观雪的视线往窗外看，越过漫漫宫殿。

浮屠塔的红光已经散了，明月皎皎照着飞檐。

他的神情在烛光里显得温和，黑发拂过苍白的锁骨，猝不及防地问：“还记得《东洲杂谈》里讲到的那堵墙吗？”

夏青愣了愣：“记得。”立于通天之海上，堵住鲛族归乡之路的墙。

楼观雪笑容带了点玩世不恭的味道，轻声说：“其实，真想引起我的注意，他们把那堵墙劈开可能会有点用。”

夏青心道：要是能劈开那堵墙，谁还稀罕你的注意？你可真把自己当回事啊!

楼观雪转回来:“开个玩笑,不是谈心吗,你想问我什么?”

夏青听他提到墙,就想起了那个差点被他一箭射死的鲛人。刚才金殿发生的事真是对夏青刺激太大了,他心情复杂道:“你对鲛族……”

楼观雪想也不想:“我的母亲是纯鲛。”

夏青愣住。

楼观雪又补充说:“现在整个璃国皇宫除了燕兰渝,你是第二个知道这件事的。”

楼观雪的生母是纯鲛?

“那你……”夏青小心翼翼地去看楼观雪的耳朵。

楼观雪淡淡地说:“我不是鲛人。”

夏青又道:“……哦。你说你母亲疯癫,是不是对你很不好?所以你不喜欢鲛族?”

“这个啊——”楼观雪拖长了调子,微笑,“不好说。”

夏青想了半天,开门见山问道:“那你真的喜欢杀人吗?”他在楼观雪身边,总觉得这一点很迷惑。

楼观雪沉吟了会儿,失笑道:“你真是仗着自己现在的样子,什么都敢问啊。”

不过他倒也都认真答了,睫毛微颤,抬手将缥碧色的发带解开,慢条斯理,一字一字地说:“笑是因为觉得好笑,我没必要装疯卖傻,毕竟在他们看来,我做什么都很危险。我不喜欢杀人,我唯一想杀的人是燕兰渝,但前提是我得先在她手里活下来,还有什么想问的吗?”

“……有。”

夏青:“你现在这么正常,让我觉得我惊蛰夜那晚见到的是鬼。”

楼观雪微笑:“哦,你就当见鬼了吧。”

第二章 陵光

走了
我要去征服天下

（一）

三月半。

在出摘星楼前的最后一天，夏青开始尝试上楼观雪的身，起先他真是别扭死了，进去后，手不是手，脚不是脚。

楼观雪就在旁边看着，认真地问：“你是打算先从走路开始学吗？”

夏青恼羞成怒道：“闭嘴！”

摘星楼这片区域是璃国禁地，寻常人不得擅入，来来往往都是歌姬舞女，永恒不变的只是对面那座浮屠塔。

夏青看久了，闭上眼都能描摹出它的形状，白墙、黑檐、九重高，紫气氤氲，佛光漫漫。

一日，老太监觍着脸，讨好地笑着说：“陛下，上次您救下的那个鲛人现在已经恢复得差不多了，要不要奴把他带上来谢恩？”

谢恩就不必了，夏青愣了愣，没忍住问道：“他脸怎么样了？”

老太监笑开了花：“并无大事。能得陛下这一句，奴看那鲛人死也值了。”

夏青扯了下嘴角，心想：楼观雪身边的人果然有意思，真会说话。

老太监等了半天没见回答，悄悄抬眼，却见他面色冰冷，于是惊恐地“扑通”就跪了下来，开始仓皇着磕头：“陛下饶命陛下饶命，怪奴多嘴，奴罪该万死。”

什么？？？

夏青比他更蒙。

他做什么了？！

怎么这人就开始喊着饶命了？！

夏青下意识去看旁边的罪魁祸首。

楼观雪似笑非笑："习惯就好。"

这能习惯个屁，夏青气若游丝，有气无力地挥挥手："你、你退下。"

老太监喜极而泣，涕泪横流："谢陛下饶命！陛下洪福齐天！老奴这就退下！"

等太监走后，夏青才问："这个老太监叫什么名字？"

楼观雪认真想了想："张善。"

夏青忧心忡忡："他侍奉你多久了？会不会一眼看出我的不对劲？"

楼观雪："不会。"

夏青："嗯？"

楼观雪眼眸带笑，缓慢地说："没有不对劲，我做什么都对劲。"

这得是平日有多阴晴不定喜怒无常，才能有恃无恐地说出这句话啊！

楼观雪的魂体的确虚弱疲惫，入了寝殿便伏在书案上睡了。

夏青则裹着被子，在他对面看书。

浮屠塔的妖气散后，没有了那种痛若拆骨的折磨，可是这具身体也并不清爽，寒意漫布四肢，沉沉冷冷仿佛是来自深海的禁锢。

虽然是系统带他进来的，不过它匆匆忙忙，就只给他讲了一通狗血剧情。

夏青想要了解璃国的具体情况，还得自己看书。

璃国是当世第一大国，占据中原十六州，天下霸主，四海来朝。

国都名唤陵光，是天下第一大城，熙熙攘攘，盛极一时。

陵光有三大家，燕家、卫家、吴家，都是百年名门贵族，扎根在巍巍皇城，权势错综复杂，分庭抗礼，世家力量如羽翼遮蔽天日。

如今燕家出了位太后，蠢蠢欲动；卫家态度暧昧不明；只有吴家代代忠良，是最老实的亲皇派。

时间紧迫，夏青只粗略了解了三个人。

太后、摄政王、大祭司。

第一个要了解的肯定就是太后燕兰渝了，楼观雪口中的“疯女人”。

夏青翻了几页书。

燕兰渝作为燕家嫡长女，身份贵不可言，出生便被钦点为太子妃，风光无限。

这记载的人估计是燕兰渝的崇拜者，通篇“彩虹屁”，把她夸上了天。

说她未出阁时便名动都城，琴棋书画诗词歌赋样样精通，嫁入东宫后，更以贤良淑德、蕙质兰心闻名遐迩。

燕兰渝家世好，性情好，样貌也是万里挑一，不争不抢不妒不闹，唯一的遗憾就是没有子嗣。

她滑过一次胎，之后便再没能怀上孕。

至于摄政王就比较简单了。

燕兰渝的哥哥，将军出身，阴桀暴躁，刚愎自用。

关于大祭司的记载几乎没有，只说大祭司久住陵光城外经世殿中，与皇城隔着一条汤汤大河，除却每年璃国皇族祭祖之时，鲜少露面。

等楼观雪醒来，夏青忙不迭地问。

“燕兰渝到底是个怎样的人？”

楼观雪初睁眼，神情懒散，乍听闻这个问题唇角勾起一丝笑，声音微哑道：“她？你见了就知道了。”

见到就知道了。

出摘星楼的那天，惠风和畅，万里无云。

夏青清早起来，被侍女服侍着穿衣束发。

禁地御辇进不来，他得徒步走出潇湘竹林。竹林外，一个粉色宫裙的少女轻轻福身，姿态优雅，笑容嫣然，声音温柔：“恭贺陛下出关，太后已经在静心殿等候您多时了。”

她又道：“陛下在摘星楼的这些日子，太后亦是担忧得茶饭不思呢。”

夏青局促，不知道该说什么。

楼观雪在旁边白衣胜雪，笑容淡淡：“不用回她，你若是不想交谈，可以不用理任何人。”

夏青：“……哦。”

宫阙玉宇，天下富贵，御辇行过宫道，处处皆是繁盛之景。

静心殿地处御花园偏处，里面香烟袅袅，像是一种安神用的檀香。

还未入门，夏青先听到了一道女人轻轻柔柔的声音，似乎是在跟旁边的小太监说闲话。

“前些日子御膳房说研究出一道新菜，唔，叫什么来着？”

“回太后，奴听说名叫‘泉客当归’。”

“泉客当归？这个名字倒有点意思。”

她声音很柔，声调细细的，笑也有大家闺秀的那种温和。

宫女扬声道：“太后，陛下来了。”

“嗯，观雪来了？”

凤座上正偏头与太监说话的女人闻言马上规矩坐好。

她小了先皇二十岁，如今年华尚好，大概也觉得自己年龄太小不够庄重，所以这位太后衣着打扮都很素。

银丝绣边的青色长裙，黑色的头发绾着一个很简单的髻，缀了点明珠。

淡施粉黛，容颜温婉，贤惠端庄。

夏青有点慌：“我要说什么？要怎么请安？”

楼观雪：“不用。”

夏青暗暗揶揄：你们皇家不是最重繁文缛节吗？

这个太后果然也不是常人。

“咱们母子之间就省了那些繁文缛节吧。”她的笑容似烂漫少女，轻轻招手，“快快快，观雪快坐下，让哀家好好瞧瞧。”

太后仔细打量他，嘘寒问暖道：“一别十多日，在摘星楼过得可还习惯，嗯？哀家瞧着你怎么清减了不少，是膳食不合胃口吗？”她偏头问立在身边的小太监：“是清减了不少吧？”

小太监唯唯诺诺道：“是。”

楼观雪嗤笑一声，随意坐到了夏青旁边，他好像真的虚弱异常，眉眼困倦，一手支颐便打算睡。

夏青一个人接受燕兰渝温柔的询问，人都蒙了——你还敢睡？！你就那么相信我？！

只是燕兰渝并没有给他僵硬的机会，依旧轻轻柔柔：“观雪？”

夏青马上回神：“嗯，没胃口。”这是楼观雪原话，总不会出错吧。他不用刻意去伪装，楼观雪的声线清冷得挺有辨识度的，冷静说话就行。

但是到底是心虚，夏青说完这句，又加了句：“谢太后关心。”

说完，他就听到了楼观雪在旁边意味不明地笑了一声。

夏青握紧了拳头。

你行你上？

燕兰渝眼眸露出哀怜之色：“苦了你了。”

夏青硬邦邦道：“不苦。”

燕兰渝神色轻愁：“若非哀家体内流的不是楼家血液，哀家都想代你受过的。”她偏头问小太监：“观雪之前，是谁入摘星楼来着？”

小太监答：“回太后，是已故的三皇子。”

燕兰渝“哦”了一声，皱着秀眉惋叹：“可怜我璃国皇嗣命途多舛，夭折的夭折，病死的病死，先皇又驾崩得突然，也没给你留下个兄弟血亲。你向来身子骨不好，畏寒畏痛甚是娇气，那浮屠塔内的妖魔一年胜一年暴虐，哀家真不知道明年该怎么办。”

夏青抿唇，一言不发。

燕兰渝说着，眼尾都带上一丝红意，抬袖轻揉眼角，又说：“不过前些日子大祭司传信过来，总算是有了个好消息。哀家为这事求了经世殿三年，大祭司查古籍，找到了能让妖魔彻底伏诛的方法，现在正在东洲找线索，若能将那浮屠塔废掉，你也不必年年遭这磨难。”

……现在这母慈子孝的剧本他该说什么？

夏青想了想，依旧木着说："劳母后费心了。"

太后放下手摇头，鬓发上的鲛珠闪着莹莹冷光："但这伏妖之事到底是个未知数。你若是真的心疼母后操劳费心，那就听话一回，将选妃之事提上日程吧。"

选妃？！夏青用极大的定力控制自己才不去偏头看楼观雪。

燕兰渝眼睛还在微微泛红，轻声细语："咱们楼家子嗣单薄，现在只剩你一人。哀家每日提心吊胆，生怕你出一点事，若是连你也保不住，叫皇族血脉断在这一代，哀家也没脸去九泉之下见先帝了。"

夏青开始神游天外。

其实夏青并不怕燕兰渝的，只是怕自己的表现出差错连累楼观雪。

不过他前面那么僵硬的回答也没引起燕兰渝的怀疑，他就索性放飞自我了，闷不作声。

好在燕兰渝也不需要他的回答。

"明日哀家会叫人把适龄的人选报上来，挑选之后将名单拟给你。下月春宴你好好见见她们。"

她很快又想起了什么，随口聊天："好像咱们璃国好几任的帝后都是在春宴上一见钟情的吧？"

小太监："对。"

燕兰渝微微一笑，满意了，继而担忧又温柔地问道："观雪意下如何？"

夏青又一阵愕然。

在来之前他对这个后宫顶级 boss 脑补了一堆，想她出身高贵，可能是张扬明艳嚣张跋扈的，或者教养极好于是严肃刻板，又或者是个温柔白莲。

结果真是百闻不如一见，能让楼观雪评价"疯"的女人，真不是常人能理解的。

就在他心里默默分析燕兰渝时，楼观雪的声音冷淡传来："答应她。"

夏青一愣。

恰好燕兰渝询问的目光看过来。

夏青马上回神，手指微微蜷动，垂眸涩声道："儿臣全凭母后做主。"

燕兰渝笑起来，长舒了一口气，心中落下一块大石头。

她容颜如少女，眼睛一弯就似盛了明光。

"太好了，你能答应此事，哀家也放心了。"

她坐姿端庄，轻声细语："观雪刚从摘星楼出来也累了吧？快，去浴池祛祛邪气，好好睡上一觉，休息休息。"

夏青巴不得早点走，起身道："儿臣告退。"

离开之时，隔着屏风，夏青看见燕兰渝解决了心事，心情非常好，懒懒地靠在凤榻上，唇艳得能滴出血。她在细润无声的檀香里跟小太监说："叫御膳房把名字改了，'泉客当归'不好听，哀家不喜欢。"

她声音其实很温婉，但在说这句话的时候，却散漫冰冷得像午后的刀光剑影。

"喏。"

夏青出去后特好奇："这'泉客当归'到底是什么菜啊？"

楼观雪用手指揉了揉太阳穴，笑了下："你猜'泉客'是什么意思。"

夏青："什么意思？"

楼观雪勾唇："'泉客'是鲛人的别称。"

（二）

夏青人都傻住了。

……

"泉客"是鲛人的别称？那"泉客当归"这道菜，燕兰渝吃的是鲛人肉？

他难以置信地看向楼观雪。

这时，旁边的宫女垂着头，轻声催促道："陛下，先上辇去浴池吧。"

夏青咽下嘴里的疑问，僵硬点头，在宫女侍卫的服侍下，坐上了前往浴池的车辇。

春三月，乍暖还寒，楼观雪身子骨不好，夏青动动手指便能体会到那种细细密密、并不剧烈却很折磨人的痛。

辇内点着香，明帐软榻。

凉风从流苏帘外吹进来，卷着御花园内的雪白梨花。

“我现在可以跟你说话吗？”

夏青压低声音，怕外人听见。

楼观雪靠着软榻，笑：“嗯。其实你大声点，被人听到也没关系。”

夏青：“算了，我受不了被人当疯子看。”

楼观雪不置可否。

夏青小心翼翼：“燕兰渝她吃的是鲛人？”

楼观雪道：“是。”

夏青一阵恶寒：“鲛人肉还能吃？”

楼观雪道：“鲛是曾经最接近‘神’的种族，当然可以吃。”

夏青：“那你……”

楼观雪看他一眼就知道他要问什么，轻轻一笑：“放心，我不吃。”

夏青松了口气：“哦，那就好。”

楼观雪说：“太脏了。”

夏青：“嗯？脏？！”

鲛人个个白得跟什么似的还脏，楼“仙女”这洁癖是有多严重啊！

不过他琢磨了下楼观雪前面那句话，又品出了一丝阴森凉意来，艰难启齿：“所以，吃鲛人在璃国很常见？”

“不常见。鲛人肉剧毒，干涩难咽，需要很多价值连城的药物去毒，而且烹饪方法和工序都极为烦琐。整个陵光，可能就燕兰渝乐于此道。”说罢，楼观雪笑道，“现在你见了她，知道她是一个怎样的人了吗？”

夏青一愣。他从小喜欢看人，却并不会洞察人心。

他看人时压根不会去揣摩那个人的想法，只是安安静静发呆，与看天看地看花看草没区别。

听起来很奇怪吧，他对自己也很无语，可他又不能控制自己的眼睛。

被楼观雪这么一问，夏青逼着自己去回忆，挑了最深的印象说："燕兰渝好像很喜欢她身边那个小太监，说一句就要问一句。"

楼观雪淡淡"嗯"了一声："是她喜欢的谈话风格。"

夏青难以置信地说："她不会觉得这样显得自己很温柔亲和吧？"

不过仔细回想，夏青内心无语地觉得，可能燕兰渝还真的就是这么想的！

其实这"温柔亲和"更像一种极端傲慢的挑衅。

她说完一段话，就会温温柔柔拉家常似的问旁边人一些无关紧要的问题，和前言有点关联却又如同鸡肋。得到回复再笑意盈盈满意地说下去，好像她是认真聆听了别人的意见后才发表自己的看法。

实际上，燕兰渝做下的决定和她问出的问题什么关系都没有。

这位年轻太后"轻描淡写"地做下决定，"温柔亲切"地不容任何人反驳。

春风细雨哀哀婉婉，话里话外却是毫不掩饰的天家冷漠、说一不二。

这甚至比光明正大地以强权相压更叫人憋屈。

夏青想到她和小太监一唱一和的那些话，鸡皮疙瘩都起来了。

夏青暗暗嘀咕："和她聊天能被气死吧。"

楼观雪饶有趣味："气到了？"

夏青摇头："怎么可能，她说什么我都没听进去。"

浴池在内廷。

假山堆叠形成一个天然屏障，温泉在其中央，旁边种着一些梨花，花瓣如雪簌簌飞落，烟雾氤氲，恍若人间仙境。

"你快上身，我不想替你洗澡。"夏青下了辇便催着他。

他们之间结的契约主动权在楼观雪身上，毕竟是他的身体。

楼观雪倒也没说什么，手指落在夏青的眉间。

夏青离开楼观雪身体的一刻，真觉得自己快乐得仿佛要升天，不痛了也不冷了，还不用端着仪态怕露馅了！神清气爽！

楼观雪神色冷淡，解衣下池。

夏青坐在离浴池最近的那棵梨花树上，身为一个很有教养的懂事青年，他在楼观雪脱衣服时，还很规矩地转了过去，玩了半天梨花才转回来。

现在是一根绳上的蚂蚱，他对楼观雪也多了点亲切，主动开口聊天。

“你后宫一个妃子都没有？”

“嗯。”

“为什么？”

“脏。”

仙女不愧是仙女，看什么都脏。

夏青：“那有什么你觉得不脏的东西吗？”

楼观雪歪头，想了想，笑道：“换个问题。”

夏青已经逐渐忘却最开始见他的阴影，乖乖换问题：“哦，那你打算选什么样的妃子啊？”

楼观雪黑发安静地浮在水上，闭了下眼：“你来吧。”

我来？！

夏青吓得差点从梨花树上栽下去：“我来帮你选妃？”

楼观雪淡淡“嗯”了一声：“都交给你。”

夏青蒙了：“都交给我是什么意思？不会我帮你选了妃后，你还要逼我替你跟妃子同房吧？！”

楼观雪笑了：“也可以。”

夏青吓得瞬间呆毛起立：“不！我不要！不可以！你给我死了这条心！”

他拽着梨枝咬牙切齿，浅褐色的眸子满是抗拒，神色若天崩地裂。

不过确实，夏青在现实中除了爱看乱七八糟的人外，另一个毛病就是视情欲为猛兽，断色戒欲堪比和尚。

这事真的蹊跷得很——他也没搞懂自己守着一个处男身干什么，修炼童子功吗？

当然，他没搞懂的事多了去了。

楼观雪意味不明地笑了下。

这笑声没什么意味，可夏青就是感受到了一种屈辱。

他拽了下旁边的梨花枝，没好气地说："你笑什么？麻烦事都推给我还好意思笑。"

楼观雪安安静静看着他。

很久，"仙女"又笑出了声。

夏青气得想拿手里的梨花枝抽他。

浴池之内的对话传不到外面去。

这位璃国新帝生性洁癖，极其厌恶他人近身，一群宫女太监只敢规规矩矩守在外面，手里端着酒、香皂、帕子，恭顺低头，视线也不敢飘。

飞舞的梨花成了帘，纷纷扰扰，隔绝人的视线。

温皎大概是里面唯一一个敢眼珠子乱动的人。

他站在人群的最末端，穿着件小太监的衣服，从小在梁国养尊处优养出了一身细白的皮肉。太监服是藏青色的，更显得他脖颈细手腕细。他皮肤莹润，眼睛漆黑，唇色粉红，睫毛翘而卷，眉心有一颗猩红色的痣，或者说不像痣，更如一个用刀划出来的伤口，猩红邪气，只是太小了看不出来。

——陛下每年出摘星楼都会去浴池洗一次邪气。

——是你唯一有机会接近他的时候。

他花了一串玉珠从掌事姑姑那里得到这个消息，从而得到这门差事。

温皎惴惴不安地端着盘子，小心脏怦怦跳个不停，一想到有关这位少年新帝暴虐的传闻，就忍不住打退堂鼓。

可视线落到自己细细嫩嫩生了冻疮的手上，委屈和难受一下子又涌了上来。

他不想等了，也不想再过苦日子了，而这璃国皇宫，能保住他的只有一个人。

温皎想到阿娘死前说的话，一下子眼眶又忍不住发热。

“皎皎，好好地活下去，什么都不用想，恩仇不过宿命，娘只要你快快乐乐的。”

他娘是整个天地间最美、最温柔的女人，眼睛像片银蓝的海，长发如漆黑海藻。

快快乐乐，好好活下去。

他暗自握紧了拳头，吞了下口水，深呼口气。

“该递酒了，别愣着。”

温皎被人悄悄用手臂推了一下。

他马上从回忆中抽身，缩了缩脖子，然后闭上眼给自己打气。他知道自己长得好看，这是他的优势，以前在梁国皇宫只要他想讨一个人喜欢，就没有不成功的。

梨花擦过脸边，和浴池蒙蒙的白雾交融。

温皎一步一步往前走，也暗中悄悄打量着这位传说中的天下至尊。

楼观雪的样貌一直为璃国人说道。

温皎屏住呼吸，慢慢走近，只能看到一个背影。

少年帝王乌发如瀑，气质湛若冰玉，他睫毛凝着雾气，偏头似乎在笑。

（三）

人人称赞的“陵光珠玉”，当真天人之姿，美玉无瑕。

仿佛一道雷横空劈下，轰隆一声劈得大脑空白。

“怦怦怦”，温皎能听到自己剧烈的心跳声，端着盘子的手不由自主地用力，摁出白印来。每一步都重若千钧，他低头，呼吸急促，嗓子紧得很。

万千宠爱养出的对美貌的自信在这一刻粉碎。

甚至开始惶恐不安，生出了几分害怕。

他真的能引得楼观雪注意吗……

夏青见有人来了，就乖乖闭嘴，坐在梨花树上，安静地看着这个小太监。他看人成为习惯，对外貌美丑却并没有一个确切的认知，红尘皮相一如妄念枯骨。他眸光清澈看向温皎，首先注意到的是他眉心的那一颗红痣，握梨花的手都稍稍顿了下。

这颗痣……当真妖得很啊。

其实这个小太监生得应该算好看的，皮嫩人娇、唇珠可爱，那颗痣点在那张雪白小脸上，添了好几分妩媚。

可是夏青就是觉得，这点红古怪得很，搞得他眉头都皱了起来。

温皎走着走着，忽然感觉有人在看自己眉心，慌乱地抬了下头，却只看到一棵亭亭生长的梨花树。

花瓣流风回雪，那视线也安静温柔，仿佛只是一道清净的风，掠过山河众生，无杂无念。

是错觉吗？

温皎愣了愣，但是很快回身，全部心思都集中到了前面那个要他侍奉的少年帝王身上。

楼观雪察觉到有人靠近，并未出声。

温皎手指紧张地发颤，他能察觉陛下现在心情肯定不算太差，视线落在盘中的酒盏上，委屈瞬间就战胜了害怕：他以前也是千娇万宠的小皇子，凭什么就沦落到服侍别人的地步呢？这副身体是他娘亲留给他的，可不是为了让他受苦的。

“陛下……”温皎颤声开口。

和风细细，把少年稚嫩带点糯的嗓音带入耳中。

楼观雪懒散垂眸，没什么表情。

梨花林外，一群宫女侍卫听他开口，却直直愣住了。

尤其以掌事姑姑白荷为首。

她穿着蓝色的宫裙，上了年纪的脸上画着并不浓重的妆，现在脸色僵硬，骤然抬头，瞳孔猛地瞪大。

服侍过这位新帝的人都知道，洗浴之时，陛下最讨厌他人靠近。

她们每次端酒倒水，都恨不得把自己当空气，走路不敢太重，呼吸不敢太沉，生怕一个不留神就人头落地。

而这个去送酒的太监，谁让他开口说话的？！

全场唯一自在的大概就只有夏青了。

他只是腹诽楼观雪洗个澡还要那么多人侍奉，真是金枝玉叶。

温皎脚在发软，泉水的热气刺激得他眼眶都红了一圈，他吸吸鼻子，颤声说："陛下，奴……奴来侍奉您。"他手腕很细，在浴池边半蹲下身体，发抖地将酒壶中的酒倒入金樽中。

楼观雪漫不经心地偏头，鸦羽般的睫毛下眼光漆黑疏冷，看着他倒酒的动作。

白荷在外面吓得整个人都要晕过去了。

她深呼口气，硬着头皮往里面走，生怕这个没长眼的蠢货把她们一群人连累死。

温皎被那道冷漠的视线盯着，手一抖，酒溅出了一些。

气氛压抑，他拿着酒杯，努力地挤出笑容来，争取以自己最好看的样子抬头。

"陛下……"他在烟水氤氲里露出一张精致可爱的脸，笑容僵硬，伸出手把酒递到楼观雪的身边，身上熏着专门买来的香，"给……给您。"

楼观雪饶有兴趣地看了他眉心的红痣一眼，却也没停留多久。

从水池中伸出手，手指带着点水，接过酒杯。

温皎心脏提到了喉咙口，都顾不得去害怕了。

他讨巧地露出一个笨得有点可爱的笑，但到底是没侍奉过人，一紧张，又一心二用，在触到楼观雪手的一刻，一个不小心酒杯就掉在了地上。

"咚——"

浴池边缘由白玉砌成，酒杯落地，发出清脆的声响，浊黄的酒液洒了一地。

像一根弦在脑海中直接绷断。

温皎瞬间大脑炸开，血液冰冷。

白荷进来看到的就是这一幕。她气血上涌，都顾不得礼仪了，赶在陛下杀人前先快步走过去，一手直接拎着温皎的衣领把他拽起来，染着蔻丹的手指狠狠一个巴掌就扇了过去。

“谁教你这么伺候陛下的？！”她目眦欲裂，眼睛通红。

这一巴掌又响又剧烈。

温皎被打蒙了。

他国破家亡后流落璃国皇宫，可有傅长生的暗中帮忙，并没有受过太大的委屈。娇气劲儿上来，眼睛红得跟兔子一样，又想哭了。

“我……我……”

“哭？你还有脸哭？！”

白荷气得胸脯疯狂起伏，揪着温皎的头发就把他摁在了地上。

温皎大叫一声狼狈地跪下，泪流满面。

而白荷自己也跪了下来，额头重重地磕在白玉阶上，哆哆嗦嗦：“陛下饶命，这小太监奴婢也不知道是怎么闯进来的！惊了陛下罪该万死！奴这就拉他下去领罚！陛下饶命！”

夏青真是被璃国皇宫这一群人动不动就慌成筛子的样子给搞得震惊了。

——楼观雪你到底风评多差啊？

楼观雪视线轻描淡写扫过这跪在地上的二人，很久，才轻轻笑道：“嗯，无事，孤不杀你们。”

白荷大脑浑浑噩噩，心中怒火和惊惧一起灼烧，听到这句话浑身僵住。

等等。

陛下说什么？

孤不杀你们？

白荷颤抖着抬头，额头已经洇出血来。

温皎在旁边抽抽搭搭，泣不成声。

楼观雪慵懒靠着，手指点了下地说：“谁都有不小心的时候。”

夏青很是感到意外。

这句体贴温柔的话由楼观雪说出来，是够好笑的。

白荷眼睛还因为恐惧而红着，听完这句话满是难以置信，马上又狂喜溢脑，喜极而泣，扯出一抹笑容来，咚咚咚磕了好几个响头。

“谢陛下饶命，谢陛下饶命，奴婢这就带这个不长眼的太监下去。”

她匆忙地擦了下眼角，抓着温皎的手腕，因为磕头而凌乱的头发下满脸都是深刻的怨毒和愤恨。

——如果不是这个蠢货！她怎么会这么狼狈？！

温皎已经被吓傻了。

惨白的小脸上全是茫然，手和脚都像不是自己的一样。

楼观雪突然开口：“你抬起头来。”

白荷愣住。

温皎也愣住。

可陛下的命令没人敢不听，温皎怯生生地抬起头，露出哭得通红的脸和通红的鼻尖。

楼观雪唇角勾起：“你叫什么名字？”

温皎手指紧攥着袖口，吸吸鼻子，努力笑出来：“奴……奴叫温皎。”

夏青心想：楼观雪还挺说话算话的，功德加一。结果乍听到这个名字，差点从树上掉下来，瞳孔一缩猛地看过来。

楼观雪笑意更深了，意味深长地念了一遍：“温皎吗……”

温皎局促不安。

白荷也是惶恐无措，毕竟璃国谁都知道这位少年帝王阴晴不定，心思难测。

好在楼观雪并没有为难他们太多，重新偏过头，闭上眼：“下去吧。”

“是……奴婢告退。”

白荷大难不死，毕恭毕敬行礼，但起身看向温皎时，眼中的怨毒已经被疑惑和猜度取代，抓人的力度也没那么重了。

温皎身体还是木着，姣好的脸上呆呆木木，没有回过神。

看起来既可怜又憨。

夏青已经从梨花树上飘了下来，慢慢地凑到温皎旁边，一个不远又不近的距离，好奇又疑惑地看着这个系统口中“没心没肺的傻白甜”主角。

虽然他评价过“你们这书全员恶人”，可是这个时代，谁都有自己的活法。

所以他对楼观雪没啥厌恶之心，对温皎一样的。

他就是一个世外来客，现在纯粹是对“认识的人”有一种好奇。

哇哦，这就是主角?

温皎脸被扇得浮肿，火辣辣红起一片，被白荷带着往外走，思绪也没理清楚。他路过一棵梨花树，只觉那种安静如水的注视似乎又来了，仿佛风在平复伤痕。

一片梨花掠过睫毛，他忍不住瑟缩了下。

夏青等温皎背影消失才收回目光，回头就和楼观雪似笑非笑的视线对上。

“看清楚了？”

夏青：“嗯。”不过他很快反应过来，“你问我这个干什么？”

难道不是你该看清楚吗？！我跟温皎又没关系!

楼观雪说：“你真的能预知天命？”

夏青：“那团火吹的牛请你不要放在我身上。”

楼观雪笑笑：“那它预知得挺不准的。”

夏青深以为然：“我也觉得它不咋靠谱。”

楼观雪手指拾起那掉落的酒杯，漫不经心：“如果是这种行为，他只会出现在乱葬岗。”

牛。

对不起！系统，我该听你说完的。我后悔了，真的后悔了。

就楼观雪现在这不屑的态度，再想想他之后对温皎甚至愿意付出生命，那是真挺爽的呢!

不过这念头也就一瞬即逝。

夏青扯了下嘴，没搭理他。

也就是他现在的状态离不开楼观雪。

若有一天他有了身体，绝对马上跑路！

跑路去干什么呢？

夏青捡起地上的一根梨花枝，枝身冰凉，握在手里有一种很微妙的感觉。

愣了愣，梨花枝似乎成了另一个东西，带着山川草木的锋利冰冷，勾起熟悉的本能。

去干什么……

灵魂触电般，他脑海里掠过一道稚嫩的、脆生生的声音。

意气风发，在山呼海啸间充满了初生牛犊不怕虎的“中二”气息。

“走了，我要去征服天下。”

（四）

白荷带着温皎出去后，面沉如水，直接把他带到了自己的房间里。

她是总掌事，在皇宫中地位尊贵，住的也是单间。

“说吧，怎么回事。”

温皎被那一巴掌打蒙了，娇气劲也不敢撒，只是红着眼唯唯诺诺：“姑姑，我知道错了。”

白荷坐在位子上，端着一盏茶，沉默不言，暗中打量着眼前的人。

不得不说这小太监长得极好，在这艳色如云的璃国皇宫也出类拔萃。

可是陛下是那么肤浅的人吗？

别人不知道她可清楚，陛下虽被赞誉为“陵光珠玉”，对自己的那张脸却是十分厌恶的。若是光凭色相就能赢得他另眼相看，这些年太后娘娘也不必费尽心思安排那么多了。

“我不怪你。”心思电转，白荷喝了口茶清清嗓子，然后笑起来，眉眼和蔼，好像浴池扇的那一巴掌是空气。

她招招手把温皎带到自己身边来：“你叫温皎是吗？好孩子，之前在哪儿执事？”

温皎脸上还在火辣辣地疼，呆呆地被拉过去：“奴，奴之前在浣衣局。”

白荷点头，轻轻牵起温皎的手，看着那养尊处优的手上通红的冻疮，叹了口气，关心道：“这么娇的皮肤，怎么能做那种粗事呢，等下我给你些药膏，你拿回去好生涂涂，别耽误了。”说完又道，“今日是你第一次见陛下？”

温皎觉得手冷得很，艰难开口：“嗯。”

白荷微笑：“那你倒是运气好，上一个敢御前失仪的，早就被乱棍打死了。”

温皎脸色苍白，害怕地吞了下唾沫。

白荷冷漠地看着他，心里盘算着，这是个一眼就能看到底的人，应该是某个小国的落魄贵族，娇生惯养，吃不得苦，想往上爬胆子又小，脑袋也不太聪明。

白荷说：“你想摆脱现在的处境吗？”

温皎愣住，身体瑟缩。

白荷柔声道：“别怕，陛下今日不杀你说明你合了陛下的眼缘。乖，说出来，我会帮你的。”

说出来，我会帮你的。

温皎另一只手紧攥着袖子，有种被好事砸晕的不知所措。他今日鼓起勇气去接近璃帝，结果事办砸了差点把命交待在那里，想到这里，他就又委屈起来，不由得吸了吸鼻子，觉得自己命真的不好，所有人都在针对他。

白荷忍着不耐烦。

温皎小鼻子通红，半晌才抬起头来，眉心的红痣蕴着惑人的光，他委屈地小声说：“嗯，我，我想的。”只有利用楼观雪，才能让他在璃国皇宫活下来，过上好日子。

白荷一点一点笑起来：“说出来就好。不过伴君如伴虎，陛下的性情阴晴不定，他虽对你与他人不同，但你也得时时刻刻注意着，别惹了他不高兴。”

温皎无措：“嗯。”

白荷：“想要讨得陛下的欢心，就得先了解他。”

白荷心想：可能陛下没见过那么蠢的人，一时觉得有趣吧。不过好奇心本来就是一切的开始，能引起陛下的注意，蠢就是优点。

“来，你坐过来，我给你讲讲关于陛下的事。”

深夜，帝王寝殿。

夏青在帮楼观雪看奏折，楼观雪在摘星楼这半月，都是摄政王和太后共理政务。

“你都是傀儡皇帝了，为什么还要批奏折啊，他们还会给你放权？”

楼观雪刚从浴池出来，穿着一件洁白的雪衣，发上还带着潮气，轻笑一声：“你仔细看看。”

嗯？夏青乖乖地仔细把那一堆奏折看了个遍，马上也看出不对劲儿来。折子都是摄政王送来的，内容基本是些废话，不是言官花里胡哨的吹捧，就是一些鸡零狗碎的事。

夏青搁下手里的折子，好奇地问：“你平时都是怎么批阅奏折的？”

楼观雪：“不批阅。”

“……”夏青愣了，半天才找回自己的声音，嘀咕，“原来这就是当皇帝吗？有手……哦不，没有手也行，爱了爱了。”

楼观雪伸手随意翻开一本书，没理会他阴阳怪气的话，垂眸道：“你若是闲，也可以一句一句批过去。”

夏青看他一眼，拿着笔：“哦，那我还真是很闲。”

他认得这个时代的字，但是并不会写，就算写也和楼观雪字迹有差别。于是夏青干脆拿着朱笔，开始像个语文阅卷老师一样，对着一通文言文圈圈画画——圈“通假字”，画各种代词、副词、助词，倒装文言句式他还特意标出来。他真是天才！

“批完了。”夏“学霸”把折子递到楼观雪面前。

烛火幽微，少年帝王很给面子，撑着下巴匆匆瞥了眼，就收回视线："嗯，谢谢。"

夏青好奇地说："你就没什么话想说的？"

楼观雪想了想，淡淡道："没什么想说的。"

夏青无言以对。

楼观雪睫毛很长，目下无尘："不过你最好留着自己看。到时候写折子的人自寻短见，你的功德又得折损了。"

这就背上一条人命了？

夏青浅褐色眼眸一缩，讪讪道："不至于吧。"

楼观雪唇角的笑意不明："他会以为我在针对他，与其被我厌恶，折磨得生不如死，不如自杀痛快。"

夏青干巴巴道："……那你的名声是真的很差。"

夏青算是怕了璃国这一个个动不动寻死觅活的态度，把他的"文言文重点"收回去，发了会儿呆又重新埋头苦干。

他本来就是闲得没事找事，想过把皇帝"有手就行"的瘾，后面的折子规规矩矩用红笔打钩，当阅。

有一篇居然是夸楼观雪的，把夏青人都看傻了，不过他敏锐地捕捉到一个词。

"'陵光珠玉'说的是你？"

夏青提问。

楼观雪放下手臂，眉眼带了点慵懒冷倦，漠然看向他，没说话。

夏青可算舒服了，善意微笑："好名字，如珠如玉，倾国倾城，陛下不愧是人间绝色。"

楼观雪面无表情，而后也缓缓笑了，纯澈无辜，轻声问："那你喜欢吗？"

夏青疑惑地看向他。

楼观雪手撑着桌案，凑过来。

雪白寝衣露出精致锁骨，黑发带着潮意，哑声道："你要不要再看清楚点，陵光珠玉长什么样子？"

他放低声音，温柔带笑。

夏青不说话，见鬼似的看着他。

“别这样。”夏青好生商量，“我们还要合作半年呢，闹僵不太好。”

楼观雪垂眸冷冷地看他，也不说话。

夏青硬着头皮说实话：“我就觉得挺好听的，没别的意思。”

楼观雪：“哦。”

他将书放回原位，神色冷淡困倦，起身往床边走。

从摘星楼出来后，楼观雪眉宇间的疲惫感越发重了。

夏青舒了口气，在后面还在看奏折，问了句：“明日你要上早朝吗？”

楼观雪睫毛微颤：“不用，摘星楼出来后我有三天休沐，明日去见燕兰渝。”

夏青：“哦。”

楼观雪去睡了，但夏青并没有停止学习。

其实处理奏折也是为了方便他了解周围的人和事。楼观雪不发疯时虽然看起来脾气很好，有问必答，可是答的都是些什么玩意儿？散漫敷衍，随口一说，不如自己摸索。

他向来信奉一个原则，答应别人的事就要做好。

夏青本来昏昏沉沉，可翻到最后一个折子时，看了几行，一下子就清醒了。

和前面的不同，这次是一个言官辱骂摄政王的。

言官义愤填膺地指责摄政王爱子无度，任由其子在陵光横行霸道、目无王法。

夏青认真看完，总结出来。

大概是一个青楼女子引发的祸端。

摄政王有一子，名燕穆，年十六，是陵光城内出了名的恶霸，平日张扬跋扈无恶不作，无人敢触其霉头。

这回这个言官胆敢不怕死上奏，估计是想讨好卫家。因为这次燕穆撞上了另一个不好惹的铁板——卫家六郎卫流光。

卫流光也是陵光有名的风流纨绔，平素爱好醉卧秦楼楚馆，最得卫国公宠爱。前些日子，卫流光一掷千金买下了风月楼新挂牌的花魁，谁料人还没摸到，就被一时兴起的燕穆半路截和。

两人为了一个女人，在风月楼大打出手，差点把场子砸了。

争斗过后，燕穆和卫流光都没讨到好处，这事现在还僵持不下。

夏青心里疑惑。

摄政王把这个折子放到楼观雪面前什么意思？

这事摆明了是燕穆的错啊。

不过世家子弟为青楼女子闹成这样，两边都挺不光彩，也不知道卫家、燕家会怎么处理。

夏青打了个哈欠，现在倒是对那个花魁有点好奇。卫流光在陵光是出了名的眼光挑剔，而燕穆平日里虽然横行霸道但也不是蠢货，不会平白无故去冲撞卫家，简直跟失心疯一样，那花魁得美成什么样啊！

这个奏折他没回复。

太困了，夏青趴在案上刚想睡，但视线落到楼观雪适才看的书上，一看名字他就气醒了。

《蓬莱》。

——好家伙，我在这里熬夜为你处理奏折，你去看话本杂谈？！

（五）

早上的时候，夏青是被那笛子弄醒的。

熹微天光越过九重宫阙，过东窗照进来。高台灯火中，他迷糊地抬头就看到楼观雪站在他面前。楼观雪已经换好衣服了，一袭锦缎黑衣，长身玉立。

“什么时候了？”夏青含含糊糊道。

楼观雪淡淡道：“辰时。”

夏青的现代大脑一时间没搞懂辰时到底是几点。

楼观雪说：“你该去给燕兰渝请安了。”

夏青慢吞吞道：“哦。”懂了，该做事了。

他揉了揉眼睛，乖乖坐好。夏青没有起床气，但他要发好长一段时间的呆才能从惺忪的状态缓过来。

楼观雪看了他一会儿，觉得有趣，拿手里的笛子去碰了下他头顶翘起的呆毛。

夏青也没生气，就是冷冰冰地看他一眼，一脸“你有事吗”。

楼观雪勾唇，说：“我好像还没问过你年龄。”

夏青又揉了揉眼睛，随口就来：“我算算啊，大概三百来岁吧。咱俩如果真论年龄，你得喊我声祖宗。”

楼观雪点点头，根本不接他的话。

一拳头打在棉花上，夏青气着气着已经习惯了。

楼观雪今日束了冠，墨玉冠将青丝规规矩矩束住，肤色苍白，黑色锦袍绣着血色云纹，手里拿着那根泛着邪光的骨笛，整个人也显出几分妖气来。“今日你一个人去。”

夏青瞪大了眼，有点不知所措，磕巴了一下：“我、我一个人去？”

楼观雪：“嗯。”

夏青是灵魂状态时不能离开楼观雪，但楼观雪却不受这个约束，一点都不公平！

夏青想了想，焦急地问道：“你不会丢下我一个人跑了吧？”然后剩他一个人在这璃国皇宫，面对燕兰渝那个捉摸不透的疯女人和一群视他为杀神的宫女、太监？

楼观雪笑了下，轻声说：“我不跑，我就在寝殿待着。”

夏青松口气：“哦，你是想休息吗？”

楼观雪：“嗯。”

“好的吧。”夏青自视了一番，他现在可是暴君，谁见了不得慌成筛子，至于燕兰渝总不能突然发疯把他杀了吧。

楼观雪不喜欢人贴身伺候，张善在外面足足等候了半个时辰，夏青才慢吞吞出门。

“陛下万安。”

夏青本来很困，乍听张善那阴柔谄媚的声音，再看到那褶子堆出的讨好的笑，一下子就精神抖擞，瞌睡虫都吓没了。

“嗯。”他含糊地应了声，选择当个面无表情的面瘫，反正他笑不出楼观雪那种精神病的味道。

这一次在夏青赶到前，静心殿已经有了很多人。

铜炉里檀香默默燃烧，熏烟似有若无。左侧坐着璃国如今的三公和丞相，右侧坐着摄政王，几乎是整个陵光的权力中心。

燕兰渝还是那身青色的衣裙，乌发只缀着几颗鲛珠，坐在凤榻上，说话轻声细语。

“今日请三公、丞相和摄政王前来，哀家主要是想商议两件事。”

三公你看看我，我看看你，选择不说话。

丞相是吴家人，对太后和摄政王两个独揽朝政的外姓人从来没什么好脸色，铁青着脸。

倒是摄政王看了对面一眼，开口：“娘娘说便是了。”

燕兰渝得了回复微微一笑，端坐着：“第一件事是有关陛下选妃事宜，陛下后宫还空无一人，属实有些不像话。诸君族中有适龄的女儿，便将名册呈上来吧。”

三公松了口气，吴相铁青的脸也缓了几分。毕竟先皇暴毙，新帝又多病，皇家子嗣单薄，选妃的确该提上日程。

燕兰渝又说：“选妃相看就定在下月皇宫春宴吧，届时哀家会通知百官赴宴时将家中女眷带上。”她说完，亲亲切切随口一提，“说起来，卫太傅，哀家早听闻卫家十六娘生得花容月貌，可是真的？”

卫太傅扯了下嘴角：“劳太后惦记，小女蒲柳之姿，担不起盛誉。”

燕兰渝掩唇而笑说：“哪儿的话，哀家就等着春宴见上一面了。”她说完，笑着问旁边的小太监：“春宴记得多准备些浮花糕，京中的小姑娘最近都爱吃这个，哀家没记错吧？”

小太监应道：“您没记错。”

三公丞相面无表情，跟这个女人打交道那么久，谁还不懂她什么性子呢？

说完，燕兰渝又放下手，青色的袖边绘着红色的云纹，笑道："第二件事，是有关浮屠塔的。"

"浮屠塔"。

这三个字一出，几人脸色都严肃了起来。

燕兰渝淡淡地说："当年先祖东征通天海，带来了无数珍宝，也获得了'神'的眷顾。

"因此我璃国方能从一个边境小国逐步扩大，一统十六州，赢得今日四海来朝的鼎盛局面。

"只是得神眷者也必受天罚，鲛族孽畜伏归不久，恶妖现世。

"先祖为妖所害，死于摘星楼内。大祭司和三家道士一同在浮屠塔下立下降妖大阵，才堪堪封印大妖，此后每年惊蛰日还需楼家后人入塔镇妖。百年间阵法威力日益虚弱，浮屠塔内妖魔蠢蠢欲动，日渐危险。

"哀家与经世殿交涉多年，前些日子总算得到个好消息，大祭司查遍古籍找出了能将妖魔彻底诛灭的办法，如今在东洲寻找线索。诛妖之事同样刻不容缓，哀家望诸位回去后，能立刻联系门下道士，前来陵光。"

这些世家基本都有家养门派和道士，彼此之间的关系千丝万缕、错综复杂。

吴相面沉如水，直接开口："陛下此次出摘星楼身体如何？"

燕兰渝轻悠悠地看他一眼，笑着："只是清减了几分，并无大碍。丞相这话问的，陛下是哀家的孩子，哀家还能不关心他不成？"

吴相皮笑肉不笑："娘娘的心思，臣可猜不透。"

燕兰渝定定看他一会儿，轻声说："哀家知道自己一介女流垂帘听政在吴相看来是冒天下之大不韪，可先皇去世得突然，陛下又年幼病弱，哀家若不帮衬着，陛下做错了事怎么办？"

她缓缓道："这做错事倒也无妨，哀家更怕他心思纯澈，在那帝座上被人利用尚不知。毕竟诸公也知，陛下最念旧情。"

陛下最念旧情。

其余人眼观鼻鼻观心。

吴相与陛下有传道授业之恩，太后这含沙射影地说的是谁再明白不过了。

吴相和她针锋相对那么久，早就撕破了脸："太后娘娘怕是忘了，陛下自幼早慧，言行有度，亲政掌权也未必不可，怎么会做错事、被人利用呢？"

燕兰渝坐姿端庄，笑道："吴相是在怨哀家？"

吴相："臣没这个意思。"

气氛剑拔弩张时，摄政王喝了口茶发话："这话怎么谈到这上面了呢，不是过来听太后说事的吗？"

吴相冷笑一声。

三公各怀心思。

燕兰渝的视线轻飘飘在吴相脸上打转过一圈，笑意未散，细细地说："今日传三公、丞相、摄政王前来，也就为这两件事，若是都无异议，便散了吧。"

吴相是一秒都不想在这静心殿待，拂袖而去。

第二个出去的是卫太傅。

另外两人与太后行过礼才走。

待人走了，摄政王重重放下杯子，他一袭绛红色长袍，五官端正，却因眉目阴桀多了分凶戾之气，阴恻恻道："这两个老匹夫。"

燕兰渝玩着指甲，轻描淡写转移话题："穆哥儿和卫六起了冲突？"

摄政王提到这事就是脸色阴沉："对！那小兔崽子真是给我长脸了！为了个青楼女子，听说还是个低贱的鲛妓。"

"鲛妓？"燕兰渝笑了一下，"他人呢？"

摄政王说："我让他在金銮殿门口跪着了。"

燕兰渝："嗯，怪不得卫太傅今天绷着个脸。"她笑起来贤惠端庄，满是大家闺秀的温柔，"两个世家子为一个鲛妓大打出手，简直胡闹。"她偏头道，"把那鲛妓杀了吧，妖异之族，果真不祥。"

夏青坐着御辇经过一个广场时，瞥见了一个直挺挺跪着的人。

会吸引他的目光主要是因为这人跪得太随性了。他吊儿郎当，时不时就换下姿势，旁边还围着一群太监嘘寒问暖，准备着水、帕子、水果。

夏青疑惑的目光太明显。

张善屁颠屁颠地说："陛下，这是燕小公子在受罚呢。"

夏青："燕小公子？"

张善说："对，前些天犯了事，摄政王命他在这里跪着给卫国公赔礼道歉。"

哦，他算是知道这人是谁了。

就那个陵光恶霸——燕穆。

夏青赶着去见燕兰渝，也没停多久，他不搭理燕穆，这人却不放过他。

燕穆没看到御辇经过，他在和旁边的太监聊天，语气满是嘲弄不屑："老子哪知道那是卫六看上的人，抢过来滋味还没尝就被人搅和了。我也没想和他争，是卫六那小子不依不饶追着我咬，撞上他真是晦气，下回别让我再和他待一块儿。

"不过那鲛妓确实好看，整个璃国，也就咱们陛下的生母能与其一较高下了。"说罢，他大笑出声，毫不掩藏他的恶意和下流。

夏青听到，"唰"地打开珠帘，冷冰冰看过去。

张善在旁边人都吓傻了："陛、陛下。"他舌头打结，心里埋怨着燕小公子仗着太后宠爱，私底下真是什么都敢说。

夏青压着火气，神色冷淡，转头问："既然是燕穆和卫六一起闹出的事，卫六呢？"

张善汗涔涔道："卫六公子，应该跪在家中吧。"

夏青说："把他召进宫来和燕穆跪一块儿吧。"

张善："啊？"

夏青手指放下了珠帘："燕小公子一个人跪在这里，孤不太放心。"

准确来说，这人有嘴，他不太放心。

张善："啊？"

（六）

有了第一次对付燕兰渝的经验，夏青从容不少。

他坐在位子上，低头眼睛看着自己半藏在袖子里的手，把她的话当耳边风，神游天外。

楼观雪的手挺好看的，白皙清瘦，骨节分明，不愧是金枝玉叶，从小养尊处优。

燕兰渝坐在凤榻上，声音轻细如烟，走过“怀念先祖”的流程，又说起自己的“用心良苦”，而后才到了“传宗接代”阶段。

反正字里行间的意思，就是让他宠幸妃子，为楼家延续血脉。

夏青左耳朵进右耳朵出，确定没什么重要信息后，就从静心殿走了。

静心殿位置偏僻，出去后是御花园。夏青还没来得及好好欣赏这亭台楼阁、假山流水，就先被一声少女的惊呼吸引。

“放高点，对，再放高点。”

声音清脆曼妙如黄莺，随着微风清竹飘过来，把夏青弄得一愣一愣的。

他偏头问张善：“这是有人在放风筝？”

张善谄媚地笑：“是的，陛下。”

什么鬼，这破天放风筝？

夏青心道“佩服”，正要抬头看看她怎么放得起来，突然有什么东西砸到他跟前，“啪嗒”落地，同时响起的还有少女的惊呼。

“啊，陛下……”

这三个字简直是柔到了骨子里，仿佛能滴出水来，欲说还休。

夏青循声望去，融融春日，林道尽头，一碧色罗裙的少女含羞带怯咬着贝齿，盈盈朝他看过来。

装了半天也累了，跟楼观雪确认再怎么“崩人设”也没人管后，夏青已经放飞自我了，面瘫都懒得装。

“风筝是你的？”夏青问道。

碧裙少女脸颊泛红：“嗯。”

夏青：“哦，那你拿回去吧。”

张善心惊胆战偷偷看了他一眼。

碧裙少女脸更红了，声音细如蚊蚋：“惊扰陛下了，望陛下恕罪。”

夏青：“无事。”

张善又心惊胆战看他一眼。

碧裙少女迈着莲花碎步娉娉婷婷走过来，再弯下身仪态万方地捡起风筝，最后在侍女的陪同下离开，消失在林道尽头前突然回头，微微一笑。笑颜红透，美人如画。

夏青偏头问：“她刚才是不是对我笑了？”“孤”都懒得用了。

好在没人敢质疑楼观雪，张善以为那少女有戏，觍着脸笑：“对，没错，她对您笑了，这位小姐倾慕陛下您呢。”

什么？

夏青表情僵硬。

“兄弟们她对我笑了她是不是喜欢我？”谁能想到这么一句他以前插科打诨的直男用语，到这一刻成了真。

夏青看向一旁的带刀侍卫，侍卫胡须浓密、身材魁梧，察觉到夏青的注视，一时不知所措。若是其余人早已经跪下，但偏生这是个新来的，还是个呆头呆脑的，手忙脚乱半天，朝夏青露出一个僵硬朴实的笑来。

夏青一乐，扬下巴：“他还对我笑了呢。”

张善：“这……”

夏青吐槽：“这也是倾慕我？”

张善抬袖擦汗，虽然不知道陛下今天怎么回事，那么难伺候，可是陛下哪天不难伺候呢？

夏青最后凉凉地下结论：“他笑得可比刚才那少女讨孤欢喜多了。”

刚才那笑太假了，假到他一眼就看出刻意。

夏青有些困了，打算回寝殿睡回笼觉：“你自己体会吧，这几天不要打扰我。”

张善僵在原地，满脸写着茫然。

夏青大清早被楼观雪叫醒来工作，现在只想回去睡回笼觉。

到达寝殿之时，楼观雪已经醒来，就坐在书案前。

夏青进了门迅速扑过来，语速飞快：“我跟你说，就这破天居然还有人在御花园放风筝，偏巧还被我遇到了。”

楼观雪脸色苍白，眉眼间一股邪气，闻言用漆黑的眼眸看了他一眼。

夏青：“你怎么一点都不惊讶？”

楼观雪淡淡地说：“风筝就是放给我看的，我为什么要惊讶？”

夏青一脸疑问。

楼观雪并没有跟他解释什么，在他靠过来的时候，便用手指点在他眉间，接管身体。

这么来回几次夏青已经习惯抽离的感觉了，疑惑古怪地看他一眼，却也没多问，伏下就打算睡觉。

休沐三日转瞬即逝。

楼观雪第一天上朝的时候，夏青特意起得很早，非要跟着飘去金銮殿。

他想看一看古代皇帝上朝的样子，结果楼观雪可真是给了他一个大惊喜。

朝臣在下面说，他就在上面听，神色慵懒，毫不上心。提到“大理寺一个梁国罪犯”和“摄政王之子”，问及刑惩，楼观雪都一句话：“哦，杀了吧。”

听得夏青差点在房梁上喷出来。原来在楼观雪眼中，摄政王也不是不能得罪啊？！还真是狂得无法无天。

不过朝政之事，他完全不懂，只能纯粹当个看客。

众臣你看看我，我看看你，都没有发话。摄政王脸色青白得很好看，最后还是出来说了几句，无非就是“小儿顽劣，此事可大可小，陛下明察秋毫”。

楼观雪红唇勾起笑了笑，很明显这位陛下的字典里就没“明察秋毫”这四个字。

不过他倒还是给了面子，问到了那个鲛妓。

“能引得两位世家子弟大打出手，孤也很好奇，是怎样的人间绝色。”

此次上朝，文武百官的重点是选妃一事。

得陛下漫不经心的首肯后，群臣大喜。

而后夏青也很快知道了什么叫“狂蜂浪蝶”。

楼家血液在璃国至尊至贵，自浮屠塔建立后，这种血脉就不单纯是权力的象征，更是代表着“神”的眷顾。

夏青终于明白“风筝是放给他看的”是什么意思。

有太后的首肯，御花园每天纸鸢满天飞。还有糖葫芦，路边拿着糖葫芦，伸出丁香小舌细细舔，憨态可掬的少女，他不知道见了多少。

夏青吓得好几天都不敢出门。

“这群人疯了吧？”他疑惑地问楼观雪，“糖葫芦和风筝到底是什么意思？”

楼观雪状态一日比一日差，神色却依旧冷淡，回复他：“没什么意思。以前有人旁敲侧击问过我喜欢吃什么，我说糖葫芦。”

“至于风筝，”他一点一点笑起来，意味不明，“嗯，我的确喜欢放风筝。”

夏青没说话。这话他怎么就一点不信呢？

为了避开这些人，夏青不得不常待在御书房。

这里除了宫女太监，外人不能靠近。

御书房铜灯烛火明晃晃，紫檀香闻得人昏昏欲睡，夏青难得打理了下自己乱糟糟的头发露出脸来。这魂体不是他现实中的身体，可是长得却是一模一样，要不是年龄变小了点，他都以为系统直接给他换了古装。

他低着头，黑发落在脸侧。夏青的肤色是那种泛着荧光的白，魂体虚虚实实也能看出眉眼色若春晓，不过眼神太过疏朗纯澈，减少了外表的艳丽，光风霁月似明月清风。他随口一问：“你这几天是不是身体不好，怎么感觉气色越来越差了？”

楼观雪淡淡“嗯”了声。

夏青浅褐色的眼眸微睁：“为什么？摘星楼的后续影响那么重？怎么我上你身时没什么感觉？”

楼观雪说：“不是摘星楼。”

夏青：“那是什么？”

楼观雪定定看他一眼：“是我身体内的血，或者说是我神魂上的诅咒。”

夏青：“啊？”

他还没得到楼观雪的回答，守在外面的“小太监”已经掐着时辰送茶水进来了。

“小太监”不是别人，正是温皎。眉心一点血红，手和脖子细白得出奇，瑟瑟缩缩跟个小兔子一样。

夏青看到主角就默默地闭嘴了，虽然楼观雪现在表现得对主角不屑一顾，可是谁知道剧情怎么发展呢？当然，他没否认，他内心怀着巨大恶意，他就是想看楼观雪吃瘪啊！

“陛、陛下……”

温皎一出声，是熟悉的软糯嗓音。

楼观雪或许是被病痛折磨得心情不好，抬眸看过来，眉眼冰冷若寒月清霜。

温皎是受了白荷指点的。

可是他到底笨手笨脚，被这么一盯就磕磕巴巴说不出话了。他将茶水放好，低眉顺眼，而后主动去旁边研墨。

夏青飘走了，飘到了房梁上，不发出声音地嗑瓜子看戏。

楼观雪撑着下巴看他的书，睫毛垂下，冷冷淡淡。

温皎研墨研得手都酸了，鼻尖一红，又委屈上了。可是他又不甘心，上次在浴池楼观雪没杀他给了他一些希冀和莫大的勇气，而他从小恃宠而骄，想了想干脆一咬牙，接着往前走了一步，然后装作腿软被绊到的样子，轻呼一声，就要跌向前方。

啥？

夏青默默嗑瓜子，以他这些天的经验来看，主角这些操作，挺……不上道的，简直就是作死。

果然，主角没能跌下去，他半跪在地上。

一直在楼观雪袖子里的那根笛子伸出来，直直抵着温皎喉结要害之处，阻碍他往前倒。

夏青不作声。

这似曾相识的情景。

楼观雪垂眸，没有笑，只是轻描淡写地问："你知道孤今日早朝刚处死了一个梁国将军吗？"

杀意细细密密如潮水般淹没过来。

温皎脸色骤然煞白，呼吸颤抖，大脑对死亡的害怕一下子占据上风，瞳孔紧缩。

楼观雪却只是安安静静地看着他。

温皎牙齿打战。

喉舌干渴，大脑空白，那支骨笛仿佛能穿破皮肤血肉。

温皎瞳孔涣散开来。

"陛、陛下……"温皎眼眶泛红，抬起头来的一刻，室内烛火微晃。

一道细细的风贴着门缝穿进来，似有若无地带了一股很奇异的香，冷冽苍茫却蛊惑得人神志不清。

夏青坐在梁上看得清清楚楚。

温皎的虹膜浮现出一点幽蓝的光来，像是泪珠凝在其中，蕴着几百年未落的温柔。

这是……纯鲛一族的邪术？

纵使夏青从小心静不易受干扰，也不得不说这一刻的温皎着实带了一些魔性。

楼观雪沉默在原地，睫毛覆盖下阴影，很难猜出他在想什么。

很久，楼观雪极轻极低地笑了一下。

这大概是夏青听过的他笑得最讽刺也最冷的一次，或许还带着很多兴味。

楼观雪淡淡地说："什么时候，幻瞳成了如此下作的手段。"

他修长苍白的手拿着笛子，一寸一寸往上碾压过经脉，似乎要把温皎的喉咙生生劈开。

"孤听闻梁国皇室是被先皇活埋而死的。"

楼观雪微微俯身，玉冠下黑发如流水，说话的语气也很平静，漆黑的眼眸带着笑意若一层薄薄的冰，轻声笑问："那你父皇母后九泉之下知道你在仇人的儿子面前，如此……不要脸吗？"

大脑轰隆裂开。

温皎吓得一下子就哭了。

跪在地上，止不住磕头。

夏青差点瓜子都拿不出。楼观雪，你那么野吗？！就冲你这句话，后面有你好果子吃！！！

"滚下去。"楼观雪收了笛子，垂眸，瞳孔晦暗不明，恍若深不可测的海。

"是，是，是！"温皎已经哭得上气不接下气，腿软爬了半天才起来，然后跌跌撞撞地跑了。

夏青手里的瓜子掉了，偏头就对上楼观雪冷冷望过来的视线，像一汪寒潭。

呃。

夏青的大脑也空白了几秒，寻思着自己也得说点什么，结果一时紧张，心里的话比理智先冒出来，语气复杂，张口就来。

"野啊，仙女。"

第三章 灵薇

你生来就是你自己
这辈子做的每一件事 说的每一句话
都是为自己

（一）

夏青说完就后悔了，闭上嘴，沉浸在“我是傻子吗”的懊悔中。

好在楼观雪也没搭理他，听了这话，只是漠然看他一眼。他肤色比之前更为苍白，眼睛也似乎带了一点血色邪气。不知道是不是被温皎影响，他体内压抑的暴虐更加浓重，仿佛时刻能化为滚烫岩浆，冲破血肉喷涌出来。

“你没事吧？”毕竟刚刚内心编派过人家还叫他听到了。

夏青脸皮薄，适当地流露了一下关心便转移话题。

楼观雪没回答，一字一字若斩冰碎玉般地问他：“仙女？”

夏青硬着头皮：“呃，‘仙女’在我们那儿是夸人厉害的词，不管是男是女都喜欢听。”

楼观雪盯着他，没什么情绪地笑了一下。

夏青整个人都麻了。

楼观雪今夜或许是真的心情不好，垂下眸一言不发。

他唇抿成一线，加上苍白的脸，无端给人一种琉璃般的脆弱感。

晚上的时候夏青是不爱上楼观雪身的，因为太痛、太冷不好睡觉，没有他自己睡得轻松。

仔细算算，从摘星楼出来也有十几天了，但他还没出过一次宫。不过这几日，陵光却是各种风起云涌——主要也就是两件事，选妃和浮屠塔除妖。

选妃是世家贵族间的明争暗斗，民间纯粹看个热闹，而浮屠塔除妖，却让天下各路道士云集陵光。

现在街市坊间应该热闹得很。

其实夏青对陵光还挺好奇的。

河清海晏盛世下的第一大国帝都，想来也是繁华至极，“倚天栉栉万楼棚，圣代规模若化成”。

“你什么时候出一次宫？”夏青飘在屏风上，兴致勃勃地开口，“让我见见世面。”

楼观雪顿了顿，开口：“很快了。”

夏青：“啊？”

但陛下今天心情不好，不喜欢搭理人。他卸下冠，躺到了床上，早早入睡。

夏青盯着他，眨巴了下眼。

那么久，他再迟钝也反应得过来，楼观雪当初说的话估计半真半假，他不怕燕兰渝，毕竟他连摄政王都不放在眼里，他应该就是魂体非常虚弱，想要脱离这个身躯休息。

“一个人的魂体为什么会虚弱到这个地步？”夏青暗自生疑。

灵魂上的诅咒谁给他下的？

楼观雪似乎睡着也并不安生。

他黑发披散在枕上，脸色苍白透明，唇色殷红，眉宇间全是邪煞之气。

夏青可不敢和他同床，伏在桌案上就打算睡了。

但不知道为什么，他很难睡过去，翻来覆去辗转难眠。

难搞，失眠了。

失眠对夏青来说也是个怪事。

他从小到大过得都挺无忧无虑的，人没心没肺还不记仇，留在心里的事情特别少，一直以来沾枕即睡。

夏青仔细琢磨，万恶之源还是从温皎身上传来的那股香。冷冽荒芜，摄人心魂，像是长在深渊崖底的花，望一眼便勾起很多难过来。

他现在满脑子那股味道。

夏青没什么难过的事值得回忆，干脆思绪乱飞，想自己被系统坑了的这段糟心经历。

不得不说，虽然楼观雪是他接触最多的人，可他依然搞不懂他。

搞不懂楼观雪在想什么，也搞不懂他想做什么。楼观雪大多时候不是在看书，就是在作画。书是陌生的字，画是诡异的图。

皇宫暗潮汹涌，朝堂上风云诡谲，而他就冷冷遥遥地坐在金殿上，漠然看着一切。

这么想了会儿，夏青可算是瞌睡虫来了，眼皮子打架，趴着就进入了沉睡。

或许是受那个香的蛊惑，夏青这次居然做梦了。

梦到了一片广袤的大海。

晴空高远湛蓝，白鸥鸣声嘹亮，掠翅而过带来卷着细碎潮水的海风。海上有一座岛，仙云缥缈，骤雨微歇，极尽远山寒翠之意。一个老者的声音响在山与海间，含含糊糊听不清，只知道他在说一把剑。

剑的名字叫“阿难”。

“阿难”，这么一个仿佛度苦度厄的名字，意义却是“欢喜”。

还没等夏青吐槽完，就被弄醒了。

什么东西冷冷地拍打在他的脸上，又急切劲儿又大，拍得他脸生疼。

夏青非常不爽地睁开眼，浅褐色的眼眸全是火气，一脸“你找死吗”冷冰冰地抬头，结果就看到灵异事件！

拍他的东西——是那支笛子？！

它就悬浮在空中，急得转圈圈，疯狂用尖端戳他的脸。

楼观雪，你家笛子成精了你知道吗？！

夏青一脸惊愕。

它还在横冲直撞往他脸上戳。

夏青忍无可忍，拽住它：“你够了啊，适可而止！”

骨笛安安静静停了，横在他眼前，透露出几分“委屈”来。

夏青火气来得快去得快，现在对“成精笛子”充满好奇，盘腿坐起来，眼睛发亮地询问：“你是妖怪吗？你会像我一样说话吗？”

然而这糟心玩意儿跟它金枝玉叶的主人一个德行。

没搭理他，被他握着却反客为主，带着他往一个方向横冲直撞。

“你要带我去哪儿——”

夏青的话戛然而止。

……因为骨笛带他去了楼观雪的床边。

到这里的一刻，夏青人都愣住了，他从来没见过那么妖异的场面。

他看到楼观雪眉眼间的邪气彻底散溢开来，血红的光、黑色的雾，翻涌冰冷，重重叠叠，如牢笼枷锁，把他整个人困住。

骨笛似乎想冲进去救主人，可是它还没靠近，就被一缕似云似藤蔓的魔气绕住，然后整支笛被吓得一震，“呜呜哇哇”地扑到了夏青怀里。

夏青心道：你被楼观雪拿来威胁我的时候可没那么乖。

“他怎么了？”

夏青抱着笛子，站在床前不知所措。

骨笛在他衣服上蹭了蹭，随后飘出来，在夏青的手心写了一个字。

“障”。

夏青更蒙了：“障？什么玩意儿？”

骨笛又写。

“诅咒，入障，救。”

哆哆嗦嗦，充满了让人怜爱的委屈和祈求。

夏青寻思着：“你是说楼观雪受了诅咒，现在被‘障’困住，需要我入‘障’救他？”

骨笛可怜巴巴蹭了蹭他的手指。

夏青冷眼看着这个糟心玩意儿。不过平心而论，人在陌生的地方对相处最久的玩伴是最容易心软的。他想了想，问笛子：“怎么救？”

骨笛写：“入障。”

夏青翻个白眼：“废话，我当然知道要入障，还有别叫‘障’了，换个能懂的词，我猜就是心魔吧。”作恶多端，终有报应。

骨笛似乎想反驳，但是碍于贫瘠的语言能力，只好泄气，尖端的口口蹭着夏青手指，把他往前面带。

夏青可真是太好奇了："楼观雪到底是什么人啊？我上他身时也没感觉和凡人不同啊，结果心魔都给搞出来了。"

那些黑色魔障，像一条条纵横交错的铁链荆棘。

妖邪的血光煌煌刺入人最深的欲望。

可是夏青的眼眸被红光照过，依旧干净纯粹。

"行行行，别催了，我这就进去。"

魔障把一切实物排除在外。

但他在这里并不是实物啊。

夏青在进去的时候，还无语地想，他真的是上天派来救楼观雪的吧？

楼观雪是不是早就存了这个利用之心？！

可是不对啊，以他们现在盟友的关系，楼观雪提前说他又不会拒绝。

这人是没料到反噬那么严重？

他胡思乱想，入了那心魔之所，天旋地转，就感觉有点晕。

其实如果换作另外任何一个人，进去的感觉都不只是晕，邪光能唤醒人内心深处癫狂的爱恨和无尽的欲望。七情六欲，红尘万丈，叫人承受神魂撕裂之苦，痛不欲生。

夏青这样已经是反常了。

"那么轻松就进来了？"

他还没来得及得意，下一秒脚下一空，整个人往下坠。

什么玩意儿？！

夏青直线往下掉，眼冒金星，耳边"哗啦啦"都是风声。

他"啪嗒"掉到了地上，捂着额头，郁闷地睁眼，才发现自己掉在了一个宫殿里。

宫殿偌大，可是屋瓦残破，罗幔发黄，就显得很清冷，荒芜破旧。

现在外面估计是晚上。皎皎一缕月色从窗外照进来，在地上凝成霜。屋内点了盏浊黄的灯。

夏青左右四顾，未说出口的脏话一下子噎了回去。

因为他看到了一个女人的背影。

她黑色的长发拖曳地上，像一匹华丽的重锦。

女人坐在桌案前，似乎在念书，声音伴随着微微烛火传来，格外温柔，她手指点在书页上，一字一字划过。

采薇采薇，薇亦作止。
曰归曰归，岁亦莫止。
靡室靡家，玁狁之故。
不遑启居，玁狁之故。

她念诗的时候声音很轻，专注温柔，便生出缱绻来。

夏青怕被人发现，偷偷摸摸地钻到了榻下。

他视线放低就更能看清女人的样子。

看到她如凝脂的手和垂落的长发。

女人翻了一页，继续念。

采薇采薇，薇亦柔止。
曰归曰归，心亦忧止。
忧心烈烈，载饥载渴。
我戍未定，靡使归聘。

一道孩童稚嫩却冷冰的声音打断了她。

“采薇是什么意思？”

女人愣了愣，微笑起来，撑着下巴想了一会儿：“采薇吗？书上说‘薇’是一种菜苗。”

“哦。”男孩干巴巴道。

女人伸出双臂把那个小男孩抱到了怀里，笑道：“嗯，不过倒是让我想起了另一种花。”

男孩似乎非常抗拒，但又挣脱不开。

女人把书本放到桌上，声音平静温柔，笑意未散，仿佛真的是母慈子孝的场面。

“那种花叫灵薇。”

挣脱不了，男孩也就只能抿唇冷冰冰忍着了。

女人说：“每个鲛人死后，尸体腐烂会化成水，长成一朵灵薇花。鲛人一族生死同契，在传说里，鲛人只有死在冢上才能步入轮回，转世重生。

“通天之海的尽头便是魔渊万冢，是鲛人一族的死之地、生之所，冢上开满了灵薇花。”

女人的侧脸在微黄的烛光里带了几分模糊的温柔，带着几许怀念的语气，安安静静地说。

“每年的三月五，惊蛰时，灵薇花便会在海冢上散发夜光。那些因为狂风暴雨迷路的鲛人，寻着光便能返乡，而濒死惶惶的老者，寻着光也能达到安息地。所以灵薇在鲛族有另外一个名字，叫‘照离人’。”

（二）

蜡烛燃烧，发出细微的“吱吱”消融声。

女人抱着男孩，下巴抵在他的头顶，以一个无比亲昵的姿态，轻声说：“只可惜，一堵墙挡住了前往海尽头的路，再也回不去了。

“我见过很多灵薇花，却再没见过那片海。”

她微长的指甲轻轻从男孩的脸侧滑过，落下的一刻像刀剑回鞘。

女人低下头，银蓝的眼眸温柔得仿佛要把人溺死，似乎是喃喃道：“人族把我们归为妖异孽族，可是，到底是谁先带来不祥的呢？”

男孩低着头，僵着身体一动不动。

女人念完一首诗，心情不错，她坐直身子，笑着说：“好了，故事讲完了，去睡觉吧。”

男孩默不作声从她腿上跳了下来。

缩在床榻下的夏青，这时才看清楚了男孩的脸，果然是五岁的楼观雪。

幼时的楼观雪五官没长开，雌雄莫辨，漂亮得像个小姑娘。他冷着脸，抿着唇，脸苍白消瘦，头发乱糟糟用一根发白的缥碧带松松垮垮束起，光着脚往自己的床上走。

好巧不巧，楼观雪睡的床就是夏青躲着的这张。

夏青不由自主屏住了呼吸。

坐在桌案前的女人也站起身来，她衣裙是浅蓝色的，边缘一层白，像是碧海浮浪。女人转过身来，沉默地看着小孩爬到床上，自己乖乖盖被子，神情在烛火中带了一丝冷漠的审视。但橘色的光太温柔，于是把这种审视转为一种安静的凝望。

很久，她轻轻吹灭了蜡烛，又在黑暗中站立了一会儿，才转身往寝殿外面走去。

夏青心里嘀咕：这女人不会就是楼观雪的亲娘吧？果然疯疯癫癫的。

只是他还没搞清楚状况，就感觉上方有细碎的动静。什么东西“咚咚”走了下来，紧接着一只手横伸过来，探入床底，拽着他的头发往外扯，仿佛要连带着他的头皮一起撕下。

夏青还没来得及反应，下一秒，一个冰凉的东西贴上他的脖子。

他抬头，发现是楼观雪。

楼观雪不知道什么时候下了床，半蹲着，手里拿着把刀抵着他的喉咙，目光在夜里如野兽般冰冷锋利：“你是谁？”

夏青蒙了。

他现在神飞天外，想的居然是：我现在有实体了？而且他蹲着居然和五岁的楼观雪平视，所以他现在到底是什么样子？！

楼观雪不是个废话多、优柔寡断的人，见他不答话，扬手举刀。

夏青迅速回神，赶紧抓住他的手腕，扑了出去，他从小到大在打架方面就天赋异禀，制止这么一个营养不良的小孩轻而易举。

夏青扑在他身上，夺过楼观雪的刀，同时捂住他的嘴：“别出声，我不是坏人——嘶！”

楼观雪想也不想，一口把他的手咬出血。

他就不该答应那破笛子！

“你是狗吗？”夏青浅褐色眼里满是怒火，反问。

楼观雪倒在地上，却也一点不显得狼狈，固执阴狠地盯着他。

夏青跟这么个凶残的狼崽也没什么话好讲，开门见山，直截了当：“别发疯，我是来救你的。”

楼观雪沉默不说话。

夏青说：“这里是你的‘障’，你知道吗？”

楼观雪无声冷笑。

夏青拿起从他手里夺过的刀：“刀现在在我手里，我要想杀你现在就可以杀。你就一个五岁的小屁孩，我不图你命，我还能图什么呢？”

这话似乎让他的防备心有些瓦解，楼观雪垂下睫毛，面无表情擦了下嘴角的鲜血。

那全是他的血！夏青真是恨得牙痒痒——楼观雪，我真是欠了你的了。

楼观雪沙哑出声，厌恶冰冷：“滚，我不需要谁救。”

夏青和长大后的他打过交道，不至于被这么一句话气到，皮笑肉不笑：“那不好意思呢，我进都进来了，救不了你我也出不去。”他阴阳怪气的时候，说话总喜欢加个“呢”。

而楼观雪小时候从来不吝啬于表露自己的负面情绪，看他像看一个傻子。

男孩眼尾处有颗痣落在眼皮下，小时候痣是红色的，诡艳森冷。

他没再理夏青，迈着小短腿爬上了床。

夏青想：不愧是你楼观雪！从小就那么难搞！

夏青呵呵一笑，跟在他屁股后，死乞白赖挤上了床。长大后的疯子不好惹，五岁的楼观雪他还不能欺负了吗！

楼观雪冷冰冰反问：“你有事？”

夏青赶时间，语速飞快：“不是我有事，是你有事！快，告诉我你现在的心魔是什么，我好搞定走人。”

楼观雪看他几秒，真的把他当傻子看了，把被子蒙头一盖，不再说话。

留夏青在那里疑惑。

夏青在他的“雷区”蹦跶：“你的心魔是不是你娘？”

楼观雪：“滚。”

夏青难以置信：“你五岁的时候那么跩的吗？”

夏青继续问：“你什么时候看到我的？”

楼观雪冷嘲热讽：“我又不瞎。”

夏青又无语了。

跩成这样，真的看不出来他有心魔，楼观雪是别人的心魔还差不多吧！

夏青虽然有时候思维比较简单，可是他从小在孤儿院长大，自己无忧无虑没心没肺，不代表不能感知别人的情绪。

毕竟他最开始安静凝视的一批人就是和他住一起的小伙伴。

孤儿无父无母，漂泊无根，于是敏感、自卑、偏执好像就成了扎根血脉里的性格。福利院是个大家庭，但大家庭注定不能照顾所有人的情绪，夏青看了太多的眼泪挣扎、孤独彷徨。

当笛子说这是“障”时，他以为困住楼观雪的会是他小时候的一段非常悲惨的经历，自己是来拯救小可怜的。结果小可怜没见到，见到一个恶狼崽子。

眼里没有苦痛屈辱，有的只是冰冷戾气，在深渊里磨砺出叫人心惊的反骨来。

夏青支起身体，拿手隔着被子戳了下楼观雪，想了想说：“我带你离开这里怎么样？离开那个女人，离开这个冷宫。”

毕竟这里是苦痛的根源。

楼观雪闭眼睡觉，没理他。

夏青看着小孩疲惫脆弱的脸，咽下了涌到嘴边的话，闷闷地也躺下来。

算了，看着来吧。

第二天夏青才知道自己是什么样子，他也变成了一个五岁的小屁孩，衣服都顺带变小了好几号，披头散发灰扑扑，看起来就像个小乞丐。

他是在井边照出自己的样子的。

冷宫里断壁颓垣，荒草丛生。

井是冷宫里唯一的水源，而楼观雪每天拂晓就要起床，挑三桶水留着备用，还要顺带去浇菜翻土。他的手并不像长大后那样一看就是养尊处优、金枝玉叶，相反，布满了各种经年累月的伤痕，有些深及骨头，看起来非常恐怖。

夏青为了献殷勤自告奋勇帮他浇菜，热情友好，同时把“急功近利”写在脸上，虚情假意：“这里好冷清啊，都没什么人，你的心魔是孤独吗？好了，你现在不孤独了，我是你的好朋友。”

楼观雪用手擦了下汗，苍白的脸上一片冷漠，已经能把他的话当耳旁风。

夏青左看看右看看，作为好朋友关心是第一步：“哦，我现在就去偷药给你搽伤。”

楼观雪冷冷地看他一眼：“别去。”

夏青：“为什么？”

楼观雪偏头，语气冷漠：“我伤好了，要做的事就不止这些了。”

夏青心道：仙女你好踋哦，五岁就那么让人捉摸不透吗？

他以为他只是搞不懂长大后的楼观雪，没想到小时候的也搞不懂！

（三）

人一丧气就容易消极怠工。

夏青帮了几次倒忙，在收获楼观雪毫不掩饰的厌恶烦躁的目光后，默默去搞其他东西了。

他爬上了冷宫墙角的一棵树，然后顺利地跳到了墙上，这里长满了青苔和不知名的白色野花。

夏青到墙上才发现外面的世界是虚无的，“障”被困在这冷宫的方寸之地内，外面是纯白的天地。

楼观雪把事做完，往宫殿内走，去见了他的母亲。

夏青跟在他身后，终于看清了那个女人的样子。不得不说纯鲛真的是人间绝色，直发如瀑，皮肤莹白，一袭水蓝衣裙恍若神仙，美貌摄人心魂。

她也有一个很好听的名字，叫瑶珂。

太监喊她“瑶珂夫人”。

在颓圮的宫墙前，瑶珂端着一盆需要洗的旧衣，冷漠地听着太监尖尖细细的话。

太监目光贪婪地流连在她的脸上：“不是咱家说啊，以夫人的美貌，稍微使点心思又何至于待在这冷宫呢？”

瑶珂神色冷淡：“若无其余事的话，公公便走吧。”

她转身就往洗衣服的地方走，留太监在后面神色阴晴不定，最后从嘴里低骂一句：“装什么清高。”

楼观雪走过来时，刚好就听到这话，神色藏在阴影里看不出什么表情。

夏青气得够呛。

太监本来打算走，结果转头时视线一扫，落到楼观雪身上又不动了，来了兴趣问道：“你是瑶珂的孩子？”

楼观雪停下脚步，以往的经验告诉他，现在置之不理会更倒霉。他在春光里警惕却漠然地看了太监一眼，又低下头，很轻地“嗯”了一声。

太监恍惚了一秒，唇角牵起诡异的弧度来：“你抬起头来，让咱家看看。”

“看个屁啊！死变态！”夏青在旁边气得骂出声。然后他就发现了，自己在别人眼里还是个幽灵，看不到也听不到，这可把他急得团团转。

楼观雪乖乖地抬起头来，脸色苍白，瞳孔黑得如浓稠夜色。

老太监唇角的笑越发深邃，眼睛里流露出毫不掩藏的卑劣来：

“不愧是瑶珂的孩子，生得果然好。”

楼观雪抿着唇，不说话。

老太监又笑起来：“乖孩子，想吃糖葫芦吗？哎哟——”

他被一把石子劈头砸了脸。

夏青已经爬到了旁边的树上，在听到“糖葫芦”三个字时，愣了几秒，然后更气了，把手里的石子一个一个瞄着那太监的脸砸。他砸得又快又狠，破风而去，把老太监砸得抱头鼠窜，气急败坏嚷了好几声“谁”“是谁”后实在躲不开，甩着拂尘走了。

“变态。”夏青骂骂咧咧，从树枝上跳下去。

楼观雪面无表情，用手擦着被那太监碰过的脸，一下又一下，仿佛要把那块皮肤弄烂，让鲜血涌出。

夏青注意到他的动作，惊了，赶紧去抓他的手：“你干什么？嫌脏去洗洗不就得了？”

楼观雪垂眸看着他的手。

夏青也不顾他挣扎了，拽着他坐到了庭院里的桌子边，又马不停蹄去倒了一盆水过来，搁他面前：“你那么用力，想擦出血来？”

楼观雪：“刚好洗掉那恶心的感觉。”

夏青：“你以为你的血比水干净？”

楼观雪淡淡地说：“没有，我的血是挺脏的。”

夏青一噎，决定给他好好科普一下：“不是你的血脏，是每个人的血都脏。”

楼观雪看他一眼，把伤痕累累的手伸进盆里，随便洗了一下后便走了，连句“谢谢”也不说。

真无语，这什么狗脾气？

夏青以为装出冷宫闹鬼的样子，那个太监会就此善罢甘休，没想到他还真是个不怕死的。

某个晚上，这老太监又来了。

凄冷的月光照着古井荒草，他穿着青色的太监服像条直立的毒蛇，弯下身笑得满脸皱纹，低声蛊惑：“殿下，想吃糖葫芦吗？”

夏青还没来得及发火，楼观雪已经在月色下一点一点笑了起来，声音跟蜜糖似的：“好啊。”

夏青人都蒙了。

楼观雪小时候的样貌是昳丽乖巧的，冷着脸的时候像把出鞘带雪的刀，笑起来却甜得人心颤。

夏青就像见鬼一样，看着楼观雪扬着五岁小孩甜甜的笑，轻声说：“好，我跟你走。”

“楼观雪！”夏青猛地瞪眼出声。

可空气中却似乎出现了诡异的波动，冷宫凄清，夜鸦声寒，楼观雪听不到他的声音也仿佛看不到他的人，像是静止的回忆。

“你吃个屁的糖葫芦啊！”

夏青气得颤抖，想要跟着他们一起走，但是冷宫的“障”把他拦住了。他就看着楼观雪和那个老太监一起走入了虚无纯白里，剩他一个人待在原地。

夏青茫然地觉得自己是在做梦。

——糖葫芦？这就是所谓的喜欢糖葫芦？

他烦躁地抓着头发，想骂人。

他气死了，决定再也不管这小屁孩了，但心里想着不管，身体却很诚实。夏青短手短脚地爬上了那堵高墙，怀着一丝极其细微的希望想看清外面。不过极目而望，也是虚无的白。他呆了好久，随后想去找瑶珂，告诉她“你儿子被一根糖葫芦拐走了”，但还没等他行动，楼观雪已经回来了。

“你怎么又爬上去了？”

楼观雪嫌弃的声音传来。

夏青惊讶地回身，就看到楼观雪站在墙下，头发用那根缥碧色的发带束在身后，黑衣整齐干净，手里拿着一根糖葫芦。

夏青瞠目结舌：“你……你……”他上上下下打量他一番，半天才找回自己的声音，“你，真的只是去拿了根糖葫芦？”

楼观雪闻言嗤笑一声，神色嘲讽：“你觉得呢？”

夏青卡了几秒：“那我换个问题。那个老太监有为难你吗？”

楼观雪冰雪般的容颜在月光下显露出几分肃杀：“关你什么事。”

夏青不禁怀疑这不是楼观雪的障，是他的障！他快要被气出心魔了，需要被拯救的是他自己吧！

夏青想了想：“你真的只有五岁吗？”

楼观雪没说话，漆黑的眼眸瞥他，一脸“你问的什么傻问题”。

夏青扯了下嘴角。

楼观雪长大后，神秘危险，小时候也让人心惊胆战。

他像个狼崽，张口就能咬断敌人的咽喉；也像片野草，在这荒芜的冷宫扎根出勃勃生机。

对，生机。

夏青终于反应过来他搞不懂的点了。

楼观雪在这样压抑、扭曲、黑暗的童年中，并没有显得自卑、惶恐、可怜。

他很聪明，知道保留手上的伤能少做点活，也懂保护自己。

逆境养出他一身反骨，像利剑支撑住单薄身躯。

很难想象，这样的人心魔会是什么。

孤独吗？楼观雪应该是孤独的，不然也不会一直理他了。

当然这种孤独并不足以成为心魔，它只是一种很纯粹的、可有可无的情绪。

所以笛子神神道道说的“障”到底是什么？

夏青胡思乱想的时候，楼观雪已经吃了两颗糖葫芦了。

夏青回神，吐槽他：“兄弟，我们现在是朋友了吧，你懂什么叫朋友间的分享吗？”

楼观雪看他一眼，转身就走。

夏青气得咬牙。

楼观雪转身撞上了一个人。

瑶珂。

夏青一愣。

这一刻那种诡异的感觉又来了，月凉如水，似乎是回忆的水幕在轻轻荡漾。

瑶珂穿着水蓝宫裙，提着一盏灯，黑发如瀑，绝色的容颜在灯火月色里模糊又遥远，她问："你吃的什么？"

楼观雪想也不想地回答："糖葫芦。"

瑶珂弯下身来，问道："谁给的？"

楼观雪忍着不耐烦："一个老太监。"

瑶珂问："上次那个？"

楼观雪："嗯。"

瑶珂从他手里拿过那根糖葫芦，轻声说："山楂裹上糖，用扦子穿在一块儿就成了糖葫芦？人族的食物总是那么千奇百怪。人族的欲望也很奇怪，色欲、贪欲，还有口舌之欲。"瑶珂说完，极轻地笑了一下："阿雪喜欢这个？"

楼观雪冷冷地回视她。

"啪"，灯笼滚到墙脚下。

瑶珂突然松开了手里的灯笼，她猛地掐住楼观雪的下巴，银蓝的虹膜处泛起寒光，如凝聚的泪。她的另一只手拿起手里的糖葫芦，粗鲁地塞进楼观雪的嘴里。

楼观雪骤然瞪大眼，却被强摁着下巴，动弹不得。

瑶珂像是疯了一般，拼命把糖葫芦往他嘴里塞，喃喃地问："糖葫芦好吃吗？"

鲜血从楼观雪的嘴边涌了出来，他想合上牙，可是瑶珂力气大得惊人。

夏青人都傻了，想去拦住那个疯女人，却发现这是自己走不进的回忆。他只能以一个旁人的视角，看着瑶珂狠狠塞了好几下，然后松手，糖葫芦滚下来，上面全是血。

楼观雪在她放手后，半跪着撑在地上，嘴边全是血，不停干呕。

瑶珂一尘不染站在寒月下，看着自己儿子狼狈的样子。她恍恍惚惚，泪水从眼角落下，成莹白珍珠，一颗一颗滚到了楼观雪脚下。

“你怎么能有这些肮脏的欲望呢，你怎么能是人族呢……你是我的孩子啊。”

她似乎又从魔怔中走出，猛然惊醒。

“阿雪。”

悔恨、迷茫、心疼悉数在眼中，眼眶泛了红，她往前走了一步。

但是男孩避她如毒蛇猛兽。

瑶珂失神地站在原地，风卷着她的衣裙。

楼观雪看都没看她一眼，扶着墙跌跌撞撞离开。

“阿雪！”瑶珂骤然脸色苍白，眼睛红得能滴出血，狼狈地向前跑去。

楼观雪痛得神志不清，被杂草绊倒，手臂蹭出一道血痕。

“对不起，阿雪，对不起。”

她在后面跟上，慌乱无措，泪流满面。

楼观雪手臂火辣辣地痛，嘴里全是腥腻的血，他扯唇，冰冷讽刺地笑了一下。

“楼观雪？！”夏青终于能动了，赶紧跑过来，蹲下身，抓住了他布满伤疤的手。

夏青扶起他，焦急地说：“我带你走。”

楼观雪：“不用。”他声音哑得厉害。

夏青：“那总得先躲开这个疯女人吧。”

楼观雪漠然地说：“她追不了多久的。”说完，又抬头看了眼冷宫高高的墙，“带我上去。”

“啊？”夏青摸不着头脑，但还是乖乖地扶着楼观雪，让他踩着自己的肩膀先上了树，再跳到墙上。

“阿雪，对不起，对不起，对不起……”瑶珂的声音痛苦而绝望，她一生无爱无恨高坐云端，所有的泪似乎都给了自己的孩子。

纯鲛的泪堪比心头血，是不能多流的。

瑶珂没走两步，视野便是一片模糊，茫茫如海雾看不清路，但她并不在意这些，只是扶着墙，哀切又焦急地寻找着，再流出来的已经不是泪，而是血，淌过苍白绝色的脸，像凋零的花。

“阿雪，阿雪……”

夏青就看着这个女人被荒草所绊、被岩石划伤、被树枝缠住头发，依旧没有停下。她行在黑暗里，一声比一声沙哑难过，带着悔恨和绝望。

夏青屏息，收回视线，马上担忧地问楼观雪：“你的嘴巴没事吧？”

楼观雪和他并排坐在墙头，面无表情擦了下嘴角的血：“没事。”他手里还拿着那根沾满了灰尘和鲜血的糖葫芦，说完，一口咬在了一颗糖葫芦上面。

“你还吃？不要命了？！”

夏青吓得直接抢过他的糖葫芦。

楼观雪唇角勾起一丝冷笑：“放心，我命硬得很，被她从楼梯上摔下都不会死。”

夏青还是不放心：“你张嘴我看看。”

楼观雪没理他，嚼得牙齿上都是血。

夏青急得团团转，下去用木勺先盛了点水，让他清清口。

楼观雪冷着眼看他半天，还是含了口，然后吐出一团污血来。

这个瑶珂真的就是个疯子啊。

夏青欲言又止：“我带你离开怎么样？”

楼观雪说：“不要。”

夏青：“啊？”

楼观雪眼神清明，冷漠地道：“我在她身边才安全，反正她发疯那么多次，也没杀了我。”

夏青抿唇不语。

楼观雪狐疑地看他一眼，讥讽道：“你不会还想着什么救我出心魔吧？”

夏青已经麻了，不知道说什么了。

楼观雪吐出了嚼碎的山楂。这人长大后洁癖得不行，小时候却是什么都不嫌。他往后一摸，确定那根发带还在后面，才淡淡开口：“我怎么会有心魔呢？这辈子本来就活得够倒霉了，还生出心魔折腾自己，我脑子进水了吗？”

夏青艰难开口：“心魔这种东西，不是你想不想的问题。”

楼观雪唇角噙了丝笑意，有长大后那股神经质的调调了：“哦，那你说，我的心魔是什么？”

夏青：“是……你娘吧。”

楼观雪点头：“嗯，然后怎么破除，杀了她？”

夏青认真想了想：“你真是问了个好问题。”

楼观雪意味不明地嗤笑一声。

夏青悠悠地吐出一口气，闷声道：“我真没想到你小时候是这个样子。不过想想，这才是你该有的样子。”

楼观雪不说话，低头，眼皮上的痣红得泛邪光。

夏青鬼使神差，轻声问了句：“楼观雪，有人关心过你吗？”

楼观雪看他几秒，像看傻子，随后唇角溢出一丝玩味的笑来：“有啊，多得是。今天不是还有个问我爱不爱吃糖葫芦的。”

夏青：“……我说的是正常一点儿的关心！”

楼观雪满不在乎地说：“浣衣局有很多宫女，如果我露出伤口装痴卖傻，再自揭伤疤说些悲惨遭遇，满足那群人的同情心和好奇心，能获得不少嘘寒问暖。”想了想，他加上一句话，“哦，事也能少做点。”

夏青停顿了一下，道：“你活得好清楚啊。”

等等——

夏青偏头，浅褐色的眼眸满是震惊：“楼观雪，你现在唯一的愿望，是不是就是活下去？”

楼观雪愣了愣。

“是啊。”

他似乎也觉得这没什么好否认的。

语气轻描淡写，可却让夏青觉得，这是他最接近楼观雪内心的一刻。

微风吹着楼观雪缥碧色的发带，黑发拂过脸庞，他又咬了颗糖葫芦。

男孩苍白瘦弱的脸上眼珠子黝黑，泛着股让人心惊的劲儿。

如向死而生绵延荒土的劲草，在这充满淤泥腥血的人间野蛮生长。

楼观雪嚼碎山楂却不咽，直接吐出来，他偏头：“你知道我为什么会和你说话吗？”

夏青还在想事情，心不在焉：“为什么？”

楼观雪笑了下，没什么情绪：“因为你看人的眼神，很呆。”

夏青心里呐喊：笛子，放我出去！！！

（四）

“障”内的时间流速变幻莫测。

那一晚和楼观雪聊天过后，夏青想着转变视角，开始以局外人的身份观看他的童年，抽离情绪后认真分析出很多问题来。怪不得楼观雪一开口就是“滚”，这头小狼崽子，是真的不需要救赎啊。

他活得太明白了，知道自己有多惨，也从不吝啬于用自己的惨换取好处。每天奔波劳累，忍着一群人不阴不阳的嘲讽辱骂，跟疯子娘亲打交道，却一点都不觉得自己可怜。

五岁的幼童心思还没那么难猜，楼观雪攒着那股执拗的劲儿，好像就是为了活着。

纯鲛一族集天地灵气为生，因此瑶珂是不需要吃东西的。她从骨子里就不愿承认楼观雪是人，总是冷漠地刻意忽视他需要吃饭这一点，然后等小孩几乎饿死在她面前，才骤然惊醒，悔恨地泪流不止，颤抖地为他洗手做羹。

就像那晚一样，一声一声重复着“阿雪，对不起”。那双银蓝的眼眸，因为日复一日的眼泪，变得黯淡泛红，再这么下去，她可能真的会瞎。

夏青搞不懂瑶珂在想什么。

她像个人格分裂的人，冷漠不是假的，眼泪也不是假的。楼观雪痛苦，或许她更痛苦，真不知道这是在折磨谁。

而楼观雪从来不想去理解瑶珂，对于这个神神道道的亲娘，一句“疯子”概括全部。

夏青问道：“你有什么怕的东西吗？”

楼观雪想也不想，冷声说：“死。”

这还真是五岁的他会给出的答案。

楼观雪现在太纯粹了，仿佛为了活着而活着。傲骨压得很深，却横穿灵魂，于眼中展露出冰冷的锋芒来。

“喜欢”糖葫芦，“喜欢”放风筝。

夏青后来终于知道了楼观雪喜欢风筝的缘由。

那天他坐在墙上，看着一只风筝飞了进来，搅乱了本就暗潮汹涌的回忆。

同时进来的还有一群人，宫女、侍卫熙熙攘攘簇拥着一个抱着兔子的少女——燕兰渝。

她成了太后以后总是着青色长裙，妆容素净，温温婉婉，可是年少时，生而显贵、张扬跋扈写入骨子里。散花水雾嫣红罗裙，桃花眉心作妆，黑发斜绾，戴步摇坠明珠。

“皇宫还有这么个破落地？”

燕兰渝的指甲蔻丹涂得鲜红，刮着怀里兔子的皮毛。

兔子在她怀里瑟瑟发抖。

同时发抖的还有她后面的太监。

“娘娘，咱捡了风筝就赶紧离开吧，别让这腌臜地脏了您的眼。”

燕兰渝红唇一勾，扬扬下巴，看到在井边挑水的楼观雪，声音娇横：“小孩，帮本宫把风筝捡过来。”

楼观雪放下水桶，将手在衣服上擦干净才去捡，免得又因为弄脏风筝招一场无妄之灾。

只是他再怎么注意，在燕兰渝眼里都是恶心肮脏的，她让宫女接过，盯着楼观雪的长相，末了笑道："本宫听闻陛下曾格外宠幸一鲛人，后面鲛人犯了事被贬入冷宫。那个鲛人名叫瑶珂，你是不是瑶珂的孩子？"

楼观雪脸色苍白，惶恐不安："……嗯。"

燕兰渝顿了顿，问："你叫什么名字？"

楼观雪手指局促地卷着衣服，颤抖道："楼……观雪。"

燕兰渝嗤笑："楼？……"她语气嘲讽，话没说完，但是个人都能懂她的意思——就你也配姓楼？

燕兰渝鲜红的指甲刮了下兔子耳朵，突然恶意浮现眼中，唇角笑意加深："这个名字不好听，我给你取个小名怎么样？"

楼观雪安静地抬头，皮肤白到透明，眼神脆弱又迷茫。

他若想伪装，能把一个怯懦自卑的五岁小孩演得出神入化。

燕兰渝满意地笑了，弯下身，说话如毒蛇吐芯："本宫幼时曾听过一句诗，叫'贫贱人弃焉，富贵骄人耳'。你小名就叫'贱人'吧，怎么样？"

"扑哧。"她背后的一干宫女、太监笑出了声，乌泱泱站在一起，嘲弄的、审视的、戏谑的视线，跟炬火一样烧灼在楼观雪身上，仿佛要把这个小殿下剥皮拆骨，踩碎在脚底才算快乐。

夏青想打人，但他知道燕兰渝不是他能动的，他激怒她，那么所有报复会回到楼观雪身上。

夏青顿时又急又担忧地看向楼观雪。

此时这个院子里，所有人都在看楼观雪。

他们满怀恶意，等着看他脸上露出屈辱、愤恨的表情，或者看他赤红双眼狼狈不堪。

但是没有。

楼观雪沉默一会儿，随后一点一点笑了起来，他小时候生得精致可爱，笑起来又甜又乖，甜得让人心颤。他抬起头，睫毛颤得像在蛛网上挣扎的蝴蝶，眼中满是不谙尘世的天真："'贱人'吗？真好听，谢谢娘娘。"声音也懵懂纯粹，仿佛真的很喜欢这个小名。

燕兰渝没得到想要的反应，一下子觉得索然无味，抱着她的兔子转身走了。

一群宫人也是觉得没意思。

夏青握紧了拳头，等燕兰渝走出冷宫的门后，才去跟楼观雪说："你别理她。"

楼观雪冷若冰霜道："我没打算理她。"

夏青盯着小孩雪白的脸，想了想，干巴巴地说："哦，可是我还是想安慰你，别难过，你长大后会很厉害的。"

楼观雪微笑，不是刚才那种装出的甜，是符合他性子的冰冷讥讽。

他问："你知道你的出现，让我最开心的是什么吗？"

夏青想了想，慢吞吞道："大概是我的出现让你知道自己居然真的活到了长大吧。"夏青又道，"你跟我一次又一次对话，是不是也是一次又一次确定自己未来真的活了下去？"

楼观雪不说话了，漆黑的眼眸深冷地看着他，很久之后转身去干活，留下一句嘀咕："还不算太蠢。"

夏青倒也没生气，说："楼观雪，我现在已经能猜出你的心魔是什么了。"

楼观雪用伤至骨头的手去拉粗糙的绳子提桶。

夏青扯了下他的衣服，说："我来吧，我力气比你大点。"

楼观雪也不推辞，安安静静地站到了一边，出声问："我的心魔会是什么？"

夏青用短手拽着绳提桶，头也不回道："会是你自己。"

楼观雪嗤笑。

夏青回头看了楼观雪一眼，浅褐色的眼眸仿佛山海的注视。

楼观雪愣住，不自在地说："别用那么呆的目光看我。"

夏青提完三桶水："哦。"

夏青无比确定，楼观雪的心魔只会是他自己，不会是任何人。只是他并不知道，这个心魔什么时候出现，又为什么会出现。

然后"障"内天地很快给了他答案。

燕兰渝又来了，在一个火光冲天的夜晚。

她把怀里的兔子喂了雪狼，然后带着雪狼到了冷宫外。

“有人在吗？”她少女时期，声音轻快。

燕兰渝鬓发上的金步摇在背后宫人高举的火把里，闪着熠熠冷光。

“听说冰川上的雪狼和通天海的鲛人一直都是宿敌关系。这畜生吃了本宫的兔子，瑶珂夫人，能帮本宫教训教训它吗？”

燕兰渝无论什么年龄，问出问题从来都不是要回答的。

“乖，进去吧。”

她勾起唇角，弯下身，裙裾潋滟如血，解开了饿得神志不清的雪狼。

雪狼脱了禁锢，却根本不敢扑向燕兰渝那边，火把的热气烤得它嘶吼出声。

饥饿已经模糊理智，雪狼头也不回地闯入了凄冷的冷宫内。

夏青在墙上看着，血液冰凉，他一下子从墙上跳了下来：“楼观雪！”

但是火光照得夜如昼，这是楼观雪的回忆，他走不进去。

夏青赶到时，就见雪狼身躯庞大，鼻孔“嚯嚯”出着热气，赤红着眼盯着坐在桌旁安静刺绣的女人。

瑶珂抬起头来，看着那头饥饿凶残的野兽，银蓝的眼里却没有害怕恐惧，沉默对望。

鲛族曾是海之霸主，纯鲛更是绝对的征服猎食者。

扎根血液的臣服畏惧让雪狼的步伐停下，喘着粗气，烦躁又不安，在不断试探着。

瑶珂看了那只雪狼一眼，而后轻轻抓了下楼观雪的手，垂眸小声说：“等下我拖住它，你从后门跑出去，你那么聪明，是知道那个密道的。”

楼观雪骤然抬头，盯着她。

瑶珂说：“乖，出去后别回来了。我要是死了，你在皇宫活不下去的。”

楼观雪的唇抿成一条直线。

瑶珂放下针线，神情温柔而恍惚，喃喃道："鲛族这算不算自作自受呢？"

当初从来不放在眼里的野兽，现在危险到能要了她的命。

"这是惩罚，这是背弃神明的惩罚。"

瑶珂说完站起身，水蓝衣裙静落，银蓝的眼眸浮现出一层血光来，刹那间，这个看起来脆弱清冷的女人身上散发出一种撕裂空气的杀意来。

满是血腥和暴虐，如尸山血海走出的野兽信号，她眼如兽瞳，血红一片。

雪狼"嗷"地咆哮一声，四肢骨骼都在战栗，可是饥饿灼烧理智，它最后冲破恐惧猛地朝瑶珂扑了过来。

"走！"她声音很急，推了把楼观雪。

楼观雪被推得踉跄一步，月光从小窗照进来，照在他苍白而无表情的脸上。他咬紧牙关，看着灯火中那个女人。

她熟练地用手擒住雪狼脖子，却因为力气不够被反撞到墙上。雪狼一口咬在了瑶珂的手臂上，血雾一下子溅开在空中。而瑶珂一言不发，眼睛里全是凶狠，张口咬断了雪狼的耳朵。纯鲛一族骨子里暴虐残酷，根本不会有示弱的时候，死都是高傲的。

哪怕她身体虚弱比寻常妇孺还不如，可血液里的兽性还是能让她在与雪狼的对抗中拖延很久。

"走！"她唯一的理智，都用来说这个字。

说给楼观雪。

楼观雪没动，他浑身上下都在发颤，牙齿哆嗦，寒意渗入了每寸皮肤，眼里蹿着冰与火。

他应该是恨她的。

恨她的阴晴不定，恨她的喜怒无常，恨她带来的所有折磨与苦难——恨她把他带到这个世上，却让他一个人摸爬滚打，琢磨着怎么活下去。

他那么惜命，活着就是为了活着。

他应该跳窗出去，远离这个地方。

疯女人死了好。

可是，所有自私理性的想法浮现脑海，眼中却先泛起泪光。

“傻子。”他骂自己。

他从怀里拿出了那把从来没离过身的小刀，然后猫着腰，灵活矫健地冲了过去。

瑶珂看到他的身影，猛地一颤，随后眼眸流露出浓浓的哀伤来。

楼观雪从后面拽住了雪狼的后肢，顺势爬到了它的背上，揪着毛发，动作又狠又厉，一刀扎进了雪狼的脖子。

雪狼仰天大叫一声，疯狂扭动，想要把他摔下来。但是楼观雪并不罢休，脸上全是血，咬着牙，一刀、一刀、再一刀。刀起刀落把雪狼的脖子扎得稀烂，血肉横飞，落到了瑶珂的脸上，也落到了他的脸上。

瑶珂自始至终，望着他。

眼神是他从未懂过的哀伤。

雪狼腹背受敌，终于失血过多，直直倒地。

楼观雪也从上边摔了下来，“咚”，摔得他手骨裂开般痛。

“好精彩啊。”这时，门外响起了掌声。

燕兰渝带着一群拿火把的侍卫走了进来，笑吟吟看着满室的狼藉。

她若有所思地看着楼观雪，红唇勾起：“不愧是当初称霸海洋的鲛族，果然厉害呢。”

楼观雪不是鲛，但他懒得反驳，也没工夫伪装，低下头不说话。

燕兰渝视线又落到瑶珂绝色的脸上，愣了愣后，压下嫉妒，笑道：“那今夜就感谢瑶珂夫人出手相助了，本宫现在带这贱畜离开。”

她命令侍卫将雪狼的尸体抬走，离开前，又意味深长地在瑶珂的脸上停留了几秒。

瑶珂却并没有理她。

她不管不顾脸上、发上的鲜血，看着楼观雪，不断落泪。

多可笑啊！当初高不可攀、强大冷漠的鲛族圣女，现在为了一个小孩，掉尽了一生的泪、一生的心头血。

楼观雪很不习惯和她这样相处。

他捂着断了的手臂，起身，有些不自在，别扭地跟她说："我只是……"

谁料瑶珂已经捂着脸，泣不成声。

她难过到仿佛心被撕裂，声音带着扯动灵魂的哀痛。

"阿雪，你是个怪物啊。"

楼观雪脸色煞白。

她哭出血泪，却是魔怔般喃喃道："对不起，对不起，你就不该活着的。"

（五）

她带着哭腔，话却像一道惊雷劈开他的混乱人生，劈得他血肉模糊，体无完肤。

楼观雪蒙在原地，第一次，稚嫩的脸上流露出属于这个年龄该有的无助和迷茫来。

他手臂还受了伤，狼的血溅到睫毛上，很难受，可是手和脚都僵硬着不知所措，嗓子沙哑，张嘴失声，也说不出话。

夏青眼眶发酸。

他和五岁的楼观雪接触不多，却亲眼见他每一步蹒跚艰难都是为了"活下去"。他上蹿下跳、装乖卖惨，忍着所有的侮辱嘲弄、殴打谩骂，拖着一身伤痕成长。这个狼崽一样的小孩，从不觉得恨和难过，也不觉得孤独，只是纯粹想活着。

可是现在，这个赋予他生命的女人，用崩溃的语气告诉他："你就不该活着的。"

楼观雪的眼眶也红了，可是他太小，根本不知道该怎么止住心里那种翻涌煎熬的痛。

只能张了张嘴，几乎是祈求地："别说了……"

瑶珂听不到他的声音，她仿佛陷入了魔怔，鲜血从指缝里不断涌出。

“对不起阿雪，对不起，我就不该把你生出来。”

她一声比一声嘶哑，哭得肝胆俱裂。

“对不起阿雪，我不该在你身上设下血阵，妄图让神明在你身上苏醒。”

楼观雪浑身都在哆嗦，往后退一步：“别说了。”

“对不起阿雪。”瑶珂绝望地哭着，自责将她整个人击溃，“对不起。”

“你不要长大了，你不要活下去了阿雪。”

她颤抖地松开手，僵硬缓慢地抬起头来。

银蓝的眼眸一片血色，暗淡无光，瑶珂已经彻底瞎了。

她看不见，跪坐在地上，漆黑的长发委地，如凋零荒冢的灵薇花。

“你不要长大了。”她轻声喃喃，眼角血泪不止。

“……都是我的错，我不该生下你只把你当一个容器。

“你五岁了，很快，神就要在你身上苏醒了。

“你别再长大了，别活下去了。”

她看不见，只能摸索着往前爬，披头散发，眼神无光，神情已经痛到麻木，只是似哭似笑疯疯癫癫：“神苏醒的一刻，鲛族当年所有的罪都需要你来承担。别再长大了，别活下去了。

“我现在不求神重临于世了，我现在也不求鲛族归乡，我只想要你平平安安、无痛无怖，阿雪。

“阿雪，对不起……”

“楼观雪！”夏青终于能动了，他扑过去，先捂住了楼观雪的耳朵。

而楼观雪愣在原地，一动不动，面色苍白如纸，黝黑的瞳孔也像是见到了极其恐怖的东西，涣散瞪大。

一把火将心头野草烧成灰烬。

句句穿刺他的灵魂，把他赖以生存的纯粹渴望击碎。

——容器。

——神就要在你身上苏醒了。

——你别再长大了，别活下去了。

楼观雪摇摇欲坠，之前跟雪狼打斗伤到了肺腑，这一刻痛感格外明显。他张嘴，“哇”地吐出一口鲜血来，眼睛被泪水洗刷，冲走了之前生生不息的全部韧劲和执拗，空空茫茫只剩迷茫。

夏青眼眶也红了，抓着他的手，哑声说：“别听了，我带你走，我带你出去。”

楼观雪没说话。

“我带你走。”夏青牵起他布满伤痕的手，一边捂着他的眼睛，一边带他往外跑，“走，我们走。”

瑶珂已经彻底失明，可是还能听到脚步声，她慌乱地站起身：“阿雪！”

但手臂撞上了桌子，上面未绣完的针线乱糟糟掉在地上，她试图往前走，却被狠狠绊倒，跪坐在地上的一刻，这位濒死的鲛族圣女长发垂落，露出一种迷茫的神情来，终于她再也忍不住，悲恸地长号一声，痛哭出来。

哭声凄哀，响彻整个荒殿。

夏青拽着楼观雪的手往外面跑，跑出这座压抑的冷宫。

外面星光璀璨，上弦月弯弯挂在天上，风中传来各种细碎的小虫子的声音。

地上布满了各种杂草碎石，楼观雪行尸走肉般走到一半，突然松开夏青的手，扶着旁边的墙，开始一下一下地呕吐。

他今天没吃什么东西，呕出来的只有鲜血。

夏青心疼得不知道怎么是好，走过去，牵着他的手：“你别信她。”

月光清清淡淡，楼观雪木得像是失去灵魂的傀儡，听到这话，单薄的唇颤抖，扬起了一丝僵硬的笑。

“多可笑啊。”

夏青安安静静看着他。

楼观雪痛苦得站不直身子，脸色苍白半蹲下去，视线盯着地上草丛里各种星星点点的虫子，失神地喃喃：“多可笑啊，我那么努力活着，是为了什么？”

他盯着自己丑陋不堪的双手，轻声说：“原来我是为了死而活。”

他难过得话都说不完整：“……为了……养大一个容器。”

夏青再也忍不住了，红着眼，蹲下去抱住他，说：“不是的，楼观雪，不是这样的。”

楼观雪这次没有抗拒他的拥抱。

男孩单薄的身躯颤抖得厉害，一口咬在夏青的肩膀上，似乎要抑住难以咽下的哽咽。

夏青感受着热泪打湿衣衫，没理会那种痛，颤声说：“我见过长大后的你。你真的活到了长大，成了一个很厉害很厉害、再也没人敢招惹的人。”

楼观雪笑起来，牙齿都在颤抖：“你确定你见到的，真的是长大后的我？”

夏青：“是你，我很确定。”

他的声音过于平静，没有多重的语气，像是单纯陈述一件事。

夏青：“长大后的你成了璃国皇帝，世人唤你‘陵光珠玉’。你虽然依旧脾气不好，一堆坏毛病，可是我跟你相处却并没有讨厌你。虽然你刚开始像个精神病，后面也差不多，但我就是……没讨厌过你。”多奇怪啊，他自己都不能解释这种奇怪。

“你活得很好，所以别信你娘这个疯女人的话，你出生的意义不是什么鬼容器。

“你活着的目的，也不是等‘神’苏醒的时候死去。

“你生来就是你自己，这辈子做的每一件事、说的每一句话，都是为自己。”

楼观雪的眼泪大滴大滴烫过夏青的皮肤。

草丛里虫子在低鸣。

夏青抿唇，选择不再说话，给他安静的空间。

他之前就在想，楼观雪这样的人，逆境磨出反骨，黑暗滋生桀骜，活得那么清醒认真，为什么会生出心魔呢？现在夏青知道了，能让他崩溃的是“活着”成了一种原罪。

萤火虫在荒草里翻飞，寂静的夜晚，土层之下有很多响动。

“我们先出去。”夏青受不了这种氛围，拽着他的手臂就要往冷宫外走。

楼观雪说：“出不去的。”

夏青沉默地看着他。

楼观雪脸色苍白，漆黑的眼眸里有前所未有的冷静认真，他轻声说：“你说这里是我的心魔，所以你也是假的，一切都是我臆想出来的。

“没有长大，没有活下去。

“人族把我当作鲛，当作异类，鲛族把我当作人，视我为仇人。”

他蹲在草丛里，幼小的脸上流露出一种迷茫来。在信念崩塌、骨骼粉碎后，他问自己：“那么我到底是什么呢？”他想到了瑶珂的话，在风中打了个冷战，一字一字艰难地说，“我是……怪物？”

不该活着的怪物。

出生就是为了死，生命只是一场献祭，连长大的资格都没有。

他声音轻得不像话：“我是怪物。”

“不是的。”夏青心里也难过得不行，蹲在他面前，停了停，跟他说，“楼观雪，你跟我来。”

夏青把他带到了那堵墙上。

两个小孩并排坐着。

“第一次见面我就想问你，我坐墙上看到的是虚无的白，你呢，你看到的是什么？”

风卷起楼观雪缥碧色的发带，他不说话。

夏青深呼口气说：“我猜，你看到的应该是御花园，是宫殿，是城墙，还有更远处的天和地。”

墙上长满了浅绿色的青苔和细微的白色小花。

夏青慢慢地说："我小时候，福利院还没翻修的时候，最喜欢做的事就是爬上前门那堵塌了一半的旧墙发呆。

"墙内一群小孩为秋千、跷跷板吵个不停，墙外施工地挖掘机'嘟嘟嘟'一直在响。院长刚开始以为我是孤僻，但他很快就发现了，我不是和人合不来，我就是单纯想坐到那里去。

"孤儿是没有父母的，等于没有来处。小时候的我对长大也丝毫不期待，同样没有去处。你现在可比我五岁时厉害多了。

"没有来处，没有去处，我却从来没想过我到底是谁、该是谁。按照后世的说法，生命本就是一场循环。亿万年前宇宙大爆炸产生了元素粒子，成为天地，成为众生，成为你我，而后又归于黄土，归于宇宙。"

夏青偏头，浅褐色的眼眸认真地看他，轻声说。

"楼观雪，活着是不需要被赋予任何意义的，活着就是活着。你那么多年的努力，都没错。"

如果命运待你不公，好像那么多年举步维艰、如履薄冰的扎根生长都是笑话一场。

如果坚守的"活下去的意义"轰然崩塌，显得可怜可悲，成为粉碎你傲骨的最后一击。

那么我想告诉你，它其实不需要被赋予任何意义，你为此做的一切，都并不可笑。

楼观雪低下头，睫毛颤得厉害，牙齿咬得唇发白。

夏青叹口气，说："你也不是怪物。"

他凑过去，伸出短小、幼嫩的手，为他擦去眼角的泪，声音像风一样既缓又轻："你怎么会是怪物呢？她生下了你，不代表有资格评定你的人生。"

楼观雪抬头，眼角依旧通红，黑发随缥碧发带飞扬在空中，眼皮上的痣泛着血光。

很久之后，楼观雪没什么感情地笑了下，说："又是这种眼神。"

夏青疑惑："啊？"

"你看人的眼神。"他似乎已经安静下来，肤色苍白，像一尊琉璃娃娃。

夏青盯着他，头上竖着呆毛，郁闷地扯了下唇角。

他在安慰楼观雪，楼观雪回应着什么屁话！

这时，墙角荒草堆里的萤火虫飞到了墙上，星星点点成海，浊黄的光把星夜都映照得温柔起来。

“我猜过我身体有古怪。”

楼观雪又开口了，声色冷淡，伸出手抓住了一只萤火虫：“因为我不会死。从楼梯上摔下不会死，被人摁在水中不会死，饿好几天不会死。每次快死了却总是差那么一口气，命硬得跟石头一样。

“最开始我以为是老天还对我有一点厚待。”

结果，是命运未露出的森冷獠牙。

他又放开那只萤火虫，注视着它飞往越来越高的天空，安静地望了会儿，才举起手去解身后的发带：“这是她给我的东西，说是保平安的，所以我就一直戴着了，睡觉也没解下。”

说完，他讽刺地笑了一下：“可能只是一种压抑的方法。”

缥碧色的发带落开的刹那，男孩的黑发都散了下来，更衬得肤白如雪，眼皮上的痣红得诡异。

楼观雪又说：“今天是三月五。”

夏青愣住：“三月五……”

原来又是三月五啊。

惊蛰。

怪不得，怪不得萤火虫漫天，怪不得土层之下窸窸窣窣那么多声响。

楼观雪偏头，精致冰冷的脸上，第一次流露出一种属于正常人的情绪来。

“其实也是我生日，虽然她对外一直说是二月十六。”

夏青说不出话来了，讷讷道：“你生日……”

楼观雪将那发带松开，由它从墙上掉了下去，惊蛰夜的冷风将脸上的泪痕吹干，也把他眼中那团野草吹得重燃。

楼观雪说："我知道怎么破除心魔了。"

夏青不明所以。

男孩扯着唇笑了下，看向夏青："你说得没错，我的心魔只会是我自己。谢谢你，我送你出去吧。"

这是他第一次说谢谢，但夏青却骤然警觉："你要去干什么？！"

男孩没理他，从袖子里拿出一把小刀，干脆利落地从墙上跳了下去。

黑发和黑衣翻飞猎猎，萤火虫绕在他身边，男孩若跳入光海，他踩在了荒草稀疏的土地上，踱过万物生机，头也不回地往回跑。

"楼观雪！"夏青猛地出声大喊，却见"障"内一切开始泛出水雾般的波纹。

满天飞的萤火虫成为光怪陆离的幻影，整个凄冷寂静的冷宫显出一种惶惶血色来。

仿佛崩塌燃烧的预兆。

"楼观雪！"

夏青也跟着跳了下去，可刚落地，肩膀就被人摁住了。

那只手很冷，寒意透过衣服渗入骨子里。

一道清冷熟悉的声音从上方传来，他说："让他去。"

夏青僵硬地回头。

就见长大后的楼观雪立在他旁边，"障"的主人，黑发如瀑，雪衣无尘。他眼神冷漠而平静，目光深如海渊，漠然看向前方。

在这里似乎才是最真实的他，没有摘星楼内的慵懒神秘阴晴不定，也没有寝殿中伪装出的清贵。

安静、孤冷，小时候那横穿骨骼的利剑长大后融碎在了血液里。

他沉默地站在惊蛰虫动的冷宫一角，看着五岁的自己拿着刀，踏过荒芜土地，去破除最后的红尘孽障。

夏青半天才找回自己的声音，艰难地说："他要去做什么？"

楼观雪淡淡地说："做我五岁时没敢做，却一直在想的事。"

五岁时没敢做，却一直在想的事。

火光燃起的一刻。

瑶珂终于跌跌撞撞双目无神地跑出了宫殿，她就像个丢失孩子的可怜母亲，急切又悲伤地一声一声喊着“阿雪”，眼眶干涸，再也流不出眼泪来。

在黑暗中踽踽独行，手慌乱地四处摸索。

夏青看到，五岁的楼观雪冲过去，然后握住了瑶珂的手。

“阿雪？”瑶珂僵住，欣喜还没浮上脸。

男孩冰冷的声音已经响了起来：“刀给你，杀了我。”

瑶珂愣住，整个人脸色苍白，摇摇欲坠，很轻地说：“你说什么？”

楼观雪眼眶赤红，趁着她灯枯油尽之际，强硬地拽开她的手，然后把刀放到了她手里。

瑶珂一辈子杀过很多人，握过很多武器，却是第一次被刀柄冷得浑身颤抖。她是那么哀伤又脆弱，可因为瞎了眼什么都做不了，她容颜上流露出深深的无助来，双唇颤抖：“阿雪，我……”

大颗大颗的眼泪从五岁的男孩眼中流出。

楼观雪嘶哑地吼出声来：“你说的，叫我别再长大，别再活下去。

“你说的，神降临时所有的惩罚都会加在我身上。你要我无痛无忧，我也不想受那个折磨。

“杀了我！瑶珂！杀了我！”

瑶珂的脸寸寸变白，没想到本来已经痛到麻木的心能再一次撕裂，鲜血模糊世界。她张嘴，却什么都说不出来。

楼观雪热泪滚烫，朝她吼：“凭什么！凭什么你们鲛族的罪孽要我承受！我是人啊！瑶珂！你装傻装瞎了五年！现在看清楚了吗？！我是人啊！我不想成为容器，不想生不如死！”

他如同濒死的幼兽，把刀给了瑶珂。

“你不是后悔了吗？说只要我平平安安。

“那杀了我！杀了我啊瑶珂！”

泪水滴到瑶珂的手背上，她被烫得差点握不住刀。

楼观雪几近哀求地说：“杀了我吧。”

碎骨重生，血肉还母，以后我就什么都不欠你的了。

瑶珂握着刀，她脸色苍白，毫无血色。

她跟雕像一样站了很久。

之后强行把自己的感觉拨出，跟没有灵魂似的，点了点头。

她弯下身来，就像是一个接受孩子无理取闹的母亲，银蓝的眼眸空空荡荡，平静地说：“好……”

冷宫血光煌煌，火一点儿一点儿燃烧起来。

夏青看着瑶珂拿着刀，杀了五岁的楼观雪。

男孩死去的一刻。

“障”终于破了。

刀滚到了地上。

瑶珂看不见，也没去看男孩的尸体，她只是在原地待了很久，像是已经彻底抽离七情六欲，剩一具不会难受不会痛的躯壳，神情苍白麻木，然后原地摇摇头，扶着墙往后走，低声跟自己说：“……今天是惊蛰啊，阿雪的生日，我得做碗长寿面，还要回去刺绣。对，我的刺绣还没绣完呢。夏天到了，该给阿雪换新衣了。”

她喃喃自语，步伐很慢，摸索着回了宫殿。

火光在这一刻大盛，“轰”，断壁颓垣顷刻坍塌，碎成粉末。

夏青看着火光中瑶珂摸索着回了桌子旁，弯下身在地上想摸索针线，最后却摸到了一本书，那本她曾经抱着楼观雪在书案边一句一句念过的《诗经》。

她已经没有泪水可以流，维持着一个姿势僵在原地。

心头血早就落尽，油尽灯枯，在生命的最后一刻，她匍匐着跪下身呜咽着抱住那本书。

长发披下，遮掩住了颤抖的身躯。

她也死了。

死在“障”内，青丝消融，血肉消融，最后剩一具皑皑白骨。

从上面长出了一朵冰蓝色的、层层叠叠的花来。

——鲛人死后尸体腐烂会化成水，在白骨上开出一朵灵薇花。

花香冷冽，丝丝蔓延，带着属于大海的潮湿记忆。

风吹得白骨成灰，也吹散了那朵灵薇花。冰蓝的花瓣随风扬到空中，泛着幽微的蓝光，和传说里一样于海上惊蛰夜照离人归故冢。

只是再也回不去了。

采薇采薇，薇亦作止。曰归曰归，岁亦莫止。

照不尽的离人，回不去的故乡。

夏青眼睛酸涩，难过地闭上了眼。

楼观雪站在旁边神情冷漠，等一切结束，往前走了一步。

夏青惊讶地睁开眼，却见楼观雪走到了还未被“障”粉碎的五岁的自己的尸体身边。

少年帝王伸出手，从堆叠如雪的袖中露出腕，上面系着一条缥碧色的发带。

他解开手腕上的发带，然后扶起男孩冰冷的尸体，修长的手将男孩乱糟糟的头发束好。

他垂下睫毛，神色平静，声音淡若月色地低声说：“她没骗你，这确实是保平安的。”

楼观雪顿了顿，淡淡地道：“你活了下去。

“活成了我。”

男孩的尸体最后也随“障”消失。

夏青不知不觉地恢复了原来的身形，站在不远处，呆呆地看着半蹲下去的楼观雪。

在一切扭曲灰烬重启前。

楼观雪抬头，望了他一眼，依稀如摘星楼初见。

夏青想了很久，在出“障”前的最后一秒，声音很轻地对他说：“生日快乐，楼观雪。”

第四章 璇珈

人们生老病死 人们爱恨别离
他安安静静将一切收入眼中
却很少为此而遗憾难过

（一）

夏青灵魂抽离，回到了寝殿内。

“障”内一晃好几天，可是出来后却只是一场梦，时间地点都没变。

骨笛疯狂拍着他的手背，急切又担忧。

夏青动了动手指，醒来时发现自己倒在地上，入眼还是华丽冷寂的帝王寝宫。夜明珠悬在雕梁画栋的藻井下，散发出清寒的光辉。

骨笛见他有动静，欣喜得不行，俯冲过来就要去蹭他的脸，被夏青一把抓住了。

他爬起来，现在头很痛，哑声警告道：“你给我安分点。”

骨笛委屈巴巴地听话，从半空中趴到了地上。

夏青在原地缓了会儿后，闭眼，很轻地喘了口气。老实说，他现在有点蒙，入的是楼观雪的红尘障，却好像是他灵魂淬火渡了一次劫。

他第一时间跑到床边去看楼观雪。

寝殿中央的床榻上，之前那些纵横如枷锁、长蛇的黑雾煞气已经消失了，同五岁的楼观雪的尸体一起被一场惊蛰夜火烧得干干净净。只是楼观雪依旧沉睡不醒，黑发散开枕上，唇色浅淡，眉心的邪光散了，比幼时深邃了许多的五官介于英挺和昳丽间，肤白如雪，鼻梁高挺，睫毛卷翘落下一重很浅的阴影。

夏青从来没有这样认真看过楼观雪，看久了，蓦地生出一点难过来。

难过。

这对他来讲其实也是一种很罕见的情绪。

夏青幼年生长的环境注定与眼泪、离散结缘。坐在那堵墙上，看见太多人走，又看见太多人进来。

人们生老病死，人们爱恨别离，他安安静静将一切收入眼中，却很少为此而遗憾难过。

不是他如草木顽石，不懂感情，相反，夏青自认还是挺感性善良的。他是个正常人，当然知爱恨、懂爱恨，只是爱恨并不能成为牵动他情绪、扰乱他心境的原因。

夏青神游天外半天后，长长地呼了一口气，低下头喃喃道："楼观雪，我上辈子肯定欠了你什么。"

骨笛这个蠢玩意儿见主人还没醒，急得原地转圈圈，使劲戳夏青，希望他给出点动作。

夏青被它戳到了脸，痛得不行，几乎想把它掰断，浅褐色眼眸蹿着火，没好气道："他在睡觉，你让我把他喊醒是想我死吗？你主人什么脾气你不知道？！"

骨笛被他一吼，蔫巴巴往下坠，然后被一只手握住。

"我什么脾气？"

床上病弱睡着的人不知道什么时候醒来，语气漫不经心，冷冷淡淡。

夏青一惊："你醒了？"

楼观雪没吭声，把骨笛放到一旁半坐起来。

他刚刚破"障"而出，脸色还是苍白的，明珠灯火照耀下，漆黑的瞳仁若漱冰濯雪，看着夏青，没有说话。

夏青："你感觉怎么样，要不要再睡会儿？"

楼观雪面无表情，突然伸出手直接掐住了夏青的脖子，俯身逼近，眼底深处血光森冷，声音冰寒："谁让你入障的？"

夏青感受到脖子上的压力却一点都不意外，浅褐色的眼眸无语又郁闷，咬牙切齿："这得问你那蠢笛子啊！你以为我想入障？我本来睡得好好的！"

楼观雪和他对视。

夏青以前不觉得，但现在却发现了，楼观雪身上一直有一种清冷味道，以往藏在帝王奢靡的龙涎香后，不易察觉，而这次苏醒后更加浓郁，无法被掩盖。

夏青此刻感受得一清二楚。

是一种带着血和腐朽的荒凉气息，掺杂着灵薇花摄人心魂的香，但更遥远也更宽广，让人想到了鲛人的生之所死之地，通天之海尽头的那片荒冢。

楼观雪掐着他脖子的手力度很巧妙，仿佛下一秒就可以让他魂飞魄散，又并没有给他濒死窒息的感觉。

楼观雪声音沙哑，说："你在想什么？"

夏青冷冷地瞪他一眼，没说话。

楼观雪盯久了，突然轻笑一声，而后慢慢地松开了手，指尖无意识地擦过夏青的喉结。

夏青人都要死了，被他搞得头皮发麻，差点爹毛。

楼观雪往后一靠，轻声说："抱歉，刚醒来有些情绪不稳。"

夏青忍无可忍："楼观雪，你是不是有病？！"

楼观雪想了想，笑说："这个问题我记得回答过你。"

骨笛在主人醒来后就把自己当成死物，心满意足地一动不动。

夏青现在是真的想把这玩意儿掰断了。

楼观雪望着他，又说："作为补偿，我给你找一具可以寄身的身体如何？"

夏青想也不想，语速飞快："不用，现在我每天都被你气死，我要变成人，还不得被你整死——"等等！夏青一下子回身，瞪大眼，死死盯着他，回想着刚才的触觉，吓得哆嗦："你你你你……"

楼观雪噙着笑意看他，等半天他都没说出来，想了想，好心帮他说完："你现在能碰到我？"说完笑了一下，自问自答，"嗯，我能碰到你。"

夏青一时说不出话。

这人绝了。

夏青几乎是一瞬间就飘到了房梁上，离他远远的。

楼观雪没下床，闷声笑了几声，才道：“放心，我不动你。”

他虽然喜怒无常，但说话还是挺算话的。

夏青稍稍安心，却是满脑子疑问：“你为什么突然就能碰到我了？”

楼观雪抬头，唇角勾起：“你入了我的‘障’，也猜不到原因吗？”

夏青：“……我猜得到啥啊？”

楼观雪的几缕墨发落到了锁骨上，神情似笑非笑，眼眸深处流露微微能蛊惑人的光来，沙哑地轻声说：“夏青，你真就那么确信，长大后的我，还是当初那个五岁的小孩子？”

夏青坐在梁上，人都被他这话问蒙了。

五岁的时候，楼观雪牙齿打战，哭着问：“你确定你见到的真的是长大后的我？”

而现在，长大后的楼观雪问出了一样的问题。

他脸上带着笑，可是神情讥讽又嘲弄。

夏青坐在梁上，想了想，慢吞吞地说：“是的吧。反正你从小到大，在气人这件事上都挺厉害的。”

楼观雪沉默片刻，淡淡地道：“五岁的我不该挺蠢的吗？”

夏青反唇相讥：“不蠢，比你现在可爱多了。”

楼观雪微笑着说：“哦。”

夏青真是无力吐槽。

楼观雪小时候顶多是个为了活下去而阴狠孤僻的酷哥，结果长大后成了个看心情让别人活不下去的变态。造孽啊！

不过，这事真的很奇怪，楼观雪破了“障”居然能碰到自己，联想到他身上那种仿佛从海渊骨冢生出的气息……

夏青愣了愣，开口说：“楼观雪，‘神’没有在你身上苏醒，但你获得了一些力量，对吗？”

除此之外，他想不到更好的解释。

楼观雪道："不对。"

夏青："那你是怎么了？"

楼观雪笑意古怪，慢慢说："我自己也不知道是怎么了，等我想明白，再告诉你吧。"

夏青又是一脸困惑。

楼观雪似乎有些疲惫了，抬眸看了他一眼："你把我吵醒了，不该负责吗？"

听到这话，夏青的脏话差点就要脱口而出。

很久，他皮笑肉不笑，从梁上飘了下去，直接飘到了楼观雪的旁边："好啊，负责负责，我来给你讲个睡前故事。"

楼观雪轻笑："嗯。"

夏青说："我们来讲《农夫与蛇》。"

楼观雪往后靠，睫毛轻颤："好。"

夏青又是一拳打在了棉花上。

或许是"障"内接触过一次楼观雪冰封的内心，又真的在他身上没感受到危险和杀意，夏青直接坐到了他的床边，看到他枕边的笛子，就气不打一处来，直接拽过来搁手里狠狠折磨。

"先回答我一个问题，这笛子到底什么玩意儿？"

楼观雪向来有问必答："神骨。"

夏青："啊？！"

他愣神的一刻，骨笛已经"呜呜哇哇"地从他手里逃了出来，躲到楼观雪身后。

楼观雪："好了，你讲故事吧。"

这句话就已经把夏青即将出口的"什么神骨""你从哪儿得到的"都拒绝掉了。他悻悻地"哦"了声，结果越想越气，说："讲个屁啊，我们之间的故事不就是农夫与蛇吗？！"

楼观雪睁开眼，黑眸清清冷冷："我说过要补偿你。"

夏青："不需要。"

楼观雪："夏青，你真的不好奇自己身上的那些疑点吗？"

夏青看着他，眼眸平静，阴阳怪气："不好奇呢。"

楼观雪笑了下，似乎终于忍不住了，眼眸深邃，抬袖，手指轻轻碰上了他的眼睛，轻声诱惑般地说："可是我好奇啊。"

他的指尖很凉，落在眼皮上，像花瓣落水。

夏青没好气地想拍开他的手臂，却发现，他碰不到楼观雪。

他只能冷着脸，不自在地飘到另一边，警告。

"你别动手动脚。"

楼观雪唇角勾起，淡淡地说："你说农夫与蛇吗？那我先道歉，为在摘星楼威胁你的事，但我觉得那并不是威胁。你被那团火强制要求待在我身边，我是怎样的人，你总会明白，不是那一天也会是某一天。

"确切来说，是我在为你压制本性，成全你的功德，而你要给我提供一个休息灵魂的空间。"

"不过，现在不需要了。"他轻描淡写地说，"诅咒我已经破除。"

夏青不作声。

哦！

然后呢！

然后你要开始释放本性，当着我的面杀人了？！

楼观雪好整以暇地看着他的表情，低声笑着安抚："放心，别怕，我不杀人。"

夏青稍稍放心。

楼观雪说："夏青，你不觉得你很奇怪吗？"

夏青抿唇："不觉得。"

楼观雪声音很低："你对生与死都有一种奇异的态度。你看到我幼年的孤苦凄惨，与其说是同情，不如说是悲悯。你见我长大后的暴戾恣睢，也没有真正害怕过。看众生，像看一草一木，看这片天地。"

夏青冷言嘲讽，要笑不笑："听起来我可真厉害，被你描述得好像我下一秒就要原地飞升，得道成仙呢。"他睫毛下瞳仁清亮，乱糟糟的头发下神情却冷漠异常，"行了，你到底睡不睡？"

楼观雪垂眸，问道："你真的不打算找具身体？"

夏青："我不想附身在死人身上。"

楼观雪若有所思。

夏青一秒理解他的想法，立马打断："你别发疯！我也不想强占一个活人的身体！"

楼观雪："哦，你讲故事吧。"

经过前面的对话，夏青心平气和。

夏青："不讲农夫与蛇，我给你讲个田螺姑娘吧，希望人间的真善美能净化你的心灵。"

但是故事开头他就卡住了。

田螺姑娘是什么故事来着？

夏青冥思苦想半天，决定自我发挥："从前有个小田螺……有一天她去河边洗澡，然后，壳被人捡了。"

楼观雪听了会儿："不该是衣服被偷了吗？"

夏青："好的……衣服被偷了。然后她就找衣服，找到了一个书生。"

楼观雪轻笑出声。

夏青硬着头皮："然后她就在书生家里住下了，书生出门，她就贤惠勤劳地为他整理房间、做饭，书生回来她就躲进缸里。书生觉得疑惑，后面偷偷前脚出门后脚回来，撞破了善良的田螺姑娘。从此他们幸福快乐地生活在了一起。"

楼观雪淡淡地"嗯"了一声，睁开眼："她是因为衣服被书生偷了离不开吗？"

夏青不答。

楼观雪点头，评价："果然真善美。"

语气里的揶揄戏谑藏都不需要藏。

夏青恼羞成怒，咬牙切齿："你睡不睡？！"

楼观雪从善如流地闭上眼，不说话了。

（二）

后半夜，不知道楼观雪睡没睡，反正夏青先把自己搞困了。情绪波动过大，总会让他感到非常疲惫，眼皮困得打架，睫毛也忍不住颤抖。

楼观雪笑着轻声问他要不要到床上睡。

夏青惊悚地看他一眼，溜远了。

别了吧，这事太刺激了。

夏青回到他最熟悉的地方，吹灭烛灯，枕着手臂，伏在书案上就睡了。

月光冷冷淡淡照在少年疲惫的眉眼间。

这次夏青又做梦了。

也是稀奇，他这辈子很少做梦，结果这次因为灵薇花的蛊惑，一晚上居然接连做了两次。

他梦到了孤儿院那堵墙。

小时候的记忆总离不开城市上空带血色的夕阳。

翻修之前的墙非常破旧，上面爬满了密密麻麻的爬山虎，风一吹像一层绿色的浪，他就摇晃着腿，把腿搭在绿海上。

孤儿院对面是施工地。

钢筋水泥搭成了巨兽的骨架，挖掘机和搅拌机总是大清早开始吵，"嘟嘟嘟"响，院长和附近的居民因为施工的声音，连着和开发商吵了无数次，夹杂方言的对骂热火朝天，每次看戏劝架的人都围了一圈。

后面施工地终于没有声音了。

因为开发商跑路了，这成了一栋烂尾楼。

于是吵架的人换了另一批，更加激烈，也更加崩溃。男男女女、老老少少，尖叫、下跪、大打出手、号啕大哭。

某一天，他坐在墙上，看到一个四十岁的中年男人爬到了烂尾楼的高处。

夏青的目光疑惑又清澈。

男人面色蜡黄，穿着件过时老旧的棉衣，胡楂满面，神色麻木，似乎也看到了他，却什么都没说。

他从顶层跳了下来。

残阳如血，夏青脸色一白从墙上跳了下去，赶到时尸体已经覆盖上白布。

警察拉好防护线，疏散人群。

夏青就站在原地，听围观的人在讨论。

他们骂开发商是个畜生没良心卷钱跑路，又唏嘘遇到烂尾楼只能自认倒霉。

还听他们感叹这个男人多可怜，父母过世没几年，老婆就得乳腺癌走了，花了半生积蓄付了个首付等着给孩子结婚用，结果上个月孩子在外地上大学出了车祸，现在房子也打了水漂。

一生的尘缘羁绊，辛勤劳作，都如泡沫转瞬成空。这个没什么文化、老实木讷的男人走投无路，只能选择以这样的方式终结生命。

夏青在孤儿院吃午饭的时候，也听护士提起了这件事。

坐他旁边的两个小屁孩上午刚为抢秋千打架，现在又为了抢块排骨吵了起来，吵到最后哇哇大哭。

护士前一秒才说着“我要是他我也不活了”，下一秒就跑过去问：“又怎么了，怎么哭了啊？”

另一个护士摇摇头，对上夏青的视线，忽然愣了愣，弯下身小声问：“青青，你是不是看到了？”

夏青咽了口饭，点点头。护士急了，怕给他留下阴影创伤，赶忙找了心理医生来跟他聊天。

最后夏青的检查结果很正常，众人舒了口气，以为是他没看清或者太小对死亡没概念。

但其实都不是。

夏青记不起小时候的感受，就记得他是哀伤的，哀伤到很长一段时间内，他坐在那堵墙上，看着对面高高的烂尾楼，总会想那个男人当时心里想的是什么。

死去的父母，离世的妻儿，还是这栋成为压倒他最后一根稻草的烂尾楼？

孤儿院宿舍楼栏杆上铁圈生了锈，墙壁上的漆斑驳脱落，楼梯通向嬉嬉闹闹的宿舍。

夏青小时候只是有些古怪，但并不孤僻，他甚至和每个人关系都挺好的。

有一次他咬着小伙伴给他的一块钱的冰棍走过楼梯口，听到一个刚毕业的护士哭着打电话。

她就蹲在角落里，眼眶红得像外面的夕阳，声音颤抖，竭力嘶吼："那你要我怎么办？！你说啊！你要我怎么办？！"

电话那边是她异地恋的男朋友，日复一日的吵架让这段年轻的感情岌岌可危，沉默很久后，电话那边疲倦地说："我真的不想每天累死累活后还要和你吵架。我有点累了，你不累吗？"

护士咬着牙齿说："累，早累了，分了吧。"

她埋头哭了一会儿，又接到了来自母亲的电话，还没开口对面就是要钱，说她弟弟上大学了要台新电脑，家里的房贷这个月也没着落。她崩溃地骂了回去。妇女顿了下，开始嘀嘀咕咕说教，说她大学读完有个什么用，现在当个社工也没几个钱，全怪她当初任性没听大人的话选专业选工作。护士毫不犹豫把电话挂了，牙齿打战，眼眶赤红，脸上却流露出一种迷茫来。

一种夏青在很多人脸上看过的迷茫。

"吃冰棒吗？"夏青想了想，把另一根没打开的冰棒递给她。

护士明显没反应过来他在，愣了愣，呆呆接过，一口咬下去，冰碎在嘴里，冻得她眼泪、呼吸都在颤抖，却勉强地笑起来。

小时候社会各界爱心人士会给孤儿院捐书。

夏青印象很深的一本，叫《活着》。

里面有句话。

“最初我们来到这个世界，是因为不得不来；最终我们离开这个世界，是因为不得不走。”

他对生死的概念或许就源于这句话。

然而院里的阿姨总骗他们：“死了就是去一个再也回不来的地方继续活。”

当然，她骗过了几乎所有小屁孩，却没骗过夏青。

不过夏青的表现跟“被骗了”的小屁孩也没区别。

因为他从来不抗拒生老病死，也不害怕离散，跟什么都不懂一样。

后来，福利院翻修，墙被重建，那两个总是打架的小屁孩有了收养家庭。

护士辞职离开，而对面的烂尾楼又被新的投资人捡了起来。

很多人说这新投资人是个好人，死过人的楼还继续建。

某年的九月一日。

他开学，楼开盘。

开盘当天，对面楼盘挂满了密密麻麻的夸张横幅。

夏青背着书包，咬着绿豆冰棍，隔着街道看大红横幅上的字。

> 热烈庆祝春江花园盛大开盘。
>
> 居繁华之上，览盛世美景。
>
> 纯正的生态水岸社区。
>
> 自然生活新坐标。

喜气洋洋，热热闹闹。

所有人都高高兴兴。

开发商高兴，买房的人高兴，附近的人也高兴——心想：这扰民玩意儿可算结束了。

而夏青望着顶楼，浅褐色的眼眸安静得像是一片湖。

小胖在旁边催他："走了！夏青你磨蹭什么呢，暑假作业写完没啊！还不赶紧去教室补作业？！"

夏青把冰棍签丢进垃圾桶，对他说："早写完了，你在质疑我？"

小胖大喜："差点忘了你还是个学霸啊！学霸，作业借我抄抄。不过夏青你刚才到底在看什么？"

夏青头顶的呆毛被风吹得竖起，愣了会儿神，很轻地说："看开盘。"

声音消散在风中。

小胖："啥？"

夏青没再理他，骑上单车往学校走了。

对面花团锦簇的新楼盘拔地而起，如野兽破土而生，寸土寸金的地底下埋葬了过往的一切眼泪鲜血、纷争吵闹和恨恨不休。

关于孤儿院的记忆结束在开盘那一日。

灵薇花的香又传来。

这次潮湿的海风卷着仙雾氤氲。

在朦胧模糊的白光里，夏青隐隐约约又听到了那个老者的声音。

浑厚又沧桑，如暮鼓晨钟，当头棒喝。

老者说："苦海滔滔业孽自招。"

一个男孩稚嫩的话响起，撕开回忆的水幕。

"师父，聂聂是什么意思？"

老者吹胡子瞪眼："你给我把话说清楚了再问问题！"

旁边一个温柔的青年笑着说："是业孽，不是聂聂。"

"哦，那聂聂是什么意思？"男孩自认发音正确了，语气更为严肃。

老者已经没脾气了。

旁边人笑得东倒西歪。

"我说师父你就别为难小师弟了，他能有点求知欲已经不错了。"

所以，业孽到底是什么意思呢……

一切行为、言语、思想为业。

一切恶事、恶因、恶果为孽。

山呼海啸间，老者把那把剑交给了他。

那把意味着“欢喜”的阿难剑。

老者说：“你是最适合它的人。

“不过把剑交给你之前，你要答应我一件事。”

这应该是一件很重要、很重要的事，重要到他在梦中都感觉心脏紧张起来。

可是夏青怎么都记不起是什么事。

夏青醒来的时候，已经是中午了。

楼观雪在他旁边看书。

夏青发了好久的呆，突然跟小狗似的凑过去，鼻子直接往他衣服上蹭。

楼观雪放下书，伸出手摁住了他的肩膀，止住了他的动作，轻微皱了下眉：“你睡傻了？”

夏青含糊地说：“你身上有股味道。”

楼观雪轻笑一声：“哦，好闻吗？”

夏青顿了顿：“好闻个屁。”

楼观雪穿着黑色龙袍，领口是暗红的，以夏青现在的角度能看到他的锁骨。他闻言也不生气，声音淡淡地道：“不好闻那你还凑过来？”

夏青说：“我就是想闻清楚这是不是灵薇花的香。”

楼观雪唇角勾起：“你见过灵薇花？知道它是什么香？”

夏青没说话。

楼观雪垂眸：“哦，你见过的，在我的‘障’内。”

夏青觉得自己真的是睡糊涂了，郁闷地抓了下头发，然后端端正正坐了回去。但是他还是没忍住，开口：“灵薇花的香是不是能让人产生幻觉？”

楼观雪给了个模棱两可的答案：“可能。”

夏青长长地舒了口气。

幻觉啊，是幻觉就好了。

楼观雪放下书，眼眸望过来："你做噩梦了？"

夏青也不打算骗他："对啊。"

楼观雪漫不经心："梦到了什么？"

"一些小时候的事。"夏青非常苦恼，"但是有些记忆我觉得不是自己的。"

楼观雪笑了，慢悠悠地说："这样啊，我还以为你做噩梦是梦到了我呢。"

夏青噎了一下："你还挺有自知之明的。不过算了吧，梦到你早就吓醒了，这梦是做不下去的。"他混沌的大脑突然又清醒了点，看着玉冠束发一丝不苟的楼观雪，惊讶道，"你上完朝回来了？"

楼观雪："我没去上朝。"

夏青疑惑："啊，为什么？"

楼观雪看他一眼，轻描淡写："你不是不能离开我吗？"

夏青愣住，想明白后心情复杂，不自在地应了声："哦。"憋了半天，干巴巴加了句，"谢谢。"

楼观雪手指点在桌上，抬眸，忽然又道："想去看陵光吗？今天我带你出去。"

夏青一下子精神了，眼睛发亮，刚醒来时的郁闷一扫而空，兴奋道："好啊！真的吗？！"原来破"障"还能让楼观雪变成正常人？！

他早就想去看看陵光城长什么样了！

楼观雪出门换了身便装，璃国亲眼见过他的人不多，倒也不用太拘束。

过御花园的时候，再看到满天飞的青色纸鸢和糖葫芦，夏青只觉得头皮发麻。

他都不敢想，楼观雪在看到这些人以这两种几乎是他童年最厌恶的东西吸引他时，会是什么心情。

“想问什么就问吧。”楼观雪对上他古怪疑惑看过来的眼神，淡淡笑道，芝兰玉树般温柔。

夏青也就问了：“你为什么会说喜欢糖葫芦和风筝？”

这不是放出假消息，让一群人疯狂地在自己“雷区”蹦跶吗？

楼观雪想了想，说：“他们那么喜欢猜我的心思，随便给一个答案而已。”

夏青：“……你到底是在折磨他们还是折磨自己？”

楼观雪笑道：“怎么算折磨呢？”

夏青噎住，抿唇不说话了。

哪怕见过了楼观雪五岁的样子，知道他最深的执念，夏青也不敢说了解他。毕竟从五岁到现在，这段时间到底发生了什么，根本无从得知，楼观雪的一切依旧是个谜。

陵光城果然没辜负夏青的期待。

璃国帝都，天下盛地，极尽繁华热闹。一旦起楼高百尺，街道纵横八方，软红十丈内熙熙攘攘，商客旅人络绎不绝。

最近陵光还来了一批全新的人。

他们穿着宽大的青色道袍，手里拿着罗盘或者佩剑，仙风道骨，各个眼高于顶。

夏青还是保持他的怪癖，到了大街上左顾右看忙个不停，视线落到一群道士身上时，愣住了。

“这世上还有道士啊？”

楼观雪戴了个面具，冷漠地“嗯”了一声。

夏青又看到街对面。

一个推车的小贩不小心蹭到一个道士的衣袍，马上被道士冷声喊住。小贩大惊失色跪在地上，爬着要去给他擦袍摆，却被道士厌恶地一脚踹开，同时咒骂出口：“别碰我。”

夏青看得目瞪口呆，没憋住火，随手拿起一个果子，趁着人多没人注意异常，又准又狠地砸上那个道士的脑门。

道士还打算摆威风呢，猛地天降横灾，被砸得皮肤红肿。“啊！”他大叫一声，捂着额头，左右四顾，却根本看不到是谁出的手，以为是有高人在暗中窥伺，脸色微慌，甩甩袖骂了句“晦气”就走了。

夏青吐槽：“就这就这就这？就这也是道士？还没修行出个什么门道来，就那么瞧不起人。”

楼观雪笑道：“他们在权贵面前可不是这样的。”

夏青更惊了。

楼观雪若有所思看了下前方，意味深长地说：“当今天下稍微有点实力的道门，估计都被养在卫、燕、吴三家门下了。”

夏青算是明白了，这些道士就跟现代社会一些装神弄鬼的骗子差不多！

楼观雪对陵光一点兴趣都没有，问他：“你想去哪儿？”

夏青把视线从那些青袍道士身上收回来，刚好他们走到一个茶楼附近，他愣了愣，便兴致勃勃地说：“楼观雪，我想去听书。”

反正他对古代什么都很好奇。

楼观雪神色古怪：“听书？”他眉眼冷淡，不置可否，却还是陪夏青上去了。

虽然戴着面具，可楼观雪养尊处优的气质一看就是个世家公子，杂仆不敢怠慢，引着他到了顶楼的单独包间内。金枝玉叶楼“仙女”当然是不会吃外面的东西的，瓜果糕点全被夏青包揽了。

楼观雪一手撑下巴，垂眸望向外面一楼正中央的说书人。

说书人讲的故事都是与时俱进的。

恰逢天下道士齐聚陵光，说书人便讲起了当年璃国先祖率一众道士远征通天海的故事。在《东洲杂谈》上寥寥带过的几笔，在坊间茶楼却是被描绘得惊险刺激、一波三折。

道士们各显神通、历尽艰辛，才将在海上兴风作浪的鲛人一族逼得节节退后。

先祖排除千难万阻，最后终于进入了神宫，荣获“神”的恩眷，从此佑璃国百年盛世长安。

夏青听得都快睡着了，心里嘀咕，就他今日所见的那群道士，去给鲛人塞牙缝的吧？

不过鲛族为什么会落到现在的地步啊？

不是传说里的海之霸主吗？他回想起“障”内，瑶珂濒死时都能展示出那种绝对强大的气场，非常不解。

“砰”，这时说书人突然一拍醒木，把夏青的思绪唤回来了。

说书人道：“谈起道士，这就不得不说一句我们经世殿的大祭司了。大祭司当初可是万修之首啊，一柄思凡剑，浮光掠影，海惊山倾。听闻大祭司来自蓬莱，诸位可知蓬莱？”

众人笑道：“海外仙山，谁人不知，谁人不晓呢。”

台下听客疑惑道：“不过蓬莱不是假的吗？那么多年，从东洲出发前往通天海寻它的人那么多，也没听到个消息。”

有人接道：“是啊，当年先祖都到了通天海尽头，史册也没提过此地只言片语。”

说书人摸着胡子摇头：“非也非也。蓬莱是极灵之地，道士圣所，自然是虚无缥缈的存在，哪是寻常人能找到的呢——也只有蓬莱仙岛，能培养出大祭司这样脱离肉体凡胎、不老不死的剑修了。剑虽名‘思凡’，可是大祭司修的却是苍生道，苍生一道，意在悲悯苍生，护天下人太平，想来也是三千道法中最接近‘凡’的一道。听闻大祭司曾有一青梅竹马的结发之妻，伉俪情深，生死相许，却因他入苍生道选择和离，从此不复相见。”

惋叹之余，又有人疑惑地说：“可我从来没见大祭司用过剑啊。”

马上有人反驳：“太平盛世为何要出剑呢？”

“也是，盛世无须出剑。”

再一人问道：“那这思凡剑可是天下最厉害的剑？”

说书人愣了愣，他能在陵光这么一个繁华都城成为华贵酒楼的说书人，自然也是颇有些见识的。

早些年天南地北走过，什么杂七杂八的事都听了一遍。思绪飞了片刻，说书人摇头喝了口茶，才犹豫着开口：“天下最厉害的剑，未必是思凡。”

满座衣冠来了兴趣。

“哦？那你说说。”

说书人神色带了些不确定：“我也忘了是从哪儿听来的，可能是某个乞丐嘴里，也可能是一些破旧的古籍。”

他沉沉地说：“天下第一剑，名唤阿难。”

夏青在吃一个桃子，乍听到这句话，差点把整个果核都吞进去。

他被呛得直咳，眼泪直流。

楼观雪在对面看了他一眼。

夏青掐着自己的喉咙，险些要死去。

要死了要死了，要被呛死了。

酒楼已经传来一阵唏嘘。

“阿难？这是剑的名字？倒像是佛教的字眼。”

“阿难剑，我怎么从来没听过这个？按理说如果是天下第一剑，那么剑的主人应该很出名啊。”

说书人哈哈一笑，将此事掀过：“不过一些偏僻传说，不可信不可信。我姑妄言之，大家姑妄听之。”

夏青终于从被桃子呛到的感觉里回过神来，眼眶泛着红，溢出一点生理性的泪来，望向楼观雪：“他刚说什么剑？阿难剑？”

楼观雪目光落到他微红的眼上，饶有兴趣地停留了几秒，点了下头。

夏青一脸难以置信：“我不是早上跟你说，我梦到了些不属于自己的记忆吗？”

楼观雪微笑：“嗯，你说。”

从小到大事儿都不会憋在心里的夏青急了，神色慌张地说：“我做梦就梦到了阿难剑！梦到有个人说要把它给我，还说要我先答应一件事。”

楼观雪轻笑出声，给出评价：“嗯，你还真是什么都敢梦。”

夏青无语。爱信不信！

夏青现在只需要一个纾解焦虑的倾听者，他大惊失色："但是我确定我不是阿难剑的主人。"

楼观雪声音疑惑，冷淡地问："为什么？"

夏青："不知道，就是很确定。"

楼观雪唇角漾开漫漫笑意："别急，总会有理由的，慢慢想。"

夏青一烦就喜欢抓头发，他怀疑他本没有那傻兮兮的呆毛，是被自己抓出来的。

很烦，就是很烦。

他非常抗拒这件事。

所以在听到楼观雪说灵薇花会诱人产生幻觉后，才松了口气。

想不出理由。

夏青唇抿得很紧，犹豫很久才开口，声音带了点哑，他放低声音说："我就是觉得，我若是阿难剑的主人，它现在应该在我手里……"

楼观雪观他神色，手指点了下桌子，笑道："算了，别想了。不是就不是吧。"

夏青还是低头不说话，郁闷得眉都皱了起来。

蓬莱也罢，思凡剑也罢，离正常人的生活都很遥远。说书人转头开始说起了最近陵光城中闹得沸沸扬扬的事。燕家的霸王和卫家的纨绔撞到一块儿，为一个绝色鲛妓大打出手，甚至闹到朝堂上，还引起了少年帝王的好奇。

三人为一鲛倾倒。

众人直呼刺激。

夏青也被这风月艳谈惊得回了神，下意识去看对面的少年帝王。

楼观雪抬眸，失笑："你那天不是看得很清楚吗？"

夏青没忍住，出声问："你好奇吗？"

楼观雪盯着他，微笑："你觉得呢？"

夏青答不上话，他觉得并没有……

说书人继续发散思维。

“陛下贵为大璃天子，看遍天底下寻常色，能引起他兴趣的佳人必有过人之处。听说现在风月楼，璇珈姑娘已经是千金一面了！”

“璇珈。”夏青把这个名字在嘴里念了一遍。

看客们对别人的风月事总是津津乐道。

“陛下被誉为陵光珠玉，本身就容色一绝，又年少登基权势加身。这样的人喜欢上的女人肯定也与旁人不同。”

“估计是大家闺秀、都城贵女见多了，现在就想尝尝野花艳草吧。”

“听说现在的富家子弟都厌倦了温情小意，喜欢泼辣有趣些的。”

“总之能引起兴趣的。”

话题越扯越宽。

夏青听多了，也就随口一问：“你到底喜欢什么样的？”

楼观雪还真是这辈子头一遭被人这么当面问这个问题，笑了下。不过他也没惊讶，将面具重新戴上，漫不经心地道：“没有喜欢的。”

夏青：“……好哦。”

对不起忘了你是“仙女”。

仙女是没有爱情的。

楼观雪起身：“回宫吧。”

夏青已经心满意足了：“嗯。”

他们走时，那群人还在猜，统一得出结论：那些什么都不缺的天之骄子们，只会对能引起他们注意的女人感兴趣。

夏青真是无力吐槽，可见古往今来所有直男同胞都一个德行：虽然我没有老婆但不妨碍我替“富二代”挑女人。

走出茶楼时，楼观雪露在银色面具下的唇笑意讽刺，轻声对夏青说：“皇宫里很多人也是这么想的。怎么就那么多人觉得，我的好奇心很重呢？”

夏青：“……你确实没有好奇心。”

见过幼年时的楼观雪，夏青对此丝毫不惊讶。

楼观雪从小就一身反骨。

五岁就能一脸嫌弃地说出“这辈子本来就活得够倒霉了，还生出心魔折腾自己，我脑子进水了吗？”这种话，可见这人活得多明白，也活得多清醒理智。

现在换个句式就是：“随随便便因为一个女人有一点不同就生出好奇心，我就那么富有求知欲？”

想着，夏青把自己逗笑了。

他不得不承认，他在“障”内是有被楼观雪那种对生的渴望和眼神中的野性震撼到的。

（三）

回宫的时候，经过一个卖灯的小店铺，夏青被门口挂着的一盏纸灯吸引了注意力。那灯被做成了莲花的形状，近看却会发现和莲花有些不同，花瓣是尖锐的，一片片像是冰凌朝天绽放，花蕊也细不可见。

灯纸染了层浅浅的蓝色。

这是灵薇花。

夏青愣住，想了想，说：“我还没见过真正的灵薇花长什么样呢。”

楼观雪步伐微顿，语调平静地问：“你喜欢那盏灯？”

夏青奇怪：“嗯，喜欢啊，那你要买给我吗？”

楼观雪盯着他，唇角一点一点勾起，桃花眼带了点别样的戏谑：“你这是在向孤讨要东西？”他不用“我”，用“孤”，便有了几分慵懒挑衅的味道。

夏青不为所动，冷漠地说：“你在说废话？”

楼观雪眼睫如帘，垂眸看他一眼，却没说什么，往前走进店铺，在商家诚惶诚恐的脸色里，把这“镇店之宝”买了下来。

钱财这种俗物向来是跟“仙女”没关系的，于是夏青还没从“他真买啊”的震惊中缓过来，就看到这位金枝玉叶出手就是一颗价值连城的鲛珠。

店家惊喜欲狂，觍着脸弯着腰，毕恭毕敬把灵薇花灯取下，交给了这位出手不凡的贵客。

夏青整个人都傻了。

楼观雪出了店，很自然地把灯递给他，衣袍如雪腕如霜。

夏青刚打算伸出手去接，但很快就反应过来，缩回来："不行啊，现在别人看不到我只能看到灯。到时候一盏灯莫名其妙飘在你身边，你不觉得诡异吗？"

楼观雪："所以？"

夏青想了想，摸摸鼻子："你帮我拿进宫吧。"

楼观雪维持着动作很久后轻笑一声，低声道："你还真是……"

但是后面的话他没说，从善如流地把灯拿在了手里。

于是陵光街头，就出现了这么一位白衣胜雪，戴着银面具，手提莲灯的仙人。

引得来来往往无数人频频回顾。

夏青不是很自在，但也想不出有什么不对劲的地方——拿下灯总不能累到楼观雪吧？

他想了想，真心实意地说了句："谢谢。"说完，又觉得不够慎重，加了句，"破费了。"还觉得不慎重，又说，"麻烦了。"

楼观雪懒洋洋道："你确实该好好谢谢我。"他勾起唇角，对那些暗中打量自己的人，用只有两人能听到的声音低声说，"谢我没挖了这些人的眼睛。"

我谢的根本不是这个好吗？

夏青很是无语。

在回皇宫的路上，夏青又看了一次热闹。

在陵光最为繁盛的紫陌大街上，两方人马狭路相逢，气势汹汹相对。

一人坐马上，一人坐在马车里。

马是千里赤血，坐马上的人正是夏青在皇宫有过一面之缘的燕穆。

今日阳光下他也看清了这位燕小霸王的样子。

黑色劲装，头发高束，明明是意气风发的年纪，偏因为眉眼间的恶毒之色生出几分阴郁来，眼窝深陷，眼下泛着青，是纵欲过度的表现。

他冷笑出声："好狗不挡道，我当是谁呢。卫流光，你还没被你家老爷子拿锁链拴家里，还敢出门耀武扬威啊？"

马车里传来一人的哼笑，满是不屑，声调风流，颇有些气死人不偿命的态度："你都没被摄政王打断腿，我为什么要被关家里？"

燕穆"唰"地黑了脸。

手里的鞭子一下子就发作，猛地扬起，破空甩在了驾马的车夫上。

车夫没反应过来，身上、脸上都被鞭子抽出血痕，惊叫一声，翻身倒了下去。

燕穆被家中人念叨了无数次，以前也收着性子没去惹卫、吴两家的人，但不代表他是吃素的。

上次在风月楼和卫流光打了一架，金銮殿前又冤家聚头，憋了一肚子火。

现在街道再遇，他也不打算忍了。

车帘猛地被拉开。

夏青在人群中，看到了这个在陵光以风流著称的纨绔子弟的脸。

卫流光名叫"流光"，这人身上却没半点这个名字风雅脱俗的感觉，紫玉金冠、黑红长袍，久在女人堆里养出了一身脂粉气，不过也不显俗媚，观其言行举止就是个骄横的富家公子。

此时富家公子神色冰冷，咬牙切齿地不屑道："燕穆，你是不是又想去金銮殿前跪一天？想跪别拽上小爷。"他说，"打架去找我爹，就在卫府，打完保准你跪个够。"

燕穆气得眼睛不是眼睛鼻子不是鼻子，怒吼："卫流光！"

卫流光直接拽上帘子，眼不见为净："走，别理这个疯狗。"

侍卫把受伤车夫带走。

另一人驾着马车绕道离开。

剩燕穆一人原地暴怒，却别无办法，最后一鞭子甩下去，狠狠抽倒了路边的一群看客。

这鞭子上带着刺，一鞭下去就是血肉模糊，那几个无辜群众脸上全是血，跪在地上大喊饶命。

站在夏青和楼观雪旁边的人也都跑得飞快，生怕被殃及。

夏青郁闷地吐了口幽气，心里对这权贵至上的封建社会也没什么想说的了。

而他旁边的封建权贵之首，冷冷淡淡看完，根本不感兴趣，提着灵薇灯问他："看够了吗？"

夏青："够了够了，走吧。"

往前走几步，楼观雪意味不明地笑了下，说："我还以为你会教训一下燕穆呢。"

夏青奇怪地看他一眼："我又不傻，就燕穆这个性子受了气还能憋着？找不到罪魁祸首，遭殃的还是其他人。"

楼观雪点头。

夏青就纳闷了："在你心里我就是个没有脑子喜欢多管闲事的？"

四周无人，楼观雪随手把灵薇灯给了夏青。

夏青乖乖接过，他低下头，新奇地去拨弄花灯的灯芯，就听到上方楼观雪慢慢地道："你是挺喜欢多管闲事的。"

手指一用力，夏青差点把灯芯拆了。

他抬头，冷冷地盯着对面的人。

楼观雪勾起唇角："不过这样挺好，不用改。"

我也没想改。

心里讽刺完，夏青低头，继续把玩他的花灯，眼睫遮住浅色的眸，黑发落在白净的脸颊旁，模样乖巧得不像话。

楼观雪就站在旁边看着。

夏青突然开口说："我来这个世界前，从来不觉得自己喜欢多管闲事。"

主要是现代法治社会，也没那么多乱七八糟的事。

要么就是他管不了的，要么就是他碰不到的。

“嗯。”楼观雪饶有兴趣，“你以前是个怎样的人？”

夏青愣了愣：“你要听怎样的答案？别人对我的评价，还是我自己认为的？”

楼观雪沉吟片刻，失笑：“为什么我要听别人对你的评价？”

夏青抓了下头发，回忆了下自己的前半生，很中肯地说：“就那样吧，挺普通的。”

楼观雪又问：“怎样的普通？”

夏青吐槽：“能说出怎样，就不是普通了。”

按部就班地长大，按部就班地上学，除了爱观察别人和迷之守身如玉外，夏青从来没觉得自己有什么不同。

楼观雪笑了下，没再继续这个话题，提了一句：“我找到了可以让你当个正常人的方法。”

夏青大脑一蒙，愣住：“什么？”

楼观雪：“就是让你重新拥有自己的身体。”

夏青目瞪口呆：“你在开玩笑吗？”

楼观雪唇噙笑意，眼眸深邃，反问：“你觉得我喜欢开玩笑？”

夏青一怔。

不，楼观雪从来不喜欢开玩笑。

夏青干巴巴地说：“我不要！”

楼观雪盯着他。

夏青又糟心地想起了在摘星楼被逼着上身的事，差点想拿灵薇花灯打人，只是他觉得这个举动太做作了，他憋气忍住：“你也别逼我。”

楼观雪微笑：“行。”

回宫的时候已经是晚上了。

夜幕降临，皇宫内确实灯火煌煌，九重宫阙在月色下如蛰伏的野兽。

天暗下来，夏青划火柴点燃灯芯，看着它在黑暗里慢慢亮起来。

冰蓝色的花瓣浮上一层荧光，清冷又华丽，让他不由得想到鲛族传说里的故事。

夏青把灯举在前方。

他说："像不像灯照离人？"

他是魂体状态，如果宫女、太监看到，就是一盏灵薇花样的灯，幽幽浮在空中。

楼观雪淡淡道："像闹鬼。"

夏青："……哦。"

他自己继续捣鼓那朵花去了。

楼观雪就在旁边冷眼看着，雪衣墨发比寒夜更为清冷。

三月底万物生机勃勃，皇宫御花园里各种繁花珍草盛开，虫声鸣动。

他看着夏青的眉眼。

少年心思清澈明净，像是在万千宠爱里长大，喜怒哀乐都鲜明生动，跃然眼底；又仿佛从小到大不缺人溺爱，于是养成了一身的赤诚善良，如火如风。可是这样的性格，与之匹配的却是一个安静到离奇的灵魂。

他想起"障"内夏青说的"孤儿院"，说的"没有父母没有来处，没有以后没有去处"。

楼观雪视线收回来的时候，夏青刚好把灯柄给拆了，将花托在手心。"这样应该会好点吧，看起来就不像闹鬼了。"他抓耳嘀咕。

毕竟这世上也有孔明灯，会飘在空中的花灯也不是很过分！

夏青偏头看楼观雪，他现在对楼观雪感情还挺复杂。

因为在这里只有楼观雪能看见他，能和他说话，虽然夏青从来不会觉得孤独，但这种缘分羁绊还是挺稀奇的。而且说实话，楼观雪对他不算太差。

夏青托着灯，说："你明天上朝的话，把我喊醒就成。"不过他应该会醒得比楼观雪早。

楼观雪："嗯。"

夏青想了想又说："谢谢你照顾我的情绪，但你也不用太压抑。"

他斟酌了一下言辞，说："这个时代和我生长的时代不同，有些人必杀不可，不是能按我的价值观判断是否无辜的。你别像在摘星楼一样杀人取乐就行。"说完又觉得自己好自作多情——楼观雪会是为了别人委屈自己的人吗？！"仙女"只是本来就不喜欢杀人、厌恶血，他可真把自己当回事。从小到大第一次体会到这种诡异羞耻的夏青扯了下嘴角，还是硬着头皮说完："哦，要是有用得到我的地方也不用客气。我好歹是个世外之人，总是便利的。"

楼观雪先对前面的话笑了下，不置可否，而后回答他后面的话："你都离不开我，我能在什么地方用到你？"

夏青心想，对哦，要他帮忙偷个东西，楼观雪还得在现场。

夏青泄气，没等他找到反驳的话，就突然听到了对话声，在宫墙一个偏僻的角落。

夹杂在细碎的虫鸣里，是少年烦躁的声音："傅长生，我说过多少次了！我不想出宫！"

温皎？

夏青愣住。

楼观雪从来就没有需要避嫌的自觉，步伐向前。

夏青拽了下他的袖子赶紧把他扯回来。

楼观雪低头看了看自己的衣袖，微笑，放低声音问："你就那么喜欢看热闹？"

才不是。夏青含糊地应道："……是的吧。"

又是多管闲事，又是爱看热闹，他可真是拿了个"热心市民小夏"的好身份！

身后是一堵高墙。

花草葳蕤，墙角的榕树枝繁叶茂。

"哦。"楼观雪抬眸看了下，"既然要看热闹，那就得看得更清楚点。"

说罢，他身形轻轻一晃，衣袍流风回雪，人就已经坐到了高墙上。

夏青内心惊叹：楼观雪居然还会轻功？

他抱着自己的灯，也赶紧飘了上去，就坐到楼观雪旁边。

一株说不出名字的藤蔓爬着墙蜿蜒而上，绿色的叶子层层叠叠。

夏青："我是从来没想过，有一天会和你坐墙上看别人的戏。"

楼观雪轻笑："我就从来没想到，我会看别人的戏。"

夏青闭嘴了。

墙的另一边，果然是温皎。

他还穿着小太监的衣服，绿色的，整个人脆嫩如笋。

在他对面的是一个站得笔直的青年，气质如松如铁，沉默内敛。

温皎烦不胜烦地说："出宫干什么，继续跟你流落街头受苦受累？我受够了那种日子，我也不想过那种日子。"

傅长生没说话，他穿着件璃国皇宫低等侍卫的衣服，只是将手里卖命得来的金珠交到温皎手里，哑声说："好，不出去就不出去吧。"

温皎得了金珠一哽咽，不过想了想自己这些天的遭遇，委屈很快把歉意冲没，眼眶通红："我就是受不了苦，我就是不想给人当牛做马啊。我能怎么办？我在梁国当了那么久的小皇子，所有人把我养成这样，我能怎么办？"

傅长生抬起头来，曾经在梁国征战沙场功勋显赫的青年将军，现在沦落尘埃。他容颜刚毅英俊，目光温和，看着少年眼中的泪，轻声说："殿下若是不想出宫，也没事的。"

温皎将金珠收好，忽然又想起了什么，红着鼻子问他："那你要出宫吗？你要抛下我吗？傅长生，我现在身边只有你了。"他轻声喃喃，最为天真却也是最为自私，眼泪夺眶而出："现在这个世上对我好的只有你了，你别走好不好？"

傅长生沉默不言。

他是战神，他尚年少，他大可远离璃国皇宫这个吃人不吐骨头的地方，东山再起，再去一展抱负。可是月光下少年的眼泪成了枷锁，绊住了他的步伐。

傅长生想了想，跟他解释："殿下，我先出宫，以后来接你。"他承诺，"不会让你受苦的。"

可是少年眼泪更为汹涌。

"不！"温皎害怕地伸出手抓住了傅长生，葱白指尖颤抖，他哑声哀求，"不要走，长生哥哥，你不在璃国皇宫我会死的。"

他喊他长生哥哥。

温皎眼里全是祈求："不要走。"

傅长生安静地看着他。

这是他的殿下，从小娇生惯养，怕苦怕累，虚荣懦弱，天真又自私。怨他人的纵容让他受不了苦，怨上天的不公让他沦落到这个地步。

温皎几乎被他的眼神刺伤，更加委屈了，但温皎知道怎么对付傅长生。

就同以前每一次一样，他颤抖着唇，带着哭腔说："长生哥哥，不要走，我现在只有你了。你答应过我娘要好好照顾我的，你不能丢下我不管，长生哥哥。"

傅长生的性格温厚如石，眼眸漆黑，能看透他所有的心思，却选择伸手擦去他脸上的泪，哑声说："好的，殿下，我不走。"

他不想说自己在皇宫躲躲藏藏隐姓埋名的日子有多艰难，一被发现就是死，如刀悬在脑袋上，片刻不得松懈。

反正他说出来，殿下也只会装痴作傻，用撒娇掩过。

温皎喜极而泣，几分沾沾自喜藏在眼睛深处。

他握住傅长生的手说："长生哥哥，我现在已经引起了陛下的注意，白荷姑姑也说会帮我。等我成了他的亲信，我就让他重用你，让你重回战场。"

傅长生苦笑。

璃国那位阴桀暴虐的少年皇帝怎么会重用自己？又怎么会轻信一个梁国皇子呢？

他沉声认真地说："殿下，璃国皇帝并不是善人，你最好不要去招惹他。”

温皎最讨厌听到这句话了。

他已经刻意去遗忘书房里的遭遇。

“不会的，我冒犯了他两次他都没杀我。白荷姑姑说，我对他来说是特别的。”

他一直对自己很有信心。

“而且……”温皎咬唇，犹豫再三后，终于抬起眼说出来，“我好像和我娘一样，是纯鲛，而纯鲛一族天生拥有着蛊惑人心的力量。”

他说这句话时，眼里掠过兴奋的光芒。

傅长生一直安静地看着他，英俊沉默的脸上看不出情绪。

温皎眉心的红痣带着妩媚的光，他的容颜天真又娇气：“长生哥哥，你会帮我的，对吗？”

傅长生沙哑出声：“你想投靠楼观雪？”

温皎似乎也不觉得这是件很屈辱的事，说：“嗯。”

傅长生沉默很久，说：“殿下，您的父皇母后，还有梁国……”

“够了！我知道！”

温皎骤然红了眼眶。

他知道傅长生要说什么。御书房内，那位陛下笑吟吟地说了同样的话，最后轻描淡写地落下，如巴掌将他本来就没剩多少的自尊粉碎一地。

“可是我能怎么办？”温皎用细白的手臂擦眼角，哭得纤细的身躯都在发抖，“你们都没经历过我经历过的，有什么资格评价我？我就是不想过苦日子，我就是想往上爬，我就是想好好活下去，我有错吗？

“我也想帮父皇母后报仇，可是梁国已经亡了啊！你要我拿什么去报仇？”

他委屈得不行，一直擦眼泪：“我娘死前跟我说，恩仇不过宿命，她只要我快快乐乐活下去。我就想快快乐乐活下去，不想背负国破家亡的仇恨。傅长生，你别逼我。”

傅长生知道他的性子，却第一次那么清楚地了解到他的自私。

国破家亡的仇恨，从来不需要被逼着背负，但凡有一丝对生恩的感激、但凡有一丝对故国的留恋，它都会存在人的血液里。

不过早就该想到的，不是吗？

温皎哽咽着说："我从来不觉得自己是个好人。"

他抽抽搭搭："我就是个很自私的人，但是长生哥哥，你不要讨厌我好吗？我只有你了。"

傅长生这一晚上听这句话已经麻木了，他闭了下眼，而后睁开说："好的，殿下。"

温皎这才破涕为笑。

他拿着金珠开心地转身离开。

坐在墙上看完全部的夏青，都来不及震惊，眼神先落在傅长生脸上。

这是张在战场厮杀出来的坚韧英俊的脸，穿着灰扑扑的侍卫衣服，像雄鹰被绊住了脚，而圈套是他自己心甘情愿清醒着跳进去的。

楼观雪听完两人的所有对话，神色依旧冷淡，对于频繁从别人的对话里听到自己的名字早就习以为常。

他只是问夏青："现在可以走了吗？"

夏青："……走吧。"

夏青飘下墙时，又看了傅长生一眼。

墙上藤蔓的叶子簌簌响。

傅长生待在原地，跟一尊雕塑一样。

没走两步，夏青又回头看了一眼。

楼观雪眼风冷漠扫过来，道："要不要我把他绑到你面前让你看个清楚？"

夏青瞬间被吓清醒："算了吧。"他赶紧转移话题，郁闷地说，"你说这两人到底图什么啊？"

楼观雪淡淡地道："温皎图的是荣华富贵，至于傅长生，脑子进水了吧。"

夏青被他噎到。

楼观雪想到什么，似笑非笑："哦，按照那团火的预言，未来我也该脑子进水的。"

夏青更无语了，去拨弄自己的灵薇花灯。

不了解楼观雪的时候，听那个故事就觉得放飞狗血，全员恶人。

一个作天作地的娇气傻白甜，身世悲惨楚楚可怜，被忠厚老实的故国将军死心塌地追随着还一心想往上爬，等千方百计终于攀附上了璃国新帝，却被欺辱虐待，后面招惹上大祭司，又被当替身命途多舛。

元素齐全，真的厉害。

当时他听那个故事，对楼观雪人设的理解就是后期注定要被打脸的纸片人暴君。

现在相处了那么久，又曾经入过他的"障"，知道楼观雪性子的冰山一角。

夏青觉得，当初楼观雪说出的那句"继续啊，让它说，我也想听我的结局"，可能是真的挺讽刺的。

不发疯的时候，楼观雪比他还理智冷静。

也不知道楼观雪在听这个把自己描述得像个傻子的剧情时是什么感想。

楼观雪漫不经心地问："你对傅长生很感兴趣？"

夏青捏着一小片花瓣，摇头又点头，想了想又摇头："也不是感兴趣吧，我就是觉得……很奇怪。"

很奇怪。

夏青看到傅长生，会下意识地觉得……他们应该认识，熟稔若亲朋好友。所以看他在温皎面前那么卑微，被逼着放下自尊、放下傲骨，夏青挺不是滋味的。

楼观雪淡淡地"嗯"了一声。

夏青呼口气，又说："也不是太奇怪。不过他是梁国的将军啊，你发现了，要动他吗？"

楼观雪："你想我动他？"

夏青一脸莫名其妙："问我干吗？"他只是觉得傅长生有点奇怪而已，都说了不会瞎掺和楼观雪的事。

楼观雪收回视线："那就不动。"

夏青怀疑地想：那么好心？

（四）

楼观雪是个很难猜透心思的人，反正夏青到现在也不知道他的想法和目的。

唯一清楚的就是，他对很多东西不感兴趣。

对被燕兰渝架空的权力没兴趣，对陵光街头巷尾的议论没兴趣，对如过江之鲫想爬上他床的女子也没兴趣。

权力、金钱、名声、美色，对世人汲汲而求的一切，他都带着一种近乎神性的冷漠。

不过夏青本身对这些也不感兴趣，所以将心比心得不出什么结论。

燕兰渝说要帮着选妃，自然不是说来玩玩的。

御花园那些放风筝的，都是小角色——一些妄图攀上高枝的宫女或者心比天高命比纸薄的庶女。真正出身世家、身份尊贵的适龄人选，都在家中安安静静等着父母安排。

这里夏青要吐槽了。

璃国皇宫的御花园，就这么说进就进？！

楼观雪闻此，懒懒一笑："燕兰渝为了延续楼家血脉，煞费苦心，恨不得把全天下的女人摆到我面前，看我能不能宠幸一个。"

哦，懂了。

花名册很快就送到了帝王寝殿。

上朝的时候，朝臣说得最多的还是最近从五湖四海前来陵光的道士。

吴相恭敬道："陛下，大祭司传信说下月月初便可回来，现下陵光城内所有道士无论门派修为，都一齐安排在了无方驿站，由仙使徒专门管理。”

楼观雪姿态散漫地坐在龙椅上，支颐笑问：“嗯？大祭司下月初回来？”

吴相眼露喜光，点头道：“对，大祭司还说已经找到了彻底伏妖的办法！天佑我大璃！如今终于可以一雪浮屠塔百年耻辱！”

楼观雪笑意加深，没说话。

摄政王看了吴相一眼，跨步出来，作揖道：“陛下，玄云派掌门人为此次伏妖之事，提前出关专程赶来，陛下是否要见上一面？”

玄云派可谓是当今天下第一修真大派，掌门也是传说里能凌风御剑的仙人。

楼观雪垂眸，声音慵懒：“玄云派可是用剑的门派？”

摄政王：“回陛下，是的。”

楼观雪勾唇，往梁上看了一眼：“哦，那就见吧。”

夏青每天为了不让楼观雪等自己太久，天还没亮就起来了，晚上没睡好，现在听着朝臣汇报各种事越听越困，坐在梁上就打起瞌睡来。

太监高喊退朝的时候，他才猛地惊醒。

然后从上面飘到了楼观雪身边。

璃国的皇袍底色是纯黑的，袖口领口一层血红的边，金丝暗钩出云纹，显得少年帝王优雅尊贵。

“睡醒了吗？”楼观雪看着他头顶的呆毛，笑问。

夏青慢吞吞道：“醒了。”

楼观雪：“嗯，我带你去看热闹。”

夏青：“嗯？你不是对热闹一点都不感兴趣吗？”

楼观雪微笑：“带你去。”

夏青很无奈。

哦，所以他现在在楼观雪眼里就是一个又爱管闲事又爱凑热闹的人设了？！

无语。实际上他真的不喜欢看热闹啊，他只喜欢看人发呆。

皇宫，揽风轩。

虽然叫“轩”却是个湖中亭，坐落在莲池最中央，汉白玉长桥连接两岸。亭中摆放着一个棋桌，黑白棋子纵横。

张善自从上次被“楼观雪”吐槽过后，安分不少，拿着拂尘瑟缩候在一边，话都少了很多。

微风轻拂，碧水微漾。

“看什么热闹啊？”夏青落到棋桌对面，左顾右盼。

楼观雪手指闲拨棋子：“等会儿就知道了。”

不一会儿夏青真的见到了。

一群人往这边走来，看样子也是道士，但比大街上见到的要像模像样很多。衣袍翻飞，真有了点仙家的样子，他们穿着很正统的蓝白衣袍，头戴青玉冠，腰间都整整齐齐配着一把剑。

为首的估计是宗门大弟子，也是这群人中看起来最厉害的。

他二十岁出头，带着师弟师妹们见到楼观雪，齐刷刷跪着行礼后，便不卑不亢站起身来。

紧接着，这位首席弟子开始叽里哇啦地介绍。

先介绍宗门，介绍玄云派位于怀金长洲，如何历史悠久，如何人才辈出。

再介绍前辈长老，譬如谁谁功德如何深厚、谁谁曾经和太祖东征通天海战功显赫。

再介绍自己，玄云派第十八代传人，习的玄云剑法，修的无情道。

楼观雪没喊停，也没应话。

夏青奇奇怪怪地看了楼观雪一眼，然后又看这群人，并没有发现有什么热闹可以看，反而被那个大弟子喋喋不休的话说得又困了，揉眼睛，嘀咕一句：“要我呢？我要睡了，没事别喊我。”

楼观雪勾唇一笑。

他是朝着夏青笑的，但是玄云派那位大弟子心中一喜，以为璃国皇帝对自己很满意，于是说得更起劲了。

其实这些道士跟寻常道观里的道士并无区别，不能像话本里那般能排山倒海、辟谷脱世。

灵力微薄，剑术一般，注定和世俗红尘分不开，所以对于他们来说，璃国帝王也是高高在上、需要讨好的存在。

楼观雪就漫不经心地听着那人夸夸其谈，目光望着对面。

因为夏青是趴着睡的，所以他的视线更像落在棋盘上。

夏青睡觉的姿势十年如一日。

手从灰色的衣袍里伸出搭桌上，腕格外纤细，仿佛一手就可以圈住。

黑发静落贴在脸侧，呼吸很平稳。

他闭上眼后，那种安静的感觉就更明显了，是从灵魂深处透露出的出世的安静。

其实楼观雪从来没留意过夏青的长相。

现在才看清，夏青的睫毛其实很卷，颜色是一种偏深的褐。

眉眼尚显稚嫩，但从眉心过鼻梁、过唇峰，每一笔都流丽，依稀可窥未来俊朗。

玄云派首席弟子说到了玄云剑法，说剑法如煦色韶光，涎玉沫珠。

楼观雪含笑，意味不明地念了句："涎玉沫珠？"

首席弟子目露惊喜："对！陛下有所不知，我玄云剑法……"

后面的话楼观雪懒得再听了，他在看夏青露出的脖子。

很白，也很脆弱，轻易就能魂飞魄散。

他指间捏着一颗棋子，垂下的眼眸深黑疏冷，没人能看懂他的情绪。

夏青睡得昏昏沉沉，风卷起湖边一片叶子落到他眉心时，被冷意一激，才慢悠悠转醒。

刚醒来有点发蒙，被对面响动吸引，他就直直盯着那边看——

这是在干啥?

他看到对面玉石堆砌的高台上，有人在跳舞。

蓝裙缥缈，举手投足若沾花浮月。

拿着剑，横、转、切，轻飘飘，手腕脖颈和腰又细又瘦，弯下腰身时，脆弱盈盈，不堪一折。

美人舞剑，舞到动情处，还含羞带怯地往湖中亭这边看一眼。

夏青又揉了下眼，神色茫然。

紧接着这个蓝裙少女下台，马上又上来一个蓝袍弟子。

到了高台上，他先闭目运气，然后大喝一声，猛地出剑。

剑招纷杂华丽，花式也错综复杂，看得人眼花缭乱。

但定睛一看，就能看到有多杂乱无章。

夏青偏头问楼观雪："你这是在找人求雨吗?"所以喊他过来是看人跳大神的?

与此同时，那位首席弟子颇有些自得的声音响起："陛下，您现在所见的，就是我玄云剑法第六式——百木回春！"

一直神色难测的楼观雪一下子轻笑出声。

首席弟子眼睛一亮，以为他感兴趣："'百木回春'也是我派最为著名的招式，向来所向披靡！"

夏青觉得无趣。什么玩意儿啊!

楼观雪点头："嗯。"

不知道是回他的"求雨"还是"所向披靡"。

后面又来了个仙风道骨的老者，跟楼观雪交流了一番，才结束这场热闹。

夏青跟着楼观雪回寝殿。

楼观雪在车辇上笑问他："如何?"

夏青抓了下头发，无语道："你让我看他们舞剑，你不如让我帮你选妃。"

他只是随口一说，以讽刺现在道士的沽名钓誉。

结果楼观雪这个家伙真的让他帮自己选妃了！！！

晚上，夏青坐在书案前，对着燕兰渝送来的一堆画册和一堆花名册，人都傻了。

“你真要我来选妃？”

楼观雪点头，坐在对面看一本文字晦涩，对夏青来说犹如天书的书，道：“不是你要求的吗？”

夏青发愣：我要求了吗？他憋屈得说不出话来。

但是自己上次才跟楼观雪说有用得到他的地方尽管讲，现在这么点小事，也就只能说到做到地应下了。

不过夏青帮楼观雪选妃，选得特别没把握，把画册翻过来翻过去，还是没忍住问道：“你喜欢什么样的？”

楼观雪：“随你。”

夏青提到这个话题就奓毛：“选我喜欢的？楼观雪你死心吧，我是不会帮你的！”

别问原因，问就是他也不知道。

楼观雪合上书，看他一眼，笑问：“这里面没你喜欢的吗？”

夏青一噎。

那作死的、诡异的好胜心又来了。

夏青想了想，给出个自认挺牛的答案：“没，我个人喜欢刺激点的，当然不能在这里面找。”

楼观雪盯着他看了很久，微微一笑：“好，那我们去刺激的地方找。”

什么玩意儿？

楼观雪放下书，将玉冠解下，淡淡地道：“随我出宫。”

（五）

护城河岸，酒馆茶肆林立，金粉迷迭随风飘开。

弯月如钩，这条风月长街灯火通明，红似胭脂。来来往往宝马香车，画舫高楼莺歌燕语。

如果不是不能离开楼观雪，夏青现在已经想要跳车跑路了。

马车停在河畔最大的一栋楼前，楼观雪戴上了上次那副面具，手里拿着那根骨笛，衣袍掠过从容下车。他换了身纯黑色长袍，金丝绣边，银饰佩腰，一看就是贵族公子。

夏青神情复杂：“你真来？”

楼观雪看着他郁闷的脸，想了想说：“你若是不想跟我进去，就自己到处转转吧。”

夏青咬牙切齿：“……我怎么到处转转啊！我倒是想啊！我又离不开你！”

楼观雪看他一眼：“手给我。”

夏青瞪他，把手伸出去后，却见楼观雪从袖子里拿出了一根系着舍利子的红绳来。

舍利子是青色的，似乎刚从灰烬里被取出，周围萦绕着一层焦黑。

楼观雪把红绳系到夏青手上的一刻，夏青只感觉腕上的皮肤血肉似乎在被炙热的火活生生地烤。

“这是什么东西？！”好痛啊，他飞快地甩手，想要挣脱，却被楼观雪摁着。楼观雪冷声道：“别动。”

夏青磨了下牙，也就乖乖地不动了。

红绳系好时，他感觉自己的灵魂快要被舍利子烫出一个洞！

“给我系上这个干什么？”夏青用手去拨弄那颗舍利子，结果视线落到自己实实在在的手上时，没忍住大喊了一声。

声音惊动了湖上的船家。

“哗啦”，竹篙欸乃划开静水，船公奇怪地看过来。

夏青人都蒙了，与那个船公视线对上，确信自己现在是个活人后，赶忙从车上跳了下来，踏踏实实站在地面上。

“这就是你说的能帮我变成正常人？”

楼观雪视线落在他脸上几秒，淡淡地应道：“嗯。”

夏青愕然。绝了！！！

夏青人站在陵光城夜间最繁华的风月街，浅褐色的眼瞳因为震惊而睁大，黑发随风吹拂，露出莹白的肌肤来。

楼观雪拿着骨笛轻轻地把他额前杂乱的头发拨开，桃花眼深邃莫测，笑了一下，声音漫不经心："你现在想走也可以走。"

夏青没有作答。

楼观雪收回笛子，又说："不想走就在外面等着我出来。"

夏青看他一眼没说话，憋了半天才开口："你让我想想。"

楼观雪轻笑一声："嗯，好。"

果然楼观雪来这里根本就不是为了什么找刺激。

他收了笑意，脸色若冰雪，面具下是高挺如玉山的鼻梁和艳若水色的唇，衣袍掠过一地的红尘热闹，便往那栋青楼里走。

夏青一个人被他留在身后，发了好一会儿呆。

等被冷风激得起了一身鸡皮疙瘩，他才赶紧冲到了护城河边，蹲下去借着粼粼波光看清自己现在的脸。

这张脸和现实中有所相似，却又在细微之处有很多不同。

眉眼精致，色若春晓。

夏青这辈子安静观看了很多人，却从来没有这么看过自己，手指画在水面上，落在自己的眉心，无语道："说好的不逼我，结果直接上手，不愧是你。"

他获得了身体后，难得迷茫了会儿。

如果搁在一个月前给他一具身体，他绝对马不停蹄地离开，都不带回头看一眼的。

现在却觉得，天地偌大……也没个地方去啊。

夏青发了会儿呆，收获了河上来来往往不少船公惊奇的打量和注视后，擦了下手起身。

算了。

不想了，他饿了，先去吃顿饭吧。

一条河隔开两片天地。

这边是天上人间香闺美人，另一边却是低矮平房寂静小摊。

过桥，来到了稍显清冷的另一边，夏青左右四顾正打算找个馄饨摊先吃碗馄饨凑合一下，谁料在经过一个漆黑小巷子时听到了奇怪的响动。

夏青停下脚步。

衣料摩擦，伴随着少年压抑的哭声和另一道不怀好意的声音。

“小可怜，早盯上你了，一个人在等谁呢？”

男声浑浊沙哑，从深幽冷寂的巷子中传出，如毒蛇吐气。

少年的声音带着哭腔，怯懦又无助：“等我的爷爷，放开我，呜呜呜我要爷爷。”

夏青抓了下头发，心想，怎么什么事都能让他遇到？

他低头想随手找个武器，却见这里干干净净连个石头都没有，能拿在手里的只有个枯柴枝。

他往巷子深处走。

冷淡的月光把角落的情况照出一个大概。

入眼是两个身影，正对他的背影又矮又胖，看衣着打扮应该是陵光富家公子。

肥厚油腻的手摁着一个疯狂挣扎的少年，他眼神癫狂，嘴里喃喃：“今天一来就看到了你，小可怜一个人缩在角落里，眼睛都哭肿了，好可怜。”

“呜呜呜不要，滚，我不要——”少年彻底崩溃，哭着骂了出来。

他伸出两条细白的手臂试图反抗。

而他的反抗只会让施虐者越来越兴奋，少年眼睛血红，声嘶力竭。

他害怕受屈辱，喉咙欲呕，眼里浮现一层水雾，仿佛能滴出血。

他答应爷爷在外面等着的……

只是现在也没人能来救他。

少年仿佛溺水的人，满腔的绝望让他身体下意识屏蔽五感。

此时，一阵风掠过天地，脚步声隐隐约约传来，衣料滑过地面，带着一股很奇异的冷香。

“谁？”贵族子弟自然也听到了，猛地回头，就对上一双冷漠的黑眸。

夏青站在逼仄的巷子里，宽大的灰袍显得拿枯枝的手腕干净白皙，黑发不修边幅却又有一种奇异的潇洒随性。他耷拉着眼皮看人时，其实根本不呆，反而有一种说不清道不明的压迫感。

“你是谁？”贵族子弟神色一变，见到这张脸，惊艳过后，生起了胆战。

夏青也不想和他废话，说：“滚。”

贵族子弟驱散了侍卫，现在只剩自己一人。陵光城最近来了不少道士，谁知道里面有没有混入什么邪魔野道。

他看夏青这气质也不像是一般人，吞了吞唾沫，骂了句“晦气”就贴着墙绕着离开。

夏青都没想到这么快能解决，他还以为得打这人一顿呢。

不过说实话，他也并不想和这个人起冲突。因为狗急了还会跳墙，那胖子要是带着侍卫破罐子破摔回来寻仇，夏青也未必能落得好处。

放他离开，拿着枯柴，夏青往前走，一步一步走向了那个蜷缩在小巷墙角的少年。

角落堆着些废弃的柴草。

少年牙关打战，在光影灰尘中抬头看他，像头受伤的幼崽，眼睛红着。

夏青离得近了才发现这个少年的耳朵是半透明的。

他是一个……鲛人？

夏青把枯柴收进袖里，想了想，开口问他：“你没事吧，他伤到你了吗？”

少年鲛人泪如雨下，摇摇头，劫后余生脸色苍白，跪下一直流泪说：“谢谢恩人，谢谢恩人。”

夏青蹲下去，把他扶起来。

“没事，我就是路过顺手相助。”

少年哭得上气不接下气：“谢谢恩人。”

夏青头痛，打算好人做到底，说：“别谢了，我刚听你说你在等你爷爷，我带你去找他吧。你爷爷在哪里？”

少年历经大起大落，现在脑袋空白一片，根本就听不清楚他的话，只会哭。

夏青蹲着等半天也没等到回复，无奈地叹了口气。

就在这时，从巷子旁边的墙上传来一道声音。

“这个我知道，他爷爷刚进风月楼去了，你要找得进去找！”

声音很熟悉，满带着大少爷的骄横和纨绔子弟的风流。

夏青一蒙，抬头，就看到一个发冠歪斜、浅紫色衣袍的青年正艰难地往墙上爬，手揪着一根杂草，但很明显这人是个绣花枕头，憋了半天气才爬上去。然后他坐好，理了理乱七八糟的发冠衣服，在月色下朝夏青露出一个得意灿烂的笑来。

夏青认得这人。

和楼观雪第一次出宫时，在街道上就遇上了他的车马。

卫家六郎——卫流光。

这个名字最近真是以各种方式出现在他的耳边。

卫流光显然对自己这张脸很有自信，觉得陵光城就没不认识他的，所以坦然接受夏青的震惊。

他手指指向河对岸最高、最热闹的那栋楼，说：“我在这儿待半天也打听清楚了，他爷爷是去风月楼给他姐姐赎身的，当年他阿姐被牙婆拐走卖了进去，老人家辛苦了好多年才终于攒够了钱，决定今日去把阿姐带出来。哦，他爷爷让他留在这儿，是怕这个鲛人长得好，被人看中留下。”

少年也被这突然冒出的人给震惊到了，哭声都打了个嗝。

夏青只是盯着卫流光的脸。

一派风流的纨绔子弟朝他露出一个笑容来，卫流光说：“你想去帮他找爷爷？那敢情好啊，我也想去里面见我的好姐姐，我们打个商量如何？”

（六）

夏青愣住，疑惑道：“你想进风月楼谁还能拦着你不成？”

卫流光说起这事就气，手指拔着墙头的草，脸色铁青：“半个月前是没人拦，现在不行了！都怪那疯狗一样的燕穆，害得我现在被卫家禁足！我爹甚至料到我会偷跑出来，直接给风月楼的老鸨下了死令，说不准放我进去，还叫老鸨在门口竖一块牌子写‘卫六与狗不得入内’！气死我了！这个老匹夫！”

回想起那一日卫流光对燕穆说“要打架去找我爹”的话，夏青一时间对这父子关系不知道如何吐槽。

少年鲛人终于哭够了，抽抽搭搭停下来。

夏青没再理卫流光，问他：“你在这里等你爷爷等了多久了？”

少年眼眶通红，哽咽说：“我不知道，爷爷说很快就出来的，但是现在也没出现。”

夏青想了想，又问：“你阿姐叫什么名字？”

“春和。”

“春和？”不甘心被忽视的卫小公子再次强行插入话题，眼睛放光，乐了，“这不是赶巧了吗，璇珈姐姐身边的小侍女就叫春和，原来是你姐姐啊。”

他一低头，发冠差点儿掉下来。

卫流光嫌麻烦干脆直接摘了，披头散发，吊儿郎当挤出一个笑来说：“好兄弟，别哭了，现在你姐姐就是我姐姐，你爷爷就是我爷爷。莫慌莫急，我这就改名换姓帮你进去找。”

夏青幽幽吐出一口气：“你先从墙上下来。”

“哦，行。”卫流光左顾右盼，眼尖地看到夏青背后，马上兴高采烈一指，“小美人你帮我把那个梯子送过来呗！”

小美人？

夏青眉梢一挑，面无表情，冷着脸看他。

卫流光寻思了一下，改口：“那大美人？”

夏青牵着那个少年的手，转身就走：“我看你就在上面待一个晚上吧。”

卫流光先是噎了一下，又赶忙说：“喂！恩公！菩萨！大哥！”

夏青最后还是把卫流光从那堵墙上救了下来。

这位名满陵光的卫六公子，拍着衣服上的草，像个话痨一样：“本来我是躲熟人的，没想刚到这边就遇上了恶霸欺凌弱小的戏码，正打算从那边翻过来拔刀相助，结果就被你截和了。”

夏青疑惑说：“你刚过来，怎么知道他的事？”

卫流光颇为自豪：“因为我看着他爷爷进去的啊！我在风月楼前晃荡了两个时辰呢！”

夏青：“两个时辰也没找到机会进去？”

卫流光被戳到了痛处，差点掩面而泣。

“咕——”不一会儿，饿肚子的声音响起。

夏青自认没饿到那种程度，偏头，发现是那个少年鲛人。

少年尴尬得脸都红了，白至透明的耳郭赤红，局促低头。

夏青顿了顿，他本来就是过来觅食的，道：“你饿了是吗？刚好我也是，我们先找个地方吃点吧，也不急于这一时。”

河右岸到晚上还是有很多小酒馆摊铺的。

对面歌乐靡靡，这边却是灯火寂寂。

矮房临水而立，滚烫的热气从锅里冒出，夏青坐下点了三碗面，一碗推给那个少年，一碗推给卫流光。

他不像楼观雪那么败家，事先从马车里拿了些碎银，刚好够用。

卫流光盯着面前的碗，用筷子挑着葱花，拨着汤上淡淡的油，挺新奇地说："我还没在这种破烂地方吃过饭呢，感觉还不错！"

破烂地方？

夏青吐槽道："那你在这种破烂地方要过饭吗？"

卫流光不明所以，眨巴了下眼睛。

夏青往旁边一指："我找老板要个破碗，你要不去墙角蹲着感觉一下？"

卫流光又被噎到。

他幽怨地看了夏青一眼，不说话了，开始拿着筷子吃面。

旁边少年鲛人一顿饭吃得热泪盈眶。

夏青没忍住，看了一眼又看一眼，见他眼泪不要钱似的大滴大滴往碗里掉，问道："你这样哭，眼睛不会哭坏吗？"

少年急忙用袖子擦眼泪鼻涕，朝他露出一个讨好的笑容来："我，我不哭了。"

夏青摇头："我不是那个意思。"

卫流光继续插话："我知道你什么意思，你放心吧，只有纯鲛哭多了眼睛才会瞎。"

夏青虽然跟卫流光气场不和，可他本质上依旧是个好相处的人。

于是边吃边聊起来。

夏青："你见过哭瞎的纯鲛？"

卫流光摇头："开什么玩笑，纯鲛哪有自己把自己哭瞎的。他们一族天生心气高傲，到死也未必会掉一滴泪。"

夏青点头仿佛受教："哦。"

卫流光手里拿着个折扇，敲在油兮兮的桌上也不在意，虽然一副风流纨绔做派，却没半点架子。他道："小爷我活这么大，纵横陵光那么多年，见过不少纯鲛，唯一见过的瞎眼的纯鲛也就只有璇珈姐姐了。不过她不是哭瞎的，她是自己毁了自己的眼睛。"

夏青筷子一顿，慢吞吞地重复："自己毁了自己的眼睛？"

"对啊。"卫六公子怜香惜玉，提起这事就心疼得不行，唏嘘说，"你是不知道陵光城一些权贵有多变态，他们把纯鲛落泪成珠当作一场千金难求的好戏，时不时就要用各种手段逼纯鲛上台表演。璇珈姐姐不想受这种折磨屈辱，干脆把自己眼睛毁了。"

夏青一时间不知道该说什么了。

当初他看《东洲杂谈》的时候，就觉得鲛族处境艰难，放到现实中，果然更为黑暗。

卫流光说起自己这些事，那可真是兴致上来挡不住，滔滔不绝："我这辈子阅遍无数美人，发现纯鲛一族真的具有那种一眼就让你神魂颠倒的魅力，让你跟被蛊惑一样，心甘情愿为她做任何事。

"我小时候在梁国见过一次寒月夫人，也是纯鲛，真不愧是梁国国王用十座城换来的绝色佳人，果然倾国倾城！我六岁就想为她上刀山下火海了！"

什么玩意儿？

夏青现在想把他丢进刀山火海。

大言不惭后，卫流光继续道："说起来寒月夫人还曾经救过我一命呢，不过我这辈子可能也没机会还了。"

他打开折扇，扇面绘着山明水清，他唏嘘说："听闻璇珈姐姐之前和寒月夫人一样，眼睛也是蓝色的，真想看看她以前的样子。"然而痴情种的表情还没做完，一想到现在的境遇，卫流光就瞬间蔫了下来，愤愤地合上折扇，"结果我连她现在的样子都见不到！都怪燕穆那个畜生！"

夏青在卫流光陷入回忆，各种神思飞扬，吧嗒吧嗒的时候，就已经把面吃完了。

某种意义上，这算是他在这个世界吃的第一餐，货真价实的人间烟火。

他填饱肚子舒坦了，没理卫六，问那个少年："你想进去找你爷爷吗？"

少年鲛人布满茧和伤疤的手攥着衣袖，顿了顿，轻声说："我想。"

"但他不能进去。"卫流光在桌对面立刻开口。

夏青："嗯？"

卫流光："鲛人在陵光是可以被任意抢夺的，他一进去，可能就出不来了。"

夏青不解。

卫流光又盯着夏青的脸看了半天，笑笑说："哦，我有点怕你进去也出不来。"

夏青咬牙切齿："我真是谢谢你哦。"

卫流光："你叫什么名字啊？"

"夏青。"

卫流光拿着折扇，敲打着桌子，念了好几遍这个名字，最后憋出一句："好名字，我以后叫你青青怎么样？"

夏青抽出袖子里的柴枝，指着墙脚："你今晚就蹲那儿怎么样？"

卫流光乖乖地闭上嘴。

之后觍着脸开口："夏青，我们合作进去吧。"

夏青摇头："不，我不进去。"被楼观雪撞到那真是哑巴吃黄连。

卫流光正襟危坐，骄纵的脸上这一刻满是严肃："不行，你得进去。现在不光是帮这小孩找爷爷的事了，更是去救我的姐姐！你要帮我。"顿了顿，他干脆撒泼，"你帮帮我吧！"

夏青一从他嘴里听到"姐姐"两个字就头皮发麻。

"你姐姐又怎么了？"

卫流光嘴一撇："燕穆因为一个鲛人闹出这种丑事，燕兰渝那个疯婆娘是不会放过我姐姐的，她对鲛人的厌恶整个陵光城人尽皆知。

"前不久陛下才说对璇珈感兴趣，加上天下道士齐齐赶来陵光，燕兰渝无心分神才没处理。结果陛下说那话过了好久也没动静，现在道士又都已经安顿好，我怀疑燕兰渝要对姐姐下手了。"

夏青沉默了片刻。

心道：陛下也不是没动静，这不是今晚就来了吗？

——不过楼观雪来这里，真的是为了璇珈？以夏青对楼观雪的了解，几乎不可能。

卫流光退去跋扈蛮横后，眼巴巴求人的样子还挺像一回事的。

不过这时少年鲛人在旁边涩声开口：“恩人，没事的，您不用帮我进去找，我自己继续等就好了。”

卫流光打断他：“你等个屁！那么久没出来我看就是老鸨不想放人，又嫌你爷爷多事，直接在里面把人杀了抛尸！你等到明天也等不到！”

少年鲛人脸“唰”地白了。

夏青看着他吓唬人，就很无语：“我可算是知道为什么风月楼要把你和狗放到一起了。”

卫流光振振有词：“我说的也不无可能啊。我跟老鸨挺熟的，还算了解这恶毒女人的作风！”

夏青不想听这些，拿起柴枝：“走吧。”

卫流光眼睛放光：“你答应了？好的，谢谢大哥。”

卫流光说要夏青配合他进楼，就是伪装成去画舫游玩而归的一对男女。

卫流光这个天才脑子，让夏青装成客人，自己则披着头发，装作醉酒，娇滴滴柔弱无骨往夏青身上靠，挡住脸。

在他装出女子的声音喊“恩公”时，夏青差点没忍住把他丢护城河里。

估计是没人想到平日里风流嚣张的卫小公子能伪装成这样，他们真的骗过侍卫走了进来。

卫流光进来也不敢抛头露面，因为认识他的人实在太多了。

他只能继续“娇滴滴”地抬袖掩面，拽着夏青就往后院跑。

等四周完全没人时，卫流光终于舒了口气，他脸色阴寒咬牙切齿："小爷迟早有一天要扒了燕穆的皮。"

璇珈作为招牌，自然住的也是上等厢房。

风月楼顶，红色的灯笼点缀回廊，华光漫漫。

卫流光边走边理冠。

"春和是璇珈的贴身侍女，找到璇珈，就能问出春和的下落。"

夏青闻着空气里的各种胭脂水粉味，皱了下鼻子。

卫流光瞅见他的动作，促狭地一笑："你是第一次来，小弟弟？"

利用完就换称呼了？

不过夏青也懒得搭理卫六，刚拥有身体对什么都很好奇，不过并不包括男欢女爱。

卫流光仔细地留意夏青的神情，却发现少年只是瞥他一眼，便低头没说话，自己去玩腕上的舍利子去了。

"啧。"看来果然是不自在了。

卫流光欠欠地说："这来都来了，你要不要找点刺激？"

听到"刺激"这两个字夏青就头皮发麻，手里的柴枝几乎是想也不想，就直接戳上了卫流光的后颈，冷冰冰烦躁道："你闭不闭嘴？"

不是那种小孩间的小打小闹，却也没满含杀机。

夏青挥出柴枝的一瞬间，空气是微有波动的。

卫流光愣了愣，缩了下脖子："开个玩笑而已，干吗那么冲动嘛！"他等柴枝离开，摸了摸自己后脖子，手指在空中稍微晃了两下，忽然道，"你是玄云派弟子？"

玄云派？白天那个求雨的？

夏青想也不想："不是。"

卫流光："你是用剑的？"

夏青扯了下嘴，心想这人废话好多："不用。"

卫流光："你就是用剑的。"

夏青否定："不，我这辈子不会用剑。"

所有冷兵器里他最讨厌剑。

卫流光古怪地看他一眼，而后粲然一笑。

冠一正、衣一理、折扇一开，狐狸眼，轻薄唇，他又是那个满楼红袖招的纨绔公子。

一点不像墙上、面摊边的傻子。

他哄人般说：“好的哦，不用剑，我们不用剑。”

夏青愤然，还是挺欠揍。

夏青忍了半天，决定还是不要忍：“你说话怎么就那么恶心呢？”

卫流光愣了愣，而后拿着折扇哈哈地笑起来。

夏青：“……笑起来也恶心。”

卫流光不笑了，委屈地幽幽说：“你是第一个这么说的。”

夏青还欲说什么，忽然感觉脸上有了点凉意，他抬头却发现，刚才还星月明净的天空，这一会儿云层慢慢聚到了一块儿。

“下雨了？”

卫流光尾音一扬，便显得特别轻佻。

夏青拿着柴枝，闷声往楼梯上走去。

乱糟糟的黑色长发，灰色衣袍，背影都透着一丝冰冷抗拒。

卫流光就站在庭院里，浅紫衣衫金玉冠，收了那种少年咋呼和风流作态后，颇为富贵流丽，最后他扬唇笑了下，打开折扇：“不用剑就不用剑呗，我也不喜欢被逼着用剑。”

虽然不认路，但是夏青很自觉地往顶楼走。

卫流光在后面快步走上：“等下见到我的璇珈姐姐，你也一定会为她倾倒的。”

夏青扯了下嘴角：“求你别以己度人。”

卫流光又偏头，摇着折扇，在煌煌灯光里看夏青的脸，微笑：“哦，其实我仔细看看，你还没长开而已，长大后未必比璇珈差。”

夏青手里的柴枝这次直奔他的眼珠。

卫流光仿佛早就对他的反应熟稔于心，拿扇子挡着了，嘀咕：

“你脾气好差。”

“走快点。”

卫流光说：“你急啥？又不是你的姐姐。”

夏青问出了一直藏心里的疑惑：“如果璇珈是那种为了不受权贵屈辱，宁愿自毁双眼的性子，那怎么会对你一个试图买下她的纨绔子弟例外呢？你别是自作多情，让我们上去就被赶出门吧？”

卫流光没答话，敛了笑意，似乎非常不满夏青在这种事上对他存有质疑，认真地说：“你好奇怪，难道就不能她也对我一见钟情？”

夏青无语。到底是谁奇怪？

卫流光扇着扇子，自信满满：“反正她就是对我很特别。”

夏青不无恶意地等着卫流光被打脸。

然而他俩注定失望了。

满怀期待见“好姐姐”的卫流光，没见到璇珈。

在楼顶最为华贵宽大的房间里，他们见到了老熟人——燕穆。

除了燕穆外，地上还跪着一个脸色苍白的少女，倒着一个浑身是血的老人。

燕穆脸色铁青，手里握着根鞭子，而老鸨在旁边觍着脸赔笑。

“小世子，这……这我们也不知道璇珈今天去哪儿了啊。”

风月楼。

柴房。

两个侍卫从里面出来，擦了下汗，嘀嘀咕咕。

“太后都下了命令，谁还敢保她呢。”

“不能当着燕小公子的面杀，干脆给她灌杯毒酒，让她死在这破地方吧。”

这是间早就废弃的老柴房。

风月楼翻新后不久，这边便被废弃，早就荒无人烟，杂草纵横长在干涸的井旁。灯笼火红，青楼热闹，天空一颗一颗掉下雨点来，两个侍卫抓了把脸，同时郁闷：“这好端端的，怎么就开始下雨了呢？”

另一人问道："你临走时给她补了一刀没？"

"补了。"

雨越下越大，月亮却还没被乌云彻底掩盖。

清寒冰冷的月光从破旧的窗户照了进来，像纱一样覆盖在了倒在角落里的鲛人身上，她抬起头来，眼睛已经被自己强行毁掉，只剩两个漆黑的窟窿。

可她长发蜿蜒，眉眼温婉，看起来依旧美好宁静，若壁画上凝望千年的神女。

一身极艳极媚的红衣也无法给她沾染上一丝红尘的气息，她有着和瑶珂一样惑人心魄的美貌，却不似瑶珂那般清冷，整个人都是温柔的。

璇珈仰头，任由天上的雨滴落到脸上，落入眼眶再流下来，仿佛是泪痕。

下雨了。

她也要死了。

她早该在百年之前随神宫死去，却苟活到了现在。她恍恍惚惚苏醒在一个山洞内，再艰难独行到了陵光，却还是没有办法，入皇宫看那高耸的浮屠塔一眼。

璇珈靠着墙壁，长发包裹住身躯，颤抖地伸出手，把横插胸口上的刀拔了出来。

"扑哧"，鲜血涌出的一刻，她手指无力，让刀落到了地上。

风卷着雨滴打湿手背，带动早就腐朽的肺腑剧烈疼痛。

她要死了，可是内心却没有悲恸没有难过，有的只是遗憾。

鲛人一族只有死在冢上才能安息，死在红尘人世，那就是魂飞魄散。

她只是遗憾，没能再看一眼荒冢上的灵薇花海。

璇珈手指染着血，一点一点在地上，似乎是在画什么东西。

画到最后，一股奇异的冷香让她动作一顿，紧接着整个人僵硬在原地。

不曾露出过一丝迷茫的脸，缓缓地抬起来。

哪怕看不见，也能凭直觉朝向一个地方。她张嘴，先吐出一口血，沙哑出声："您……"

楼观雪并没有靠近她，他厌恶鲜血，嫌弃肮脏，手拿骨笛戴着面具，冷冷于门扉处观看她的死亡。

璇珈全身上下包括手指牙齿都在颤抖，是欣喜若狂，是诚惶诚恐，是死前最后的虔诚。

她不顾横流的鲜血，跪在地上，嘴唇颤抖。

不过她开口前，楼观雪已经讥讽一笑，直接道："不用跪我，我不是你想的人，也不打算成为他。"

他声音冰冷凉薄，跟深冬的雪一般。

璇珈却没有因此露出一点难过，她只是恍惚地喃喃，犹如梦中："我这是在做梦吗？梦中还能再见到您。"

楼观雪往前一步，眼里是戏谑。

璇珈察觉他的靠近，呼吸都紧张起来，手忙脚乱，根本不知道如何是好。思维因为痛苦恍惚，她神志不清，觉得自己在做梦。

可是自己在梦里也依旧束手束脚，像个稚子。

楼观雪垂眸看了她一会儿，平静陈述："你快死了。"

璇珈跪在地上，声音极轻地问道："是因为我要死了，您才过来的吗？"

楼观雪淡淡地"嗯"了一声："我来拿一样东西。"

璇珈笑起来，漆黑的眼眶中淌下一行血泪来，说："我的灵魂都是您的，您想要什么当然都可以。"

楼观雪面无表情，并没有被这种献祭般的虔诚所打动，眼眸深处只有森寒冰冷。

泛着血光的骨笛，抵在璇珈的眉心处。

一股白光缓缓地抽离灵魂，被骨笛吸收。

璇珈嘴中全是血的味道，血肉崩析，灵魂粉碎，跪在这人面前，她开始失魂落魄般喃喃。

"对不起，当年是我们的错，害您神骨被抽，神宫坍塌。

“是珠玑心怀不轨，引狼入室……但是我劝不住她，我劝不住她。”

她迷茫又困苦，仓皇地笑起来：“百年之前劝不住她，百年之后也劝不住……

“我见到了一个被她下蛊的孩子，天生剑骨，就在陵光城内。我想救那个孩子，但是我也救不了。”

（七）

“卫家那个小孩，我看到他身体内有‘种子’。珠玑做了些手脚，我不知道她想要干什么……但我怕她……”

璇珈絮絮叨叨，手指颤抖，空荡的眼眶茫茫然盯着一个点，轻声喃喃：“……我怕她对您不利。”

楼观雪唇噙笑意，微微俯身，黑色长发倾泻而下，银色面具冷漠神秘，语调却是轻佻慵懒的，仿佛听到什么笑话。

“对我不利？她怎么对我不利呢？”

璇珈张嘴，却说不出话来。

楼观雪睫毛覆下，神色漠然。

终于，来自鲛族圣女灵魂深处的最后一丝光被吸入骨笛之中。

他藏在面具下的眼眸隐隐约约浮现出一丝极冷的冰蓝色来，幽暗似深海极光。

璇珈跪在地上，僵着脖子，仰着头。

光被剥夺的最后一刻，她从喉咙发出一声不可抑制的呜咽，整个人散架般匍匐地上，生命以肉眼可见的速度流逝，皮肤变老变皱，头发变灰变枯。

噼里啪啦——

外面的雨骤然下大。

雨滴击在荒院杂草上，冷风卷着雨沫，吹进窗内。

骨笛周身的红光浓得仿佛要化为实质，绕在楼观雪苍白的指尖上。

楼观雪一袭黑袍，衣摆红纹显出妖异煞气，他往窗外看了眼，漫不经心地问："鲛族每个圣女死去时都会下雨？"

璇珈出了会儿神，才轻声说："……是的，这都是当初您赐下的神恩。每一任圣女死在冢上时，通天之海上便会下雨。"

楼观雪微笑："哦，只可惜你死在这里。"

璇珈愣了愣，沙哑地说："没关系的……这是报应，能见到您……死而无憾。"

楼观雪将骨笛收入袖中，唇角的笑讽刺："如果把我当成神，能让你死得开心点，那你就继续自欺欺人吧。"

他转身就要走。

璇珈却突然在背后喊住了他："尊上——"

楼观雪步伐未曾停下一刻。

璇珈自顾自说着，声音破碎苍老："您，您若是见到了璃国的大祭司，千万……千万要小心。当年他背弃蓬莱投奔璃国，与珠玑里应外合，率领一众道士，造成当年神宫之变，让鲛族世代为奴……您现在神力未全，若是被他得知，恐怕……"

楼观雪偏头看她。

雨雾灯火蒙蒙中，气质光风霁月。

"恐怕什么？"楼观雪笑着，视线疏冷遥远，轻声说，"璇珈圣女，要不要孤告诉你，孤现在的身份？"

孤？

璇珈话音止住，猛地抬头，难以置信至极，脸上松弛的皮肤都在因为呼吸而扯动。

不想再在这肮脏的地方多待一秒，楼观雪转身，往外面走去，衣袍掠过凄凄荒草，从天而下的雨滴落在他周围，却没有打湿他的一根头发。

而身后，破旧的柴房角落，璇珈神色迷茫地跪在地上。

容颜老去，青丝变白，肌肤血肉寸寸化为灰烬。

死前知觉退化，可窗外的雨声却一声一声听得越发清晰。

最后一刻，她脑海里盘旋的，居然是“怎么可能呢……”。

怎么可能呢？

璃国皇室是被“神”诅咒厌恶的啊……

“神”若是苏醒，怎么可能苏醒在楼家人身上？

楼观雪走上风月楼长廊。

夜晚的青楼灯火不绝，雨声蒙蒙，歌女都在陪酒娇笑，满殿艳词浪曲、嬉笑谩骂。

可红尘的一切风流仿佛远在另一个世界。

袖子里的骨笛亲昵地贴着他的肌肤，经年不曾消散的湿冷疼痛越发浓重。

楼观雪内心阴郁，脸色苍白，抬眸，只是想看一眼今晚的雨。

他却没想到，在顶楼上看到了熟悉的背影。

他藏在袖里的手一下子握住了骨笛，片刻，短促冰冷地低笑一声。

会撞上燕穆是夏青没想到的。

见过这两人当街对峙的场面，夏青一点都不想被牵扯进他们的恩怨，可他现在和卫流光一起走进来，注定当不成看戏的局外人。

卫流光打开折扇，扶着金冠，拖着调子嗤笑说：“我说今日怎么出门诸事不顺，原来是会遇到你这么个煞星啊。”

燕穆本来就怒火滔天，此时更是仇人见面分外眼红，握着鞭子的手青筋微凸：“卫、六！”

老鸨一个头两个大，她的摇钱树下落不明，现在全陵光最不好惹的两个人还撞一块儿去了，真是折寿！

老鸨颤巍巍赔笑：“卫公子，燕世子，这里不是说话的地方，不如我们出去谈？”可别打起来，把她满屋子的翡翠玛瑙弄碎了！

卫六折扇开开合合，吊儿郎当：“为什么要出去谈？我可没打算跟狗说话。”

燕穆怒极反笑，阴恻恻看着他：“我看你才是丧家之犬，卫流光，你还敢来这里，不怕卫国公把你皮扒了？”

卫流光拿扇子的手差点一抖，咬牙，心想：这人哪壶不开提哪壶。

老鸨这才想起卫家的警告，瞬间人都要晕过去，她今晚指定是命犯太岁。

卫流光没好气地看她一眼：“慌什么？你不说我不说，谁知道我进来了。”

老鸨堆满脂粉的脸皱成苦瓜，笑得比哭还难看，小心翼翼地劝：“卫公子您看今日璇珈也不在，要不您还是先回去吧，改日再来。”

卫流光冷笑一声：“我不。”

燕穆同样不阴不阳一笑：“他乐意找死，你拦着他干什么？”

夏青根本没管这两个纨绔子弟的交锋，弯身去探了下倒在地上浑身是鞭伤的老人的鼻息，确定人还活着后，稍微松了口气。

“我的璇珈姐姐呢？”

卫流光终于记起了正事。

老鸨脑门冒汗说：“我也在为这事着急。璇珈人不见了，等下就轮到她上台了，外面的客人都等着呢，现在闹这一出！问这死丫头也说不出话来！”说到这儿老鸨气不打一处来，从旁边抄起一个不怎么值钱的玩意儿就往跪在地上的侍女身上扔：“赔钱货！当真是个赔钱货！什么用都没有，连个人都看不住，买回来净给我找事！”

旁边跪地而哭的少女大叫一声，却选择用身躯挡在了老人前面。

夏青被突然飞来的花瓶吓了一跳，心想：这什么疯女人？他从灰袍里伸出手，牢牢握住了花瓶的颈，阻止了一场头破血流的惨案。

老鸨这才看到他，尖着嗓子喊：“你是什么人？！”

夏青把花瓶放到一边，抬眸冷冰冰地看了那个女人一眼。

灯火下少年容色清艳。

老鸨瞬间哑声，脸色古怪，正心猿意马打着算盘，小心翼翼去看卫流光，试探地问：“这少年……他是卫公子您带来的人？”

卫流光瞥了她一眼：“对，所以把你脑子里的想法都收回去，想都不用想。”

“呵呵呵呵呵。”

老鸨只能尴尬地拿袖子掩唇笑。

不过卫流光的可靠只在一瞬间。

他一想到燕穆那说话温温柔柔的变态姑姑，就头皮发麻。

美人生死未知，他当然没工夫在这儿陪人吵闹，把折扇收袖子里就风风火火地往外跑，急得不行地朝老鸨说：“璇珈都消失了，你还不赶紧派人去找？愣在这里干什么啊？！”

老鸨苦不堪言，也只能由着卫小公子：“我这不是在招待燕世子吗？”

他们一前一后出去。

这不靠谱的卫流光，就把夏青一人留在这里。

夏青甚是无语：绝。

对面是被激出一身火气却憋着没地儿发的燕穆，手摩挲着鞭子，视线落到被单独留下的夏青身上，皮笑肉不笑。

“你是卫流光带进来的人？”

夏青没理。

燕穆命令：“抬起头来。”

夏青抬头漠然地看他一眼，手指拨弄着手腕上的红绳舍利子，心想，惹急了原地变鬼给你看。

侍女还在旁边不停流泪，她手臂上也有些鞭痕。夏青琢磨了会儿，大概能猜到事情经过，估计是燕穆找不到璇珈，问侍女又说不出答案，愤怒之下便拿人撒气。旁边的老人应该就是外面那个鲛人少年的爷爷，用身体护着孙女挨了几鞭，承受不了才倒地上。

“你先带你爷爷下去处理下伤口吧。”

夏青看不下去了，叫她起来。

侍女一边擦眼泪，一边不住地说“谢谢恩公”。

燕穆被无视，阴沉着脸，一鞭子又从天而降。

夏青抽出袖里的柴枝，挡住了来势汹汹的攻击。

凌乱的黑发下，眼神带了点冷意，便如剑上寒霜。

卫流光利用了他一回，他现在也利用他一次。

他是卫流光带来的人，上次燕穆才因为一个鲛人和卫流光争起来被罚跪金銮殿前，这次应该也长了记性，不至于再为个少年和卫六结仇。

“我还没说让她走呢。”果然，燕穆也没发作，只是死死盯着夏青的脸，扭曲凶恶的脸上带着藏都藏不住的恶意，“知道我为什么打她吗？她偷了我的东西。偷东西的贼能那么光明正大出去？”

夏青一愣，心道：猜错了？

不过他觉得系统带他进这个世界，还是有给一些福利的，尤其在打架方面。

所以他现在也不是很慌。

侍女身躯颤抖，脸色苍白，绝望哽咽：“我没有，世子，我没有偷那颗珠子。”

燕穆声音像毒蛇爬动：“你说没有就没有？我今日在静心殿被太后数落了好久，此次专门来这里就是为了要回那颗东海鲛珠。璇珈从来不会往身上带这些玩意儿。我令人把这里翻了个遍也没找到，平日只有你能近她身，你敢说不是你偷的？”

侍女泪如雨下，伏在地上不停地磕头：“我没有，世子，我从来没动过璇珈姑娘的东西。”

燕穆眼中露出一丝淫邪之色来：“口说无凭，谁知道你藏在什么地方，你不如脱光了给我看看。”

夏青顿感气噎。

侍女脸色煞白，僵在原地，但最后还是噙着热泪，抖着唇说：“好。”

她跟提线木偶一样，动作僵硬颤抖，去解开腰带。

夏青深深地吐了口气，拦住了她：“别脱，你脱光了，他也不会放过你。”

燕穆哈哈哈大笑出声来，一直以折辱霸凌他人为趣的恶霸自然没否认这句话，他往后一坐，阴毒地说：“你说得对，脱光了也证明不了什么。我听说民间一些鸡鸣狗盗之辈，都是把赃物吞进肚子里再想方设法弄出来的。”

夏青更加气愤。

他是造了什么孽！

来这个世界一天到晚净遇到这些奇奇怪怪的玩意儿！

夏青的手已经在烦躁地抠那颗舍利子了，只差一点就要解开红绳。

低下头，睫毛遮住了蹿火的眼眸。

解开红绳后能上天能入地，怎么折磨这浑蛋都行。

燕穆点着桌子说：“我让人把她的肚子剖开，挖出肠子内脏看个清楚，有没有偷我的珠子——”他半直起身子来，“怎样？”

“不怎样。”

夏青漠然说。

夏青本来是蹲在地上的，现在懒得忍了。

这陵光城中的人还真是一个比一个变态。他站起来，刚想要解开红绳，手腕却被一只冰凉的手牵住了，熟悉的冰凉气息自身后覆盖而来。

夏青一愣。

楼观雪什么时候进来的他也不知道。

少年帝王摘了面具，一袭锦缎黑袍曳地，灯火月色明晃晃。

楼观雪勾唇：“孤有第二个建议，燕世子看怎么样？”

他声调散漫，带着点笑意。

话语也是懒洋洋的，听不出情绪。

“破肚挖肠过于麻烦，不如把你的眼珠子挖下来，再让她吞下去，方便你在里面好好看个清楚，如何？”

夏青这才反应过来：哦，相处得久了，差点忘了楼观雪才是陵光城内最变态的。

（八）

燕穆见到那张脸的瞬间，脸色煞白，也不敢坐在位子上了。手中的鞭子缩在背后，他站起身来，慌慌忙忙跪下：“见过陛下。”

陛、陛下？

本就摇摇欲坠的侍女这一刻更是单薄得像一张纸，眼神惊恐，匍匐在地，根本不敢起身。

楼观雪似笑非笑：“燕世子还没回答孤的话呢。”

燕穆咬牙，眼里流露出深深的恐惧来，他纵横都城那么久，哪怕有太后、摄政王撑腰也不敢招惹楼观雪。因为楼观雪想杀人，那真的谁都拦不住，这个疯子喜怒无常暴戾阴桀，折磨人的手段更是让人胆战心惊。

燕穆咬唇，收了一身凶恶之气，低着头为自己解释说：“陛下，那东海鲛珠是燕家当年通天之海一战于神宫得来的宝物，珍贵无比。这个婢女是最有偷珠嫌疑的人，臣才不愿放过她。”

夏青别扭地把手抽回来，摸着那颗冰凉凉的舍利子，听到燕穆这话，一时间又是震撼又是无语——真那么珍贵你随手送给一个女人？！

楼观雪颔首，语调慵懒：“神宫之物吗？的确珍贵。”

燕穆又恶毒地看向夏青：“至于这少年，臣怀疑他和这个婢女是一伙的。”

夏青呆了。

燕穆说：“他是卫流光带来的人，卫流光向来和我不对头！臣怀疑他是在故意帮这个婢女打掩护！”

夏青更是无语。

楼观雪听完这番话，也没什么情绪，偏头，笑意加深：“你是卫流光的人？”

夏青憋半天，硬邦邦地说：“不是。”

楼观雪桃花眼含笑看人时总带点缱绻意味：“那你怎么来这里的？”

只是他虽笑着，眸光落在夏青脸上，却深冷冰凉像薄刀贴着肌肤。

问出的问题同样很要命。

夏青就知道进来撞上他没好事。

他也不是喜欢含糊其词隐瞒的人，手往袖子里一缩，沉默片刻说道：“我在外面救了个少年，又被他拜托进来找他爷爷，卫流光是顺路认识的，就这样。”

“嗯。”楼观雪点头。

燕穆跪在地上人都愣住了。

他虽然一直绕着楼观雪走，没接触过几次，可是整个璃国谁人不知这位陛下的性格。除了要杀人，楼观雪什么时候会这样言笑晏晏地跟一个外人交谈？

屋内正僵持着，外面突然传来吵闹声。

尖叫和哭号将此处颓靡的风月染上惊惶血色。

“我的璇珈啊！我的璇珈！”哭得上气不接下气的正是老鸨，声嘶力竭，好像下一秒就要断气。

笙歌止住，喧哗乍起。

“死人了，死人了！”

“出什么事了？”

龟奴举着火把脚步纷乱地跑下楼，姑娘们也抱着琵琶、箜篌出来往下望。

雨声淅淅沥沥，伴随着卫流光气急败坏的声音：“谁干的？！”

夏青愣住，璇珈出事了？

燕穆现在哪有心思管璇珈，战战兢兢，就怕楼观雪这尊煞神突然发疯。他察觉楼观雪对那个少年态度异常，立刻干着嗓子求饶说：“当然，也……也可能是臣记错了，鲛珠并没有给璇珈，给了其他人。臣回去好好想想。”

楼观雪垂眸看了他一会儿，懒洋洋一笑：“那你可真得好好想想了。”

燕穆摸不透他的心思，又慌又乱。

好在这位心思难测的帝王并没有给他太多注意力，偏头对旁边的灰袍少年说："孤带你去看戏。"

夏青纳闷地想：在他眼里我就真的那么喜欢看戏？

夏青真是受够他了。

夏青没搭理楼观雪，弯下身扶起那个老人，对侍女说："走，带我去找楼里的郎中。"

侍女没有皇帝的命令根本不敢抬头。

夏青蹲着，眼睛安静地盯着她半天，见她低着头哆哆嗦嗦眼泪直流，他吐了口气，抬头看了楼观雪一眼。

楼观雪收到他郁闷的视线，微微一笑，心情很好般地恩准："都起来吧。"

燕穆从小娇生惯养，跪这一会儿腿就已经麻了，后背全是冷汗。

"谢陛下。"

"谢陛下。"

侍女这才擦着眼泪，急急忙忙去扶老人。

她到底是女子，身躯瘦小力气不够。

夏青帮了她一把。

"多谢恩公。"少女的眼睛今晚都快哭肿成核桃了。

风月楼是有专门的郎中的，在后院的一个偏僻厢房。

夏青下楼的时候，刚好瞥见卫流光站在大雨中咬牙切齿、怒不可遏的样子，明显是气极了。旁边乌泱泱站着一堆人，举着火把，交头接耳。

老人昏昏沉沉的咳嗽声让夏青回神，他手指下意识碰上老人的人中，仿佛下一秒就要渡气，可是等做完动作后，他才待在原地发蒙。

他在干什么？

夏青摇摇头收回手，帮着少女将老人带到了郎中住所。

临走时，夏青对她道："治完你就跟你爷爷走吧，你弟弟在外面等着你。”

“是。”少女热泪滚滚，“谢谢恩公。”

她从袖子里掏出这些年积攒的金叶子想要给夏青，被夏青拒绝了。

夏青从郎中住所出来。

风月楼庭院里的人不减反增。

雨越下越大，看样子到天明都不会停。

夏青往楼上走，视线落到人群中心的那一具尸体上时，视线迷茫发蒙。

所以，璇珈死了吗？

那具尸体被敷衍地盖上白布，从破旧的柴房里抬出来，露出的手臂布满苍老的褐斑，干枯的长发苍白发灰。

老鸨哭得撕心裂肺。

卫流光吼完反而冷静下来，一边拿折扇扇走火气，一边冷冰冰质问在场的所有人，他忽然又想到什么，咬牙切齿道：“对！燕穆！叫燕穆滚下来！璇珈的死肯定跟他姑姑脱不了关系！”

龟奴得了他的命令，匆匆上楼，小心翼翼跟燕穆传达了话。

搁平时燕穆怎么可能被卫流光命令，但他现在多一秒都不想跟楼观雪待一块儿！跟楼观雪请示，得了许可后，燕穆暗舒口气，握着鞭子跟龟奴出门，一下了楼脸色便唰地铁青。

现在顶楼回廊上只剩夏青和楼观雪两人。

灯茫茫，雨朦胧。

楼观雪见他上来，朝他招手，勾唇：“过来。”

夏青抿唇：“我不喜欢看热闹。”

楼观雪笑：“好，我们不看热闹。”

夏青走了过去，垂眸，看着下面围着尸体神色各异的人。

楼观雪倚栏而立，衣袂随风，从黑袍中伸出的手白得像一段玉，淡淡地说：“刚刚那个老人死了吗？”

夏青古怪地看他一眼："肯定没死啊，问这个干什么？"

"如果他死了，你会杀了燕穆吗？"细雨灯光里楼观雪的眼深得如海渊，含笑望过来，"你现在有了身体，完全可以用自己的方式替天行道，惩恶除奸。"

夏青愣了愣，皱起了眉，半晌吐槽："最大的奸恶就是你吧。"

楼观雪别过头，闷声笑了几下，手指在栏杆上点了两下。

"夏青，看到璇珈的尸体什么感受？"

夏青手指握着栏杆，眼睫安静垂落。

雨声很大，把那些讨论声都冲散，他视线穿过人群也穿过那具尸体，落到了墙角细细斜生的一朵蔷薇花上。

想了半天，也想不出楼观雪问这话什么意思。

"她怎么死的？"

夏青换了个话题。

楼观雪："不知道，她本就时日无多，可能是自然死去的。"

夏青几乎是福至心灵般地想到一个答案，难以置信地问道："你是算到了今晚她会死，专门为她而来吗？！"

楼观雪一天到晚看那些奇奇怪怪、文字诡异的书，随随便便就能让自己获得身体，夏青怎么都不可能再把他当成一个单纯的傀儡暴君。

楼观雪闻言看他，微笑："我不是来陪你找刺激的吗？"

这个时候还提找刺激！

"夏青。"楼观雪轻轻说话时，总给人格外温柔的感觉，内容却非常变态，"我有点想知道，你真正愤怒伤心起来会是什么样子。"

夏青嘴里的一句"你是不是有病"差点脱口而出，不过他憋住了，因为同一句话不想再重复。

这人就是有病！全天下都知道的有病！

楼观雪慢条斯理地分析："你并不是个疾恶如仇的人——你会救下一个少年，会进来帮他找爷爷，但是如果他爷爷真的死在里面，你也不会过于愤怒伤心，或许就像现在这样，惊讶过后带点悲悯和哀伤，也没多余的感受。"

夏青不作声。

楼观雪笑吟吟："真有意思，你到底是善良还是冷漠？是有情还是无情？"

夏青幽幽吐出口气，冷静认真地问："楼观雪，你是不是因为自己是个变态，所以看谁都奇怪？"

楼观雪说："我认认真真观察过的人，只有你。"

夏青木着脸："好荣幸呢。"

下面卫流光和燕穆又争执起来。

不一会儿官府的人也赶了过来，但死的只是一个鲛人又是烟花女子，压根没人重视，估计最后连命案都算不上。

事情闹到最后的高潮，居然是卫国公听到消息气势汹汹杀了过来。

"卫流光！你把你老子的话当耳旁风？！"

卫国公老了之后依旧威风不减，声如洪钟，人未到声先至，还没进门声音先把卫流光吓了个半死。

本来还在脸红耳赤争论的卫六公子跟被踩着尾巴的耗子一样。

"我爹怎么来了？！"

他整个人火烧屁股似的往楼上跑，想着躲一时是一时。

人群中有不少官员听到卫国公的声音，也瞬间脸色慌乱作鸟兽散。

开玩笑，这要是被抓到可不是好事。

"卫流光呢？

"让那臭小子滚出来！"

卫国公手里拿着棍子，暴躁的性子丝毫不逊年轻时候，气得胡须颤抖。

没人回答。

老鸨人都傻了——她刚失了摇钱树，现在哭声还吊在嗓子眼，就差点被这一幕闹得两眼一白，原地昏厥。

犯太岁！这真是犯太岁啊！

燕穆站在院中，脸色阴沉，他刚在楼观雪那里受了惊吓，又被卫流光撑了半天，现在满肚子的躁郁怒火没处发，目光阴沉恶毒，偏头就落到了璇珈的尸体上。

他抹了把脸，寒声吩咐："给我把白布掀开。"

老鸨已经急急忙忙去安抚卫国公了。

剩下的龟奴、侍卫面面相觑，没有主心骨，只能迫于威严，去将白布掀开。

白布掀开，露出一张已经枯朽如老妪的脸。

美人迟暮，容颜老去，让燕穆连仅剩的一丝怜香惜玉之心都没了。

他眼睛发红，心里怒意滔天，恨恨不休。

都是这个鲛人！都是这个鲛人！

害得他不但撞上卫家，还被姑姑数落到现在。

抽出手里的鞭子，不顾旁人的惊讶，燕穆脸色狰狞如恶鬼，"唰"的一鞭子就抽在了尸体上！

"他——"夏青本来还在和楼观雪掰扯，突然听到鞭声，人都惊了，转身就看到让他目瞪口呆的一幕。

燕穆在干什么？

鞭尸？

他无语了，急得团团转，却也不想坐观这种事，于是丢下楼观雪转身就往里面跑，看有没有什么合适的武器。

最后他从墙上拿下一套弓箭来。

"他脑子进水了吧！"夏青吐槽。他完全没有用弓的经验，上箭都手忙脚乱，但胜在力气大，而且五感仿佛生于天地，视觉、听觉都格外敏锐。

第一箭就直接斜擦过燕穆握鞭子的手。

擦出一道血痕。

"谁？！"燕穆脸色煞白，猛地抬头，可是雨越下越大，模糊了视线，加上四周回廊上都挤满了看戏的人，他根本找不到射箭的人。

燕穆更气了，面沉如水："是谁？给我滚出来！"

我连射箭都这么有天赋？

夏青还没震惊完，见燕穆现在这副不知悔改的样子，扯了下嘴角。

他继续搭箭，只是动作本来就不标准，一个不稳，箭矢掉在了地上，还差点弄伤自己。

什么情况？

夏青弯身想去捡。

楼观雪见此，几不可见地勾了下唇角，伸出冰凉的手从夏青手里拿过弓箭，淡淡地道："我来吧。"

夏青愣住，一句"你行吗"卡在喉咙里，但又想到摘星楼内楼观雪射出的箭。

楼观雪见他神情也能猜出他想说的话，平静地道："放心，我从六岁开始，箭无虚发。"

哦。

果然，楼观雪拉弓上箭的动作可比他熟练多了。

黑色的衣袖垂落。

冰冷的箭矢对着燕穆。

他眯起眼，下一秒，长箭破开空气，撕碎雨幕，直直插入了暴躁阴毒、站在院中张目四望的燕穆的——

眼。

倏忽，长箭横穿过眼球，血雾四溅。

众人都还没反应过来，院中已经响起凄厉的尖叫，痛苦至极，破开长夜。

"啊啊啊啊！"

"世子！"

"世子殿下！"

惊醒的人脸色瞬间煞白，急匆匆冲过去。

而燕穆已经因为痛苦扭曲着蹲在了地上，血流满面，喉咙间发出崩溃的尖叫。

夏青也蒙了。

与此同时，卫流光火急火燎跑了上来，他是想拉着夏青挡枪，让他再陪自己演一出戏，敷衍一下卫国公的。结果他看到了夏青身边站了个人，角度原因，他没看清脸，只见那人衣着华贵气质出众，便以为是哪个世家子弟。

卫流光当即不满，拔高声音问："你是谁？！不知道他是我卫六带来的人？！"

夏青还在愣神呢，就被卫流光这人给气回神了。

什么玩意儿哦？

夏青在楼观雪不说人话前先开口："别问我，我不认识他。"

卫流光："夏青！你这就翻脸不认人了？你难道不是跟着我进来的？"

夏青凉飕飕道："不呢，我是一个人进来找刺激的。"

楼观雪没忍住，低笑出声。

卫流光正要开口，就听到那让人头皮发麻的熟悉声线。

他一下子愣住，各种事情堆在一起的脑袋稍微清醒了点，他瞪大眼，终于看清楚了夏青旁边那道颀长身影的脸，这一看清，差点腿就软了。

脑袋炸开，拔高声音。

卫流光："陛下？！"

声音大得楼上楼下都能听到。

瞬间，天地寂静。

"臭小子！可算是让我找到你了！"

风月楼今晚到处都很热闹。下面围着燕穆转，上面围着卫国公转。

老鸨苦口婆心，生怕卫国公一个不爽抄了她的底，身边一群人也是上赶着给他熄火。

只是所有的嘈杂吵闹都在这一刻被按下了暂停键。

鸦雀无声。

为那两个字。

——陛下。

陵光城内的陛下，只有那位了。

老鸨今日接连受打击，先是花魁失踪惨死，又是两个纨绔撞上，之后卫国公杀上门来，现在看清回廊尽头的人后，腿一软眼一翻，真的晕过去了。

后面的丫鬟顿时大叫："妈妈！"

卫国公的怒火也卡在喉咙里，变成震惊，但毕竟也是活了那么久的老骨头，反应迅速，先拽着自家不争气的六儿子跪下行礼，而后才试探问道："陛下……陛下今夜怎么会出现在这里？"

面对着昏厥的、惶恐的、绝望的一群人。

楼观雪轻声一笑，忽然伸手撩起了夏青的一缕黑发，收获少年冷冰冰毫不掩饰的不满后也不退缩，垂眸，懒洋洋笑道："孤吗？陪人来找刺激的。"

卫国公不敢作声。

卫流光不敢作声。

在场所有人都不敢作声。

夏青：找你个头。

后面老鸨昏迷不醒，燕穆很快被人抬去找郎中。

卫国公拖着自己失魂落魄的儿子找了个借口，迅速离开。

所有寻花问柳的官员公子战战兢兢，根本没心情听小曲看歌舞。歌女收了琴弦，舞女褪下红纱，一瞬间天清地静，只有雨声越发响。

夏青已经麻木了："你是非要拖着我一起声名败坏是吧？"

楼观雪微笑："拜你所赐，我早就没什么好名声了。"

夏青：你以为我来之前你的名声很好？

夏青憋着气道："为什么？"

他可不觉得楼观雪会毫无目的地做一件事。

楼观雪垂眸，如实答道："现在大家都能看到你了，你既然选择不走，那么就需要一个身份待在我身边。"

夏青："啥？"

楼观雪："刚好，燕兰渝总对一些旁门左道蠢蠢欲动。现在有你在身边，也能先迷惑一下她。"

夏青难以置信，指着自己："所以我现在待在你身边是什么身份？"

楼观雪笑起来，颇为温柔地说："什么身份都可以。"

夏青知道他在开玩笑，却还是忍无可忍："滚。"

楼观雪颔首，从容接受他的回答，又问："你在这种地方，找到喜欢的了吗？"

夏青终于想起了这一晚的开端，都是那麻烦的选妃之事，他硬着头皮："哦，还没来得及呢。"

楼观雪缓缓扬起一个笑来："那现在好好看看吧。"

于是兵荒马乱的一晚后，夏青回到了最初的目的——

找刺激。

什么和什么呀！

眼看着好几个舞女差点把腰扭断，把脚崴掉后，夏青捂脸道："算了，听曲，听曲吧。"

楼观雪挥手，一群人退下。

不一会儿，抱着琵琶的歌女娉娉婷婷站到了红帐之后。

她是突然被叫过来的，并不知道里面人的身份，婉声问道："客官要听奴唱什么？"

"你随意。"夏青有气无力。

歌女再次行礼，转轴拨弦几声，停了片刻后，便轻声唱了起来。

她声音圆润婉转，又酥又轻，掠过耳畔如羽毛扫在心头。

这一处临窗，外面就是肆意的大雨，微凉的雨丝吹进来，打在夏青的脸侧。

他憋坏了，探出头去想要透透气。

他对音律并不通，于是歌女咿咿呀呀的唱腔只有催眠的作用。

夏青看着庭院中原本摆放着璇珈尸体的那一处，见残留的鲜血被雨水一点点冲刷，见雨滴落地后碎为白沫，溅于空中。

茫茫然如同浮花浪蕊。

夏青一时间有些出神，出神久了就有些困，眼皮打架。

歌女唱了曲明快的《金缕衣》，见其中一位客官似乎有些倦意，马上心领神会轻拢慢捻，将曲调缓下来，换了首哀沉婉转的《虞美人》。

夏青最后是在“悲欢离合总无情”的唱词中睡过去的。

第二日，街头巷尾都在说着昨日风月楼的事。

虽然唏嘘璇珈的死去，但百姓们对陛下身边那个突然出现的少年更感兴趣。毕竟这可是那么多年来唯一近陛下身的人，而能让“陵光珠玉”另眼相看，也不知道会是怎样的风华绝代。

不过朝堂之上，全然没了这种轻松。

那一箭直穿眼珠。

燕穆瞎了一只眼，人生死未卜。

风月楼那么多人，是谁射出的箭总有人知道，加上那位我行我素，本来也没想隐瞒。

新帝和太后之间的关系本就暗潮汹涌，现在更是只差最后一层薄纸。

第五章

浮屠塔

小师弟 一晃百年 别来无恙

（一）

静心殿内檀香袅袅，十五连盏的铜灯火焰昏黄。

燕兰渝高坐凤榻上，脸上彻底退了温婉的假象，面沉如水，冰冷肃杀。

砰！——

坐于台下的摄政王双目赤红，将桌案上杯盏全部推翻于地，瓷器“噼里啪啦”碎开，伴随他撕心裂肺的怒吼：“我要杀了楼观雪！我要杀了他！”

燕兰渝明显也气得不轻，指甲紧抓着扶手深深地陷进去，像是要把某人挫骨扬灰。可她还是保持理智，深呼口气。

“不能动他。在浮屠塔的事彻底解决前，不能动他。要么等着大祭司回来除妖，要么让楼观雪留下楼家后代再死！”

摄政王怒不可遏：“你到底在怕什么？！浮屠塔都已经一百年没什么动静了，你还在忌惮什么？”

燕兰渝气笑了：“我忌惮的东西可远比你想象的多。”

摄政王面目狰狞：“穆哥儿现在昏迷不醒，连御医都说凶多吉少！楼观雪光明正大射出的箭！这个野种就这么向我们示威，踩在你我头上撒野，你还能忍？”

燕兰渝额头突突跳，手里的杯子也直接甩了出去，拔高声音扭曲道：“我当然不能忍！你以为我想忍？我早就想杀他了！我恨不得把他凌迟处死！如果不是他娘，我又怎么会落到这个地步！”

她大口呼气，温柔婉静的表象撕裂，露出了年少时深刻入骨的阴狠跋扈来。

“我现在日日恶魇缠身，日日夜半惊醒。那么多年逼着自己青灯古佛念经茹素，依旧不得安生。如果不是瑶珂那个贱人，我怎么会变成这个样子？”

摄政王什么话都听不进去了，眼红得能滴血：“穆哥儿是我的儿子，你能忍，我不能忍。”

燕兰渝眼若毒蛇：“我说了，别动楼观雪，现在不能动！”

摄政王失去理智：“他不过一个傀儡！有什么不能动的？！”

燕兰渝骤然抬头：“你敢动他，明年惊蛰就是你我的死期！”

一句话响在静心殿内，让摄政王脸色煞白，但他还是死死盯着她。

燕兰渝笑起来，黑发青裙恍若皈依的信女，眼底却是深寒的恶毒，恨恨不休。

“你真当浮屠塔里关的是妖？你真当先祖入神宫能轻松获得神眷？

“‘神’无爱无恨，又怎会垂怜人族？毕竟哪怕是世代侍奉‘神’的鲛族，都未见他垂青一丝一毫。

“百年之前，大祭司同鲛族三圣女中的一位布下杀阵，让‘神’魂骨分离，才堪堪压制住他；而后先祖趁‘神’灵魂未稳，用邪术将‘神’的三魂生吞——结果回来就暴毙。”

燕兰渝的脸色苍白，在说及这件事时，眼里也露出了发自骨髓的战栗恐惧，但她还是说了下去。

“这浮屠塔关押的，从来都不是妖，是‘神’的三魂。

“你我、燕家、卫家、吴家，还有楼家，当年入神宫的家族都被‘神’诅咒了，其中以楼家受的诅咒最深。

“你当楼观雪入摘星楼是为了什么？这是当年楼家与三家定下的约定。每年惊蛰，由楼家后人去承担一年一次浮屠塔内的‘神’之怒——因为只有楼家血液，能激起‘神’全部的恨，供其彻底发泄。”

她蓦地笑出声来，声音一顿一顿。

“楼家子嗣多夭折命短，怕是有一半死在摘星楼内。”

这些不为人知的皇室秘辛如惊雷震地，摄政王脸色如纸愣在原地，呆呆抬头。

燕兰渝往前微微倾身：“没有人能入摘星楼三次还活着。所以今年，楼观雪必须选妃，必须留下子嗣。

“大祭司说毁塔屠‘神’只有三成把握，我们赌不起。”

摄政王脑海被血色填充，沉默很久哑声说：“如果穆哥儿死了，我是不会放过他的。”

燕兰渝见他依旧执迷不悟，神情在红光中扭曲如妖煞，她尖声喊道：“滚！给我滚下去！我怎么有你这么个草包哥哥！”

摄政王没有多说什么，转过身离开，藏在袖中的拳头紧握，脸色铁青，眼中杀意丝毫未减。

白荷带着侍女来静心殿时，恰好在门口撞上脸上乌云密布的摄政王。

她心惊胆战行礼，好在摄政王并没有理她，压抑着怒火拂袖而去。

白荷一惊，心道：摄政王这是和太后娘娘吵架了吗？她端着布匹的手不由得发战，在阶前犹豫了片刻——要是刚好触到太后的霉头，那真是九个脑袋都不够掉。

不过还没等她想清楚，燕兰渝的声音已经传来：“进来。”

一如既往地温婉轻细，听不出愤怒。

白荷深深呼口气，进去的时候，对满殿的狼藉视而不见。她是来给燕兰渝过目入夏制衣的布料的，说来也奇怪——这位太后娘娘从前偏爱各种艳丽的红，现在却钟爱素净的青。

她规规矩矩地汇报完一切。

燕兰渝在榻上垂眸，手指闲拨茶盏。

她刚刚和摄政王吵架过于激烈，习惯了轻声细语的嗓子一时间有些不习惯。

燕兰渝听完白荷的汇报，没说话，淡淡地问起另外一件事：“你可曾看见陛下昨夜带回宫的那个少年？”

白荷一噎，想了想，如实说："回太后，那位小公子入宫后，寸步不离陛下寝殿，奴婢未曾见到。"

燕兰渝没什么表情，冷笑一声："怎么你们没发现，陛下身边多了这么个人？"

白荷脸色煞白，但到底是掌事姑姑，很快镇定下来，柔声道："因为陛下那么多年，确实不曾亲近任何人……不过，奴婢前几日还发现，陛下对宫中的一个小太监有所不同。"

燕兰渝嗤笑："太监？"

白荷说："是的，那小太监两次惹了陛下，可陛下未曾杀他。"

燕兰渝听到这里才来了点兴趣，眉眼一挑，半直起身来："两次？"

白荷："一次在浴池，一次在御书房。"

燕兰渝红唇勾起，慢悠悠笑起来："那敢情好啊。那太监什么来头？"

白荷说："他先前是梁国的九皇子，梁国国破后被先帝收入宫中，现在在浣衣局做事。"

燕兰渝点头。

她轻轻喝了口茶说："你试试看，能不能帮帮他。"

白荷："遵命。"

燕兰渝的唇沾了点鲜红的液体，也不知道茶杯中放的是什么："一步一步来吧。"

总得有人能先接近楼观雪，不是吗？

夏青确实回来后就没出过殿。

因为那些乱七八糟的目光看得他头皮发麻，他这辈子都没想过会被那么多人的视线打量。

绝了！

他好几次想扯开红绳，都被楼观雪拦住。

楼观雪放下书本，认认真真，微笑道："你不是说过，我有什么要求尽管对你提吗？"

夏青憋着气，跟他要来骨笛做发泄。

那笛子在他面前现过原形后，也就不再装模作样了，鬼精鬼精的，被夏青握到手里就是各种挣扎，想要跑路。

夏青冷冰冰："再动我把你掰断！"

骨笛只能"呜呜哇哇"委屈地收敛着。

他根本不想出门！

以前上楼观雪身时，面对张善那谄媚的脸就浑身不舒服，现在对上他打量的视线就更恐怖了，堪称头皮发麻。

甚至有一次夏青不小心把骨笛丢出去，到御花园捡，遇上一个小宫女见他跟见鬼似的，她神情复杂，张嘴半天才问道："您就是被陛下带回来的那位公子吗？"

夏青捡起骨笛，冷着脸："不是。"

璃国皇宫人人有病。

楼观雪下朝回来，偶尔也会问他："你就打算一直躲着？"

夏青每天在寝殿里就是看话本，拿着骨笛戳桌子，或者安安静静捣鼓一些乱七八糟的事。

他其实是一个很容易静下来的人，毕竟盯人都能盯半天，坐窗边看天、看花、看草也能过一日。

"不然呢？出去被人当……"

他绞尽脑汁都想不出该用什么词形容自己的情况。

楼观雪等他半天，往后一靠，似笑非笑帮他说完："被人当猴看？"

夏青拿着笛子差点抽他。

夏青抓了下头发，幽幽吐了口气。实际上他也不是个特别在意别人看法的人，后面习惯了，慢慢就坦然接受。

楼观雪从来"大大方方"，丝毫不吝啬对他的"恩宠"。

有一日楼观雪带他去揽风轩。

"我不想看求雨，谢谢。"

夏青面无表情。

楼观雪换回白衣，肌肤与衣裳同色，笑道："放心，不求雨。"

是不求雨。

“下棋吗？”

夏青转身就走。

剩楼观雪手搭在棋盘上，闷声笑了好久。

夏青后面又坐回来，让楼观雪自己跟自己下棋，他找到了别的玩法。

用草折蚂蚱，折了一个下午，最后折出一个……四不像。

他盯着那玩意儿半天，扯了下嘴角。

后面抽了一些纸来折纸飞机，哈口气，让纸飞机四处飞，落在湖中，落在亭内，落到花花草草上。

骨笛滚来滚去，在桌上玩他折出的四不像蚂蚱。

后来蚂蚱被这支蠢笛子玩进了水里。

骨笛已经彻底怕了夏青，它都不知道自己身为神骨，为什么对这人没有任何威压，“呜呜呜”就往楼观雪袖里钻。

不过夏青困了，瞥它一眼没搭理，趴着就睡。

楼观雪支颐，黑发垂落，将棋子放入棋笥中，转头对张善淡淡地道：“叫人把那草折的东西捞上来。”

张善赔着笑脸：“奴遵命。”

但是湖太大了，找半天也没找到。

夏青醒来时看到那些湿漉漉的侍卫，崩溃得想捂脸，忙挥手：“行了行了。”

楼观雪勾唇：“嗯。”

结果这事后来不知道怎么变成了：陛下心爱之物遗失在揽风池内，下令百人寻觅也无果，遗憾回宫。

传到白荷耳中的时候，她正在拉着温皎的手轻声细语地跟他说“心里话”，侍女传来这事，她一下子停住话语，挑眉：“陛下心爱之物遗失在湖中？”

“是，宫中人是那么说的。”

白荷心思电转，骤然笑起来，忽然视线落到温皎怯懦的脸上，轻声说："好孩子，你的机会来了。"

温皎茫然地抬头："什么？"

白荷微笑："陛下幼年居于冷宫，饱受人情冷暖，想要打动他，总得以真心换真心。"

温皎联系前言，讷讷道："姑姑……您是要我，去湖中找到那东西？"

白荷眼里掠过势在必得的光："对，不光找，还得你亲自去找。数百侍卫都找不到，而你要为陛下在冰凉的湖水中找一个晚上，这样方能体现你对陛下的忠心耿耿。我跟太后也说过你，找到后我会安排陛下与你见面的。"

温皎脸色煞白，但隐隐又升起一丝希望，他低下头小声说："好的，姑姑。"

三月乍暖还寒，池子里的水还是能把人冻脱一层皮。

温皎晚上出来就已经被风吹得有些瑟缩，眼睛看着那池水，一时间娇气劲上来，不想去受苦。

可是只有找到那东西才能跟白荷姑姑交代，他咬着唇，原地打转，看着偌大的揽风池，心里直打鼓。

那么冷，湖又那么大，听说这湖里溺死的人也不少。

他吞了吞唾沫，眼珠子一转，突然想到——

他不可以——

但是傅长生可以啊。

傅长生被温皎找到的时候，脸色苍白，他白日才因为触怒一个脾气古怪的太监，硬生生挨了十几大板，皮开肉绽，血还没凝结。痛苦让他神志恍惚，半天才听清楚温皎的话，他声音很轻，问道："殿下，你要我在这湖里，帮你找一个草折的蚂蚱？"

（二）

温皎点头，小心翼翼地抬头，眼眸迷茫天真，委屈地小声说：“不可以吗？长生哥哥。”

傅长生目光深邃，认真盯着他，藏在袖子里的手握了又松、松了又握，很久之后他才木讷地张开干裂的唇，声音极轻：“殿下，我白日刚被打了板子，现在伤口未愈合不能碰水，明天可以吗？”

“明、明天？！”温皎根本没听进去他前面的话，脸色慌乱，一下子伸出手指死死拽着他的袖子，“不行！长生哥哥，就今晚！只能今晚！你就帮我这一次好吗？！就这一次！”

傅长生抿唇没有说话，英俊刚毅的脸上，深深的疲惫写在眼底。

温皎心一慌，咬咬唇，眼泪夺眶而出，抽抽噎噎哭出来：“对不起，对不起，对不起长生哥哥，我也不想那么不择手段，我也不想什么事都求你。可是长生哥哥，我找不到人了啊，梁国破了，我再也不是以前那个无忧无虑的小皇子了。现在只有你一人叫我殿下，其他人都瞧不起我。”

他语气颤抖不稳，小脸苍白又精致，眼眶赤红，费尽全力要把那种彷徨和无助赤裸裸摆露在傅长生面前。

“长生哥哥……以前我要什么，都有好多人上赶着给。可现在，现在，我就要一个草蚂蚱啊。”

以前在梁国皇宫惯会撒娇装傻的少年，长大后更是炉火纯青。他哭得梨花带雨，单薄的身躯摇摇欲坠，看来是真的想起往事把自己弄难过了。

傅长生闭了下眼，而后睁开，问他：“殿下，那个草蚂蚱很重要吗？”

温皎愣住，想也不想飞快道：“很重要。”

傅长生：“为什么？”

温皎的话噎在喉咙。

为什么重要？因为那是能让他获得楼观雪青睐的重要东西，是他向上爬的垫脚石，但是这些他又怎么能跟傅长生说？

“就是很重要！”答不出来，他干脆带着哭腔嘶声吼出来。

温皎委屈地扁着嘴，睫毛剧烈颤抖，把骄横明明白白写在脸上。

他知道傅长生已经动摇了，用手臂擦眼泪：“算了，你不找，我自己去找。淹死了就当下黄泉陪我娘吧，反正，反正这种日子我也不想过了。”

他边擦眼泪，边偷偷瞅着傅长生。

傅长生最终手还是松开了，涩声说：“不，我帮您找。”

温皎心中大喜，但刚刚被傅长生质问还是有点火，红着鼻子别过头，傲娇地没搭理他。他微垂脑袋，哭过的眼睛暗含得意，狡黠天真，跟小狐狸似的。

傅长生将一切看得明明白白。

小狐狸。

他突然想起了当年寒月夫人在某次宫宴上笑吟吟的话。

“我们皎皎的脾气就是这样啊，有些娇气，但也再单纯不过。他什么想法都写在脸上，虽然自私骄横，却也表现得明明白白，多可爱啊。

“自私点好，我们将他千娇百宠养大，可不是让他为别人委屈自己的。”

傅长生是一个在战场上用兵如神，私底下却对人情世故毫不开窍的人。或者说，他对那些人与人之间幽微隐秘的爱恨从来不感兴趣。

于是，为了忠，效命皇室；为了恩，保护温皎。就是那么简单。

可他活到现在，看得最清楚的人或许也就是面前的小殿下了。

自私得明明白白，最懵懂，也最残忍。

寒月夫人扶着花，在章台殿前垂眸带笑：“有人讨厌就有人喜欢。好比有人爱花，有人爱草，任何人都值得被爱。我相信皎皎那么可爱，总会有人愿意为他付出一切的，你说对吗，傅将军？”

傅长生刚挨了板子，伤口处的痛剧烈刺骨，烂掉的皮肉摩擦着粗粝的衣裳，每走一步都能体会到刀刮一般的痛。

月光清冷，湖水映着寒光，他在粼粼水纹里看到了自己的脸，苍白的、疲惫的。

——总会有人愿意为他付出一切的。

那么他是那个人吗?

是的吧，纵容他的一切自私恶毒，纵容他对自己的任意践踏。

明知他是什么样子，可是依旧一遇到他的哀求，便不受控制。

他的眼泪像是刀子，能刺得他浑身难过。

跳下湖的那一刻，伤口遇水，痛不欲生。

傅长生大脑混混沌沌却也最为清清明明。

他觉得……好恶心啊。

那种从五脏六腑、灵魂深处蔓延出的恶心，不是对温皎，是对自己。

对所有理不清的恩，对所有早已扭曲的义，对自己行尸走肉般做的这些事……

他对温皎的性格不说话，对寒月夫人的话不反驳，就是觉得，他自己好恶心。

他闭上眼，潜入水底，任由彻骨冰寒的水将自己淹没。

温皎等他入水后，暗暗舒了口气。

皱着红红的小鼻子，开始坐在草地上等。

他心情还不错，眼珠子转啊转，甚至已经想好之后怎么飞黄腾达，怎么把现在浣衣局欺负自己的太监、宫女踩在脚下，扬眉吐气。

某种意义上温皎的心思还是特别简单的，目的想法都写在脸上，于是眼睛也清得很。

揽风轩内半明半暗，夜风清凉。

夏青是带着骨笛出来透气的。

他以前拿东西的时候总有个坏毛病，握住会习惯性忘记松手，中途要干别的事都不会放下，下意识用不方便的左手代替，以至于非常笨拙，后面慢慢改过来了。

但现在到这个世界毛病又犯了，拿起这破笛子又忘了放下，出门都顺带捎上了它。

夏青是被楼观雪气出来的。

楼观雪在看书，夏青今晚偏偏多嘴问了句“你在看什么”，然后楼观雪就看他一眼，笑着问：“你要看吗？”夏青犹豫了会儿，还是按捺不住心中好奇，点了下头。

紧接着，楼观雪把书送到了他面前，并微笑轻声说：“不过要是看不懂，千万别强求。不要问我，我没教人认字的兴趣。”

夏青真的是一天有三十次想和他打架。

那破书果然看不懂。

他郁闷地直抓头发，又憋着火，想着晚上人少，就自己一个人出来了。

没想到出来还能看到这样的戏码。

夏青都震惊了。

这叫什么？

赴汤蹈火？

他想起系统的话，心道：傅长生还真的绝配“忠诚”二字，而温皎也非常对得起“作天作地”四字形容。

骨笛在他手里使劲地钻出来。

夏青坐在揽风轩的亭子里，面无表情嗑瓜子。

他看着深色的血蔓延到池水上方，幽幽散开。

傅长生的伤口估计又裂开了。

这水也不知道多少度，找到东西估计命都没了。

风卷起夏青灰色的衣袍，露出玉一般的手腕来。

他低下头看着池水中的血。

夏青长发虽然凌乱却并不潦草，仿佛拿绳一束便能束出渗入骨子里的随性来，带着如剑的冷意。

“温皎要他找什么来着？”夏青想了想，跟骨笛说话。

骨笛已经彻底习惯了他，得意扬扬钻出来，在他手背画了个乱七八糟的玩意儿，觉得自己记性真不错，颇为骄傲。

夏青点头："哦对，找我白天被你弄丢的草蚂蚱。"

骨笛惊得差点从空中掉下去。

夏青看了它一眼，却也没说什么，他只是皱眉嘀咕："温皎是疯了吗？他找这个干什么？为了讨好楼观雪？"

夏青细细地琢磨，觉得就是这样没跑了。

楼观雪下午在他睡觉的时候，发神经大费周章派侍卫下水寻找，还没找到，可能传出去就是陛下丢了心爱之物。而温皎想借此表忠心？

夏青联想到了摘星楼内，楼观雪意味不明的话。

——你最好先去了解我一下。先知道我幼年生于冷宫，不受恩宠，母妃疯癫，外人势利，饱受人情冷暖。再知道我小时候爱吃糖葫芦，知道我对风筝有情结，一步一步从引起我注意开始，靠近我。

——先从无微不至的关怀开始吧，然后是深情款款的眼神，压抑不住的渴慕。

绝！

"温皎疯了吧！"他深呼吸，拿着骨笛临水而立，自言自语，"讨好楼观雪不如讨好我。"

不过夏青依旧觉得不可思议。

是不是所有人都以为悲惨的童年是楼观雪一辈子的心结，以至于他长大后就那么缺爱、缺温暖、缺理解？

你们可真该去见见五岁的楼观雪！

"谁？！在那边干什么？"

皇宫晚上是有巡逻的侍卫的。

突然响起的声音把温皎吓了一跳，惊慌地站起来。他现在就是个小太监，被抓到和傅长生私自会面那可是大罪！

温皎脸色一白，犹豫地看了眼湖中，最后咬咬牙扭头就走。

他小心翼翼快步躲进了林子里，心道：算了，明早再来吧，傅长生是个从不轻易食言的人。他晚膳都没吃就出来了，现在又饿又渴，在冷风里快待不下去了。

揽风轩的晚上是没有灯火的，夏青站在黑暗里，只有近看才能看清轮廓。

巡逻侍卫走过来没有看见人，嘟囔几句“见鬼”，便提着灯离开。

温皎走了。

夏青眼眸漠然看着他离开的背影，浅褐色的眸无波无澜。

不一会儿，一只湿淋淋的手攀到了夏青的脚边，苍白，宽厚，骨节分明，这是一只长久持枪握剑的布满茧子的手，然而现在处处是伤痕。

傅长生还是没找到那个草蚂蚱，但是他已经神志恍惚濒临死亡，只能先游到一处，探出头来喘口气。

鲜血混着冰冷彻骨的湖水将五脏六腑冻结，他狼狈得像是丧家之犬，漆黑深邃的眼眸现在布满了疲惫。

夏青安静地看着，忍了很久，最后还是没忍住，蹲了下去。

他从靠近湖中亭这边的水里随便折了根水草，低下头，长长的睫毛遮住眼神，出声问道：“你是在找这个东西吗？”

少年的声音很平静，随着夜风却仿佛泛了一丝冷意。

傅长生猛地一愣，一下子抬起头来。

冷水滑过线条锋利的脸。

夏青看他一眼，却没说话，手指飞快，当着他的面折了一个乱七八糟的草蚂蚱。

他把又蠢又丑的草蚂蚱搁在地上，几不可见笑了一下，道：“这就是温皎要的，不过你可以叫他死心了。”

夏青说：“真那么想吸引楼观雪注意力，我给他指一条明路。”

他指向东方，声音讥讽：“去把通天之海那堵墙劈开，绝对有效。”

毕竟是本人亲口给出的攻略，童叟无欺。

傅长生没有去看那个蚂蚱，而是抬起眸看着月色下的少年。

他沉默很久，拨开了额前湿淋淋的头发，抬起头来。

这一刻，神魂深处欲呕的感觉稍稍消散。

迷茫疲惫的目光，仿佛找到了凝聚的点。

半蹲湖中亭的少年，有一张很好看的脸。

但傅长生对这些从来不在意。

不去看他模糊水色月光的容颜，怔怔感受仿若故人来的气息。

稍微凌乱的黑色长发，灰色宽大的衣袍，少年垂眼看人时视线总是很安静，可不笑时神情却带着冷意。

不知道为什么，他下意识地觉得，这个少年小的时候，应该是有些孤僻的，或者说不是孤僻，是安静严肃。

会有很多人喜欢逗他。

也有很多人想要宠着他。

但宠他绝对是触他逆鳞的一件事，能逼得他原地暴躁。

（三）

夏青："要我拉你上来吗？"

傅长生稍愣片刻抬头看他，他的眼像块玉石，月色下泛着微光，退去迷茫和自厌，显得格外温厚。

夏青等了等，再问了一遍："要吗？"

"谢谢，不用了。"傅长生苍白着脸朝他笑了下，缓缓摇头。他稍微呼了口气，伸手握住那只草蚂蚱，低头从湖水中艰难地爬了上来。

夏青往后退一步，给他让出充足的空间。傅长生衣上发上都是水，淌在地上留下深色的水渍，掺杂着一丝一丝鲜血。他出水的动作非常僵硬，唇也发白，抿成一条直线，可以看出身体并不轻松，估计是伤口被水浸泡，加剧了痛楚。

夏青握着那支骨笛并没有说什么，从袖子里拿出一块令牌来，放到他面前："你拿着这个去御药房找太医处理下伤口，不用担心暴露身份。这是楼观雪的东西，你拿着它没人敢多怀疑。"

傅长生低头看那个令牌看了很久，又摇了下头，勉强笑说："多谢，但这是他给你的东西，我……"

夏青面无表情地纠正他："不是他给的，是我偷的。"这是他无聊到在寝殿翻箱倒柜时随手偷的，说是偷也不贴切，毕竟楼观雪就在旁边看着。

傅长生到喉边的话一下子哑住。

夏青扯了下嘴角，转身离开："我该回去了。"

傅长生一怔，握紧拳头，令牌的边角尖锐冰冷，仿佛扎进血肉里。

他性子一直温和沉默，估计是被冷水冻得神志不清，一反常态突然出声："等一下！这位……"他犹豫了一下，才说，"这位公子，在下傅长生，今日恩情没齿难忘，改日必做牛做马加以回报。"

"我……你……"傅长生脸色苍白，犹豫很久，艰难问了出来，"你可否告诉我你的名字？"

夏青心想：你就先别想着报恩了，先自救吧。

"夏青。"他也没什么卖关子的心思，直截了当说出来。

骨笛已经冻得不行，偷偷在袖子里戳着他的手臂。

夏青烦躁地戳了下它叫它安静。

"夏青……"傅长生站在揽风轩内，湿漉漉的黑发遮住神情，嘴里念着这个名字，嘴角一点一点缓慢笑起来。国破家亡自折羽翼入宫以来，他压抑在眉宇间的全部阴霾这一刻一扫而空，眼神平和而温柔。

他想：这真是个好名字。

夏青。

念久了总给他一种很熟悉的感觉。

不只是对眼前这个少年，更是对一段……仿佛被他遗忘却弥足珍贵的记忆。

山和海间，林涛碧浪起伏。

氤氲白雾，旧日厢房，模糊又遥远的嬉笑吵闹……模糊又遥远的故人。

骨笛一回到殿中就往楼观雪身边跑，跟被夏青虐待了似的，结果楼观雪冷眼一扫，它又㞞得在空中猛刹车，委委屈屈自个儿找个地方躺着。

夏青进来后，冻麻的手指才有了知觉，他摸了下头发，瞬间倒吸一口气，湿的！

楼观雪并没有在书案前看书，在窗边也不知站了多久，听到声音转过身来，声音慵懒：“回来了？”

夏青“嗯”了一声，不过心思还在头发上的水上：“你快看，我去御花园一趟，回来头发就带满了露水！这都快四月了，皇宫还那么冷吗？”

楼观雪淡淡地说：“嗯，陵光大概四月中旬才回暖。”

“哦。”

“你就没什么想对我说的吗？”

楼观雪等了会儿，挑眉问道。

夏青坐到了熟悉的位置上，闻言疑惑地看他一眼：“说什么？”

楼观雪长身玉立在窗前灯下，神情在半明半暗里看不清喜怒，很久之后，才极缓极慢地笑了，声音轻佻戏谑。

“夏青，原来你拿我东西给别人，都不需要跟我解释的啊。”

他这一问，夏青也回过味来，身体僵住。

眼眸盯着最近处的烛灯发呆，神游天外。是的了，为什么他拿了楼观雪的东西给别人，都没想着跟他说一声。

他以前是那么自来熟的人吗？也不是吧。

在神色发蒙想理由的时候，夏青先道歉了：“对不起。”

楼观雪从窗前走了过来，雪衣掠过光滑的地面，坐他对面。

“对不起什么？”

夏青在这事上倒是很实诚：“偷了你的东西，还给别人。”

所以他先前到底怎么想的？

楼观雪乌发如缎，垂在玉一般的锁骨上，笑了一下，问：“偷我东西倒无所谓，我就是有点好奇，傅长生到底有什么吸引你的？”

夏青思维被他打断，沉默片刻，说道：“我觉得他很熟悉。”他决定说得详细点，“就那种玄乎其玄的，万人之中总有一个人会让你觉得以前见过的熟悉。”

楼观雪听到这个理由，忽然古怪地一笑："是吗？"

夏青想了想，慢吞吞地说："是啊。"

楼观雪显然对这点也不是很在意，伸手从书堆里取出一本书，道："你的道歉可真没诚意。"

夏青举起手，露出上面紧系的红绳舍利子，吐槽道："适可而止吧，楼观雪，我现在为了帮你，名声自由都搭上了。"

楼观雪视线落在他白净纤细的腕上，又很快地移开："自由？你想去哪儿我没陪着你去？"

夏青："我压根就没有想去的地方。"

楼观雪说："那这是你的问题。"

夏青瞪他一眼，但刚做了件对不起楼观雪的事，还有些心虚，现在不想跟他吵，抿唇没说话。

楼观雪一手支颐，一手翻着书页，忽然想到什么又低笑一声，语气凉薄："你倒是能耐，还教人怎么吸引我的注意力，谁给你的勇气？"

楼观雪放下手，漠然看着夏青。

夏青立刻正襟危坐，说："那话可是你自己亲口说的。"

楼观雪微笑，眼神温柔："嗯，我告诉你，然后你告诉别人。"

夏青憋了半天，说："通天之海那堵墙，人多力量大嘛。"

楼观雪垂眸，讥讽说："你真见到了它，就不会那么说了。"

夏青疑惑："你见过？"

楼观雪："没有。"

夏青："那你说这话什么意思？"

楼观雪意味不明地笑着说："哦，总会见到的。"

夏青面无表情盯了他几秒，没说话。

楼观雪看起来对他温柔体贴有问必答，实际上他不想回答的事有一千种敷衍的答法。

好在夏青也不是什么好奇心特别重的人。

"来，看看。"楼观雪忽然把手里的书摊开，推到了夏青面前。

夏青低头，又是奇怪的文字。

“干什么？看不懂。”

楼观雪眼神天真单纯，笑道：“教你识字啊。”

这人绝了。

夏青暗自磨牙：“你还记得你之前怎么说的吗？”

楼观雪手指点在固定的一页，从善如流：“记得，不过我不想你再负气出门，然后拿我的东西给别人。”

夏青憋了半天，决定把先前问过三次的问题换种方式再问一遍：“你是不是今天病得更重了？”

楼观雪看他一会儿，露出一个笑，慢悠悠说：“好像是的。”

夏青冷脸：“我不学。”

楼观雪：“我想教。”

夏青深深呼口气，左顾右看，伸出手，直接把在旁边呼呼大睡的骨笛扯过来，拿东西架着，竖着摆放到书前：“行，你教给它。”

骨笛猛然惊醒，差点直直往前栽倒。

楼观雪别过头，闷声笑了好几下。

夏青死命摁着笛子：“你主人教你识字！好好看好好学！”

骨笛蒙了，它到底做错了什么？

楼观雪笑罢才道：“这是有关梁国的记载。你不是觉得傅长生熟悉吗，我帮你好好了解一下他。”

夏青无力吐槽：“……怎么？了解之后我再去和他认亲？”

楼观雪还状似认真地想了下，而后又轻笑一声，语调懒散：“好像不可以。”

夏青扯了下嘴角，干脆果断：“不听。”

楼观雪点头，从从容容：“那我们换本书。”

夏青摁着笛子往前滚：“你跟它讲，我要睡了。”

楼观雪手指将笛子拨到一边：“睡什么，阿难剑主都不好奇蓬莱吗？”

夏青猛地奓毛：“你有完没完啊？！”

楼观雪笑吟吟地问：“你知道蓬莱到底是个什么地方吗？”

夏青浅褐色的眼冷冷盯着他。

楼观雪说："海外蓬莱，道家圣地。书中说蓬莱之人盛世从不入世，但逢乱必出剑。"

夏青："哦。"

楼观雪："你觉得现在这个世道如何？"

夏青被他一个意味莫名的"阿难剑主"气得咬牙切齿，闻此凉飕飕道："暴君执政，民不聊生。"

楼观雪笑起来："是啊，挺乱的。"

夏青："你到底想说什么？"

楼观雪撑着下巴，问他："这样的乱世，你说蓬莱之人为什么不出剑？"

夏青困惑不已："大祭司不是蓬莱的吗？他也没出剑，说明世道不够乱啊。"

楼观雪勾唇说："过来，孤教你识字。"

夏青没理他。

楼观雪往后一靠，脸上笑意散尽，声音冷静："大祭司百年之前就背弃宗门，不属于蓬莱了。我怀疑当年通天之海上不光是神宫坍塌，高墙立起，一同陨落的还有……蓬莱仙山。"

夏青愣住。

楼观雪红唇缓缓勾起说："大祭司三日后回来，刚好赶上燕兰渝为我准备的选妃春宴。你要不要好好看看思凡剑是什么样的？看看能不能回忆起什么。"

夏青不禁后悔，到底当初为什么要多嘴跟楼观雪念叨一句他做的梦？！

他闭了一下眼，阴恻恻警告他："滚，闭嘴。"

见鬼的"阿难剑主"。

他光是听到这两个词，就觉得排斥和……难过。

（四）

四月初，春宴，皇宫灯火通明。

御花园内酒宴铺陈，金粉浮香。

楼阁湖面华灯初上，星火接连成海。马车依次停在宫门前，整个陵光城的贵女此刻齐聚一堂。珠钗罗翠，衣香鬓影，笑声混合着胭脂香，把偏寒的夜色镀上暧昧迷离，一殿莺莺燕燕，好不热闹。

夏青作为楼观雪的“挡箭牌”，再烦别人的注视，终究还是要见人的，不得不出席。

夏青在上朝时见过文武百官，却没见过他们的女儿。

可现在有了机会，也完全没心情看。

虽然楼观雪并没有对他的仪容做什么要求，但毕竟要正大光明见人，夏青出门前还是默默自己动手抓了几下头发。

而他弄顺头发的时候，楼观雪就在旁边似笑非笑地看着，并且戏谑问道：“要不要我帮忙给你绾发束冠？”

夏青头也没抬，叫他闭嘴。

只是他到底笨手笨脚，于是现在在外人眼中，他还是那副随意的样子，穿着件略显宽大的灰袍，手里拿着骨笛，心情不好，冷着脸不说话。

对比他的随意，楼观雪可谓是盛装。

少年帝王玉冠绾起乌发，黑袍典雅华贵，袍摆上银纹钩织着鹤翎，散漫地坐在高座上，就和传闻里一样，神秘莫测，令人捉摸不透喜怒。

宫宴上不少人在暗中打量夏青，见过他的样貌后，又偷偷收回视线，心想：陛下信任的人，果然与众不同。

只是这个少年和陛下的相处模式怎么那么怪呢——居然全程都是

陛下在笑着逗他说话？！

陵光高门世家的女子都自恃身份，虽不至于像御花园里那些一样上赶着献殷勤，可是秋水盈盈的媚眼和含羞带怯的目光，还是接连不断往上面飘。

夏青如坐针毡。

他不想理那些视线，就垂眸装模作样地喝酒，眼睫覆下，一口一口，想表现得从从容容毫不在意。

楼观雪盯着他看了一会儿，似笑非笑说：“别喝了，见底了。”

夏青没理他。

他直接将手里的空杯放到桌子上，“咚”，声响清脆。

旁边的张善差点吓得背过气。

这这这这，您也不能这样放肆吧？

楼观雪从堆叠的袖中伸出手腕，姿势优雅为他斟满酒，无奈笑道：“见底再倒不就行了，你冲我发什么脾气？”

他修长如玉的手将酒杯递给夏青，漆黑的眼眸里带着笑意，声音温柔。

来自台下的视线更为致命了。

夏青恨不得转身就跑，但他只能忍住，抿唇拿过酒杯。

在靠近的一刻，夏青低声吐槽：“你是真的厉害，演什么都像真的一样。”

果然，五岁就演技不俗，长大更是炉火纯青。

楼观雪不说话，等夏青开始喝酒，才淡淡地开口道：“你也不错啊。”

夏青浅褐色的眼眸奇怪地看他。

楼观雪轻笑一声道：“这恃宠而骄的样子，我都分不清真假。”

哦！

这破地方夏青是待不下去了！

春宴上现在是一个官员献宝的环节，献的是梁国皇宫寻得的名画，传闻是已故寒月夫人的真迹。

寒月夫人一直是活在民间传说里的传奇，她是能让梁国国王拱手相让十座城市的绝色美人，却没人知道她从何处来，只知道她的出现让很多男人疯狂。

画上是通天之海。

苍白的天空，朦胧的海雾，仙山若隐若现，尽头一条黑线，似深渊万顷。水墨丹青寥寥几笔，却似乎把通天海的广袤神秘勾勒得清清楚楚。

官员开始讲起这幅画的来历。

夏青只看了一眼画，就走了。

楼观雪撑着下巴，目送他离开，什么都没说。

燕兰渝并没有出席春宴。

同样没出席的还有摄政王。

摄政王忙着寻觅神医救治燕穆，借口养病多日不曾上朝。

而燕兰渝则是亲亲和和温温柔柔，说道："阿雪选自己中意的，哀家绝不插手。"

夏青出面让楼观雪表演了一番后，便溜了。最后一杯酒，真喝得他五脏六腑都在着火。

拿着骨笛出来纯粹是又忘改旧毛病。

而骨笛已然安详，躺在他手里，学会了放弃挣扎，反正它主人也不会管它。

脂粉味熏得他脸热，夏青走在御花园里吹了好一会儿冷风才稍稍冷静下来。

谁料绕过假山却听到了熟悉的声音。

风流倜傥，调子还怪欠揍的。

"你不想去就不去呗，拉着我在这儿陪你干什么？你去跟你爹说啊，三叔还能一顶轿子把你抬进宫不成？何况把你抬进宫，以陛下眼光收不收都不一定。你现在这生怕被选中的样子，也是够搞笑的。"

“卫流光！你会不会说话？！”

“叫六哥。”

“我这不是害怕嘛！”少女磨了磨牙，最后还是选择服软，她扁嘴说，“我有意中人了，不想参加什么春宴。”

卫流光显然对她这些少女心事不感兴趣，扶着冠挥挥手：“哦，那你想你的意中人去吧，别拦着我去前殿大饱眼福。”

卫十六娘人要被这个不着调的堂哥气疯，跺脚娇嗔道：“六哥，你就帮帮我嘛！”

卫流光狐疑：“我怎么帮你啊？跟你换衣服，男扮女装替你去前殿？”

卫十六娘认真地思考了一下：“……也不是不行。”

卫流光冷笑一声：“我上次去风月楼在陛下面前差点丢了脑袋，今天不想为你送死。”

卫十六娘继续撒娇：“六哥！”

卫流光一敲折扇：“有话直说。”

卫十六娘：“那我直说了——今日春宴邀的全是女眷，皇宫内戒备森严，你能混进来，肯定是用了大伯的令牌吧？”

卫流光：“哟，你消息倒是灵通得很啊。”

卫十六娘也不藏着掖着了，开口道：“我今日和顾郎有约，这都快月上中天了，你把令牌借我一下。”

卫流光无语：“……卫家可真是百年才出你这么一个不知羞耻的女儿。”

卫十六娘愤愤地说：“这话你最没资格说我！我只中意一个人，而你风流满陵光。”

卫流光从袖子里掏出令牌，丢给她：“那不叫风流，我只是中意很多人。”

卫十六娘接过令牌大喜，笑着提裙跑开。

卫流光摆脱这个不太熟的堂妹，翻个白眼转身，他心里惦记着刚瞥到的吴家小姐，结果回头就跟撞鬼似的看到拿着骨笛面无表情的夏青。

他差点原地跳起来，看清人脸后，才虚惊一场擦冷汗。

“吓死我了！原来是你啊！”

卫流光今日偷偷进来，跟做贼似的，生怕被卫国公发现。

“吓成这屃样。”夏青翻个白眼，“你把令牌给了她，到时候怎么出去？”

卫流光折扇一开，笑起来：“这你就不知道了吧，今晚入宫艰难，但是出宫却是容易的。”

夏青古怪地瞥他一眼，皮笑肉不笑。

卫流光刚想跟他说自己天衣无缝的计划，结果突然又想到什么，脑子一激灵，“啪嗒”，扇子掉到了地上，人都炸了：“我怎么忘了！你是楼观雪的人啊！你不会回去说我小话吧？”

夏青咬牙切齿：“我是你爹！”

卫流光看他表情隐怒，这才稍稍放了心，弯下身捡起扇子，打开扇风让自己冷静，同时不忘翻旧账：“不告我状就好。夏青啊！你知不知道上次就因为你的欺骗，我差点被我爹打死？我爹本来就不满意我逛花楼，尤其还在逛花楼时遇到陛下。我回去直接跪在宗祠，命都没了半条！”

夏青心道：没让你跪金銮殿前就很好了。

他闷声不说话，拿着笛子越过他转身就想走。

卫流光折扇一收拦住他：“你要去哪儿啊？”

夏青：“回去睡觉。”

卫流光：“哦。”

卫流光在知道他和楼观雪关系亲近后，心再大也不敢去跟他做兄弟了。虽然他觉得他俩天生就该做朋友，但小命要紧，他还有那么多美人没见过呢，犯不着，犯不着。

卫流光理理衣服，跟夏青道别，心魂荡漾往前院走。

结果人倒霉时喝凉水都塞牙。

他三叔卫太傅瞅见平日最顽劣的闺女不见了，居然气得直接带人出来找。

卫流光：……以前也没见三叔是这么个不沉稳的人啊。

卫太傅气急败坏："这死丫头乱跑什么？！不知道燕家那位太后早就注意到她了吗？！要是在皇宫乱跑撞上燕兰渝，皮都给她扒下一层。去那边找，对，去那边。"

卫流光心虚地拿折扇挡住脸。

他默默换了个偏僻的小道走。

这里竹林掩映，估计是宫女太监住的地方。

卫流光是想等他三叔走了再出去的，谁料一进去先听到了一声细微的哭声，又娇又柔，抽抽噎噎。

他皱了下眉，卫六平日虽爱美人，却并不喜欢太爱哭的，主要是她们哭得也不好看啊！

但这一次，他扇子只扇了一下，就被一股奇异的香吸引了。

"什么味道？"

卫六一愣，拿着折扇就往深处走。

另一边夏青也没按照原路回寝殿。

他走了一段路，便被浮屠塔顶那诡异的光给吸引了。紫气东来，神威厚重，也不知道被关押的大妖有多恐怖。

当初三月五，浮屠塔全是诡异红光，如今邪光散了，显露出一种肃穆的冰冷来。

他站在璃国禁地的十里湘妃竹林外，拿着骨笛，抬头，浅褐色的眼眸映着高悬明月。

"你在看什么？"

身后突然传来脚步声，有人带笑的声音传来，他的嗓音似乎是有温度的，干燥舒适，像是光落在山海间。

夏青握骨笛的手猛地一紧。

回过头，发现月色下站着一个一袭绛紫衣袍的青年。

青年长身玉立，乌发仅用一根木簪绾起，青丝随风。

"在看浮屠塔吗？"

他笑起来时，眼角会下弯成一个很好看的弧度，容颜清俊，眸色偏浅。

这位紫衣青年并没什么架子，说话的调子也让人非常舒服，平和又亲切，仿佛把他搁闹市，随便跟个卖鱼卖猪肉的小贩也能温柔聊起天来。

不是燕兰渝那种“笑里藏刀”的温柔，是正常人与熟人寒暄般的温柔。

只是越是正常，越不正常。

夏青愣住了，突然想起，他问过楼观雪大祭司的名字。

大祭司俗名叫宋归尘。

用的剑叫思凡，人间俗名是归尘。

思凡，归尘。

字字与人间结缘。

懵懵懂懂中，夏青脑海突然浮现出一个老者的声音，遥远又模糊，低哑沧桑，带着轻轻的叹息。

——“当初思凡剑给你大师兄，我就料到了。他这一生啊，注定要与红尘俗世纠缠不休，被羁绊牵累，永生永世不得解脱。”

（五）

又来了。

不属于自己的记忆。

夏青握着笛，站在竹林尽头，抬眸冷漠地看着眼前出现的人。

其实夏青很少用冷漠的视线看一个陌生人，因为本来盯人看就够变态了，还用这种挑衅的目光，他是嫌挨的打不够多吗？！

所以大多时候他看人就像小时候坐在长满爬山虎的旧墙上那样，安静又不打扰。

只是见到这个人，他却下意识地竖起防备心。抿着唇，脸色如霜。

宋归尘饶有兴趣地看着他冷冰冰的脸。

这位璃国神秘的大祭司气质温和若君子，可是唇角一扬便带了点捉弄人的感觉。他俯下身，琥珀色的眼眸染着笑，干净通明，语调逗弄："啧，怎么是这副表情？我知道你不记得我，可对陌生人也那么没礼貌吗？小时候不是这样啊。"

夏青紧握骨笛，指关节隐约发白，冷冷道："我认识你吗？"

宋归尘又缓缓笑起来，他心情看起来不错，随口就道："还真是不禁逗啊，怪不得当年你师姐说……"

可他的话语又一下子卡住，提到某个遥远的人，藏在袖中的手微微僵直，唇角稍稍拉平，愣了很久，才重新笑起来。

凉风卷过竹海，青叶簌簌浮动，有几片飘落在他的肩头发上。

宋归尘眼里微微闪烁的光芒片刻又归于宁静。

他说："小师弟，一晃百年，别来无恙。"

一晃百年，别来无恙。

夏青的灵魂仿佛这一刻剧烈震动了一下，牵扯心头密密麻麻万千情绪。

太陌生了。他迷茫了片刻，强压下去心中的情绪，语调无任何起伏，说："你认错了人。"

宋归尘笑笑："错不了的，我怎么会认错呢。"他顿了顿，又道，"你们谁我都不会认错。"

夏青不想和他待在一块儿，转身就想走。

宋归尘的视线落到他手里的骨笛上，挑了下眉："这是楼观雪给你的吗？他居然连神骨都舍得给你。"

夏青一脸"关你什么事"。

宋归尘似乎早就习惯跟这样的他打交道，不甚在意地笑了下，慢慢说："我这次前往东洲，去了一趟通天之海的尽头，在神宫废墟处重获阵眼，也找到了另一样东西。经世殿推演天命时说我有故人来，我就猜到会是你。带过来，想着也算……物归原主。”

夏青止住步伐，浅褐色的眼睛死死盯着他。

宋归尘低头看着他手里那根血光冲天的笛子，叹息说：“我还从来没见过你不拿剑的样子呢。”

夏青平静地问：“你要神神道道跟我废话多久？”

宋归尘笑说：“一百年没怎么和人交谈，所以今天话就多了点。”

他还是那种和和气气，仿佛搁村口也能跟大娘们唠嗑一个下午的语气。

处处温和，处处融入凡俗。

夏青受不了他的视线，把骨笛塞进袖子里。

这下子两手就空了。

而宋归尘看着他空空的手，愣住，视线却更为沉默，也更为哀伤。“夏青……你……算了。”他嘴角笑意苦涩，千言万语最后化作一声叹，他道，“我在废墟处找到了你的剑，此行归来匆忙，便将阿难剑放在了经世殿内。若你心急，我也可以今晚带你去。”

夏青都不敢相信自己的耳朵：“我的剑？”

宋归尘：“嗯。”

夏青不耐烦：“我有什么剑！我不喜欢用剑，而且我也不会用剑。”

宋归尘沉默地看着他，像个温柔的兄长，很久才安抚说：“没事，你总会有一天重新喜欢上剑的。”

夏青抓了下头发，觉得自己今天的冷漠和锋芒真的来得莫名其妙。

他真的很讨厌这个人吗?

也没有吧，反正不喜欢是真的。

可是这种不喜欢就跟他对傅长生的好奇一样，也很淡、很细微，并不能过多牵扯他的情绪。

暗吐口气，夏青干脆自曝：“你真的认错人了。”他举起手腕上的舍利子，冷静地说，“我现在都不是人，要不要原地变身给你看？”

宋归尘失笑：“不用，我知道。”

这你都知道？

宋归尘说："不喜欢剑那就不用吧，但你的东西总归是要还给你的。你要是哪天想通了，再重新拿起。"

夏青扯了下嘴角，非常大方地摆手："不用不用，你找到就是你的。"

宋归尘认真地看着他："我修的是苍生道，天下除你之外，无人再能用阿难。"

夏青冷嘲热讽："哇我好厉害，我那么厉害怎么现在活成这鬼样？"

宋归尘不说话了，很久后才笑了下，问他："是啊，你那么厉害，怎么活成这样？"

夏青没话说了。

他觉得大祭司果然也不是个正常人。

百年前能下令把鲛族打为不祥之族，世代为奴为畜，足可见这个人多么心硬如石。

夏青说："阿难剑你自己留着吧，反正我是不想要的。"

宋归尘："要是师父听到你这话，估计能从九泉之下气得跳出来。"

夏青皱着眉："你说的师父，是不是个说话总是上气不接下气，总喜欢拖着调子的老头？"

那个频繁出现在他脑海里的声音。

宋归尘想了想，笑道："嗯，他老人家觉得这样说话比较有高人风度。"

夏青吐槽："高人个屁，像半只脚入土。"

宋归尘挑了下眉，喉咙里一句"没大没小"就要说出来，但又收了回去，唇角带着笑，怀念地点了下头："的确。"

夏青说完又沉默了。

……看来灵薇花勾起的幻觉就是那个小师弟的记忆了。夏青心里烦躁，系统到底让他变成了个什么玩意儿？他抓了下头发，却没有再理宋归尘，一个人转身往帝王寝殿走。走到一半，还不忘皱着眉，再次回头警告："我不是你那个小师弟，你也不用专门找我还我的剑了，那天下第一剑在我手里就是暴殄天物！"

宋归尘目送他离开，也没有再出声，衣袍翻飞，等夏青的背影消失后，他伸出手，一片边缘泛黄的竹叶落入他的掌心。

木簪之下青丝如瀑，年轻的大祭司立在浮屠塔的紫光中，垂眸，很久后摇头自顾自笑了。

“一百年过去了，性子还是那么拗，也永远在自己的事上缺根筋。

“居然痛苦到封闭自我，为什么当初还要那么做呢？”

他声音极轻地散在风中，又抬头，看着紫光肃穆的浮屠塔，面无表情。

袖中的思凡剑嗡嗡响动。

宋归尘说：“别急，快了。”

“别急，快了。”

人鱼烛燃烧殆尽。

楼观雪面对夏青的催促，睫毛垂下，淡淡地给出了这么四个字。

夏青是真的没想到，回寝殿中途居然还能撞上从春宴直接离开的楼观雪。

他刚和宋归尘打过交道，心情很糟糕，脑袋还没转过来，人已经被楼观雪带着到了这里。

“这是什么地方？”

夏青左顾右盼，没想到璃国禁地附近，还有这么个古旧又典雅的书楼。

“千机楼。”

“嗯？千机楼，我怎么感觉听你说过这个名字？”

楼观雪对自己说过的话一清二楚，但对夏青的记性不予评价，漫不经心地笑：“每年给我算有多少种死法的地方。”

夏青：“啊？”

他心里奇怪，但是本来就被宋归尘搞得心情抑郁，于是也就没多问。

千机楼顶有好几层厚重的书架，这里很久没人来，灰尘浮动在暗室熹微的烛光里，光影明灭。

夏青好奇：“你就这么走了，春宴上的人怎么办？”

楼观雪举着人鱼烛，苍白的手指一一掠过书架上的书，声音冷淡：“该怎么办就怎么办。”

果然是楼观雪给出的答案。

这人什么时候在意过别人的看法？

夏青趴在桌上，睁眼看着楼观雪的侧脸。

墨发垂落脸侧，鼻梁如玉山，估计是在找东西，唇抿成一线。

黑袍鹤翎，广袖雪缎，漱冰濯雪，在暗室中湛若冰玉。

安静下来的楼观雪，好像本就是这样一个冷漠入骨的人。

夏青闷闷地吐出一口气，揪了下头上的呆毛，才开口说：“我刚遇到了大祭司。”

其实这事在他看来也不是需要隐瞒的秘密。

楼观雪抽出一本书来，淡淡地“嗯”了一声。

夏青自顾自地说：“我怀疑那团火把我带到这个世界时，顺便也给我加了点别人的记忆。我做的那些乱七八糟的梦，都是另一个人的，是宋归尘小师弟的。”

楼观雪闻言轻笑一声，他拿着书转过来，从容坐到了夏青对面：“你还真是什么都跟我讲啊。”

胆子也真大。

夏青想了想，嘀咕：“因为也没人可以讲了啊。”

楼观雪似笑非笑：“嗯，你说，我听着。”

夏青握着骨笛，憋了半天还是决定说出来：“他说他这一次东洲之行，从神宫废墟处不仅找到了伏妖阵法的线索，还拿回了阿难剑，就是之前我们听到的那个天下第一剑。哦，当然这不是最离奇的，最离奇的是他要把阿难剑给我。”

夏青说这段话的时候，语气没什么起伏，可从表情能看出多崩溃。他手指戳着骨笛，嘴角微抽：“有病啊，就不怕我拿了他小师弟的阿难剑干坏事吗？”

楼观雪："为什么你觉得你不会是他的师弟？"

夏青为这事想了半天后，慢吞吞给出个答案："可能，这就是我的优越感。"

或许他内心深处就是觉得"这是一本狗血文"。

他站在上帝视角完全知晓剧情，是个非常超然的存在，自己又受过优良的现代社会教育，不太可能真的属于这个世界……吧？

是这样吗？

夏青爱观察人，却不怎么会分析自己。绞尽脑汁半天，给出个非常符合的答案。

楼观雪被逗笑了："你能说服你自己就好。"

能说服个屁。

算了，但就这样吧。

反正半年后就走，爱咋咋地。

楼观雪道："他若给你阿难剑，你答应便是。"

夏青想也不想："我不。"

楼观雪笑道："为什么？阿难剑会要了你命？"

夏青抿唇，说道："这名字听着就不祥。"

楼观雪嗤笑一声，道："好，那我们就拒绝。"

夏青趴桌上换了个姿势，眼眸盯着他面前的书，不说自己的事，问他："你来千机楼找什么？"

楼观雪从善如流："最近得到一些消息，过来看看能不能查到血阵的线索。"

"血阵？"好熟悉，怎么感觉之前一定听过？

楼观雪好整以暇，勾唇："没想起来吗？"

他眼皮上的那颗痣被微红的烛火染得带上了点邪光。

这颗痣落处极雅，不偏不倚。若是往后便成了泪痣，显得过于妖异艳丽，往前则展现不出现在的韵味来。

夏青盯着他这颗痣才后知后觉地想起来，脑袋过电般，喃喃：

“瑶珂？”

“嗯。”楼观雪道，“我查了很多书，包括当年被先祖当作战利品拿回来的神宫古籍，也没能找到这个血阵。多有意思，鲛族圣女用的血阵，居然是从人族手中学来的。”

语气不无讥讽。

夏青张口，疑惑道：“那你现在找到了吗？”

楼观雪撑着下巴，神色莫测：“没有，不在千机楼，估计就是在经世殿了。”

经世殿？

夏青愣住。

楼观雪讽刺一笑，语气淡若月色：“不过经世殿我懒得去。血阵的答案对我来说也不重要。”

那什么对你来说是重要的呢？

权力不重要。

财色不重要。

夏青怔怔地盯着他，很久，突然鬼使神差地问：“楼观雪，如果我说带你出宫，你会愿意吗？”

楼观雪抬眸看过来，眼若寒潭，平静道：“去哪儿？”

“啊？”夏青说完前一句就觉得自己有病，后面又被楼观雪的回答弄蒙了——楼观雪没说同不同意，他居然问去哪儿？！

夏青想了半天，丧气诚实道：“不知道。”

他连怎么带楼观雪出宫都不知道，更别提去哪儿了。

楼观雪皮肤是一种如珠似玉的白，听到夏青的回答，意料之中笑了声。他本来是不想再说话的，可是看着对面的少年，又改变了主意。

手指微压书页，他轻描淡写地问：“夏青，你还记得你说过的话吗？”

夏青：“什么话？”

他说过那么多话，怎么可能每一句都记住。

楼观雪淡淡地说：“你说没有父母，就是没有来处；没有未来，就是没有去处。实际上，来处去处不该被这么定义。”

夏青：“啊？”

桌上的骨笛这时睡醒了，神经质地去靠近主人，楼观雪低声笑了一下，修长苍白的手握住笛身。

那猩红的邪光仿佛透过皮肤与他的鲜血相融。

玉冠黑袍的少年帝王垂下眸，在千机楼灰暗的光影间，唇角勾起，声音平静地说：“我一直觉得鲛人的冢很有意思，生之地，死之所，一生的开始和一生的结束都在同一个地方，或许这也算一种来去之处。”

“可我不是鲛人。”

他抬眸，鲜红如沾血的唇角一点一点漫开笑意，靡艳若荒骨之花。

“当然，我现在也不算是人。”

话如惊雷落地。

夏青猛然抬头，眼眸瞪大。

他大脑空白，难以置信，可看着楼观雪的眉眼，涌上喉间的话却又慢慢咽了回去。

因为他在楼观雪身上感受到了他从来没体会过的……孤独？

一种五岁的楼观雪在冷宫备受欺凌折辱，一个人艰难生长都没有的且不屑的孤独。

很淡，却仿佛融入了灵魂深处。

夏青说不出话来。

高处的风卷过千机楼，月凉如水，空气中的尘埃细微浮动。

楼观雪说：“你出‘障’后问我，‘神’有没有在我身上复苏，其实……我也不知道。”

他摸着骨笛，轻笑一声。

“或许现在，我不属于十六州大陆，也不属于通天之海。”

楼观雪隔着烛火，语气冷静得不像是在评价自己：“我这样，才算没有来处和去处。

“所以，去哪儿都是一样的。”

（六）

千机楼就在禁地外。

从窗外望去，一眼能看到矗立在竹林尽头遥遥相对的摘星楼和浮屠塔。

月亮弯弯，钩着摘星楼檐角的青铜铃。

冰冷的夜风从小窗吹入暗室，卷着灯火摇曳。

夏青看了楼观雪一眼，愣了愣。他从来都不擅长安慰人，听楼观雪说完这么一席话，想了很久才说："可我当初是为了安慰你才扯到来处去处的。实际上，这并不是一个需要找到答案的问题。"

楼观雪支颐，笑问："嗯，就像活着也不需要理由，对吗？"

夏青幽幽吐口气说："对。"他慢吞吞道，"这其实是我看过的一本书里说的话。人是为了活着本身而活着，而不是为了活着之外的任何事物而活着。"

楼观雪笑了起来。

夏青斟酌用词说："所以，你大可开心一点，想不通的事就不需要去想了。"

楼观雪唇角的笑依旧没散，却摇了下头，声音很轻："不行啊夏青。"

夏青愣住，眼眸微有迷茫："嗯？"

楼观雪在和他说话的过程中手指一直在翻页，已经一目十行看完了手上的书。

"有一件事，我一定要找到答案。"

楼观雪的语气非常平静，可是那种丝毫不遮掩的戾气却仿佛是从灵魂深处涌出的。

锋芒毕露，寒意入骨。

将他一直以来慵懒散漫的表象撕裂。

夏青人愣住了，呆坐在椅子上。

等夏青回过神来，刚想要开口，楼观雪已经收了危险肃杀之意，缓慢勾起唇角，合上书，开口：“别问，你知道的，我不想回答的问题有一万种方式敷衍你。”

夏青被他这话气到了，咬牙道：“你也知道啊？”

每次都装得脾气特别好，有问必答，实际上答的什么玩意儿？！

楼观雪盯着他看了一会儿，若有所思：“你好像很容易被我气到。”

夏青郁闷地抓了下头发：“是啊。”

楼观雪举着灯，望了眼外面九重佛塔顶的紫光，又收回来，漫不经心道：“那么为什么不走呢？”

夏青早就猜到楼观雪会问这个问题，当初在风月楼就想好了答案，闷闷道：“因为不知道去哪儿。”

楼观雪挑眉：“嗯？”

夏青很实诚：“在你身边待习惯了。反正这世界处处我都不熟，不如固定在一个地方。”

楼观雪眼眸安静地望着他，很久，玩味地勾起唇角，似乎想说什么，手指点了下桌子。

夏青和他相处久了，看他样子就知道他不会说什么好话，提前凶巴巴地警告：“不知道该不该讲的话就别讲了。”

楼观雪颔首：“好。”

夏青转移话题：“你都说千机楼没有血阵相关的书了，那你手里拿的是什么？”

楼观雪：“有关浮屠塔的。”

夏青皱了皱眉，有些奇怪地嘀咕了声。

楼观雪撑着下巴，视线越过千机楼的窗，淡淡地说：“人人都说浮屠塔里镇着大妖，可我小时候被人关进去过，在里面什么都没看到。”

夏青一怔，涩声问：“小时候？”

楼观雪看了他一眼，点了下头：“嗯，大概六岁的时候吧。我在里面被困了三天，一片黑暗，什么声音都没有。”

六岁，夏青现在才反应过来。

在“障”内，小时候的楼观雪跑回去，拿刀终结了一切，把时间永远停在五岁的惊蛰夜。

可是现实中并没有，没有那场大火，五岁的楼观雪也没有遇见他。

他就一个人在冷宫，刚经历燕兰渝的奚落讽刺，用命和雪狼周旋搏斗，把尊严耻辱压抑入骨子里咬紧牙想活下去，却转身就被亲生母亲告知，他是作为容器被生下来的，活着的意义是为了死。

“楼观雪……”

夏青心猛地一悸，不由自主地喊出声。

楼观雪继续说：“浮屠塔内很安静，我在饿得快要死的时候，才听到了一点声音，也可能是幻觉……我听到了海涛声，我还听到了宫殿坍塌和什么东西落地的声音。”

楼观雪说到这儿便沉默了，眼睫垂下，遮住幽冷的眸光。

六岁那年，浮屠塔内。

在寂静得能把人逼疯的黑暗里，濒死的一刻，他耳边听到的居然是大海遥远的声响。

涛与浪敲击回旋，风从深渊之底呼啸而出。

宫殿倾颓，石柱崩塌，世界都在毁灭粉碎，伴随各种尖叫、奔逃和哭泣。

摧枯拉朽，轰轰烈烈。

而天地颠覆，一切快要沦为废墟时，那道清脆的落地声，成为他光怪陆离的世界里最后一丝宁静，使他如火灼烧的灵魂也静下来。

紧接着，他闻到了灵薇花冷冽的香。

身体往下坠，看到苍凉而温柔的蔚蓝花海绽放在皑皑荒冢上……

夏青沉默了会儿，哑声问：“后来呢？”

楼观雪回神，淡淡地道：“后来我被瑶珂找到，带了出去，发了三天三夜的烧。”

夏青不知道该说什么了。

这时，一个老妪警惕尖锐的声音从楼梯下传来："谁在上面？！谁？给我滚下来！"

紧接着她提裙匆忙往上跑的脚步声"砰砰"响起。

千机楼和经世殿有着千丝万缕的关系，戒备森严，外人不得擅自闯入。

夏青有些混乱的大脑被这一声冷喝喊得清醒，却突然诡异地有了一种心虚感，抬眼去看楼观雪。

楼观雪本来神色冷淡，可捕捉到他的目光，却忽然朝他眨了下眼。

他将书放回架上，站起来俯身将蜡烛吹灭，便在黑暗中抓住了夏青的手。

"干什么？"夏青愣住。

楼观雪手指抵上他的唇，笑道："嘘，现在还不能打草惊蛇。"

夏青一脸疑惑："你还怕被发现？"

楼观雪："你不怕你心虚什么？"

夏青心道：我心虚你偷跑出来被抓到和我在这儿偷偷摸摸待着，然后我的名声又要变差了！

他不说话，被楼观雪带着到了千机楼一处书架与墙相贴的角落里。

"千机楼是皇家禁地！无论你是谁！赶快给我滚出来！"

提灯走进来的老妪一身黑袍，头发花白，神情肃穆。

她的眼神冰冷犀利，厉声呵斥，一看就是在宫中积威已久的角色。

夏青和楼观雪靠得很近，手腕还被他握着，身躯靠着墙壁，一时间大脑空白，压根不知道怎么就到了这个地步。

"出来！"老妪拿着灯走近。

这气氛过于诡异，夏青大气都不敢出了。

楼观雪握着他的手指，垂眸，漫不经心玩起了他腕上的舍利子，珠子转来转去，冰冷地碾压过皮肤。

夏青在黑暗中瞪他一眼，想要收回手。

可是楼观雪却只是低头，笑着，用另一只手的食指压着他的唇，在他耳边轻声地说："别被发现，现在还不能让燕兰渝发现我藏有异心。"

楼观雪耳侧垂下的发似乎落到他的肩上，冰凉似一捧雪。

夏青不自在地往后靠。

这个地方非常隐蔽，老妪在书架间来来回回地走，拿灯找了半天也没看见人后才沉下脸，自言自语："老鼠？千机楼居然有了老鼠？"

可她还是不放心，认认真真看了一遍，疑神疑鬼半天，确定没人后才转身离开。

等下楼的脚步声渐行渐远，夏青才缓过气来，第一件事就是抽回自己的手。

"人走了。"

楼观雪从容地松开手。

夏青吐槽："你居然还在意燕兰渝？那你就不怕她追究你从春宴上跑出来的事吗？"

楼观雪道："春宴又不止这一晚，她不会急于这一时的。"

合着之后夏青也要这么出来给楼观雪当挡箭牌？！

楼观雪道："替我选妃的事，燕兰渝不会罢休的。"

夏青问出盘旋心头很久的问题："为什么？为什么她那么执意要你留下子嗣？"

楼观雪顿了顿，也没隐瞒："要是没了璃国皇室，明年惊蛰遭殃的就是卫燕吴三家。"

夏青愣住。

借着漫过楼梯的月光，夏青跟在楼观雪后面，边往下走边问道："所以，其实你在惊蛰受的那些折磨是在代四家人受过？"

楼观雪说："不算。楼家本就是受诅咒最深的。"

夏青："诅咒又是什么？"

楼观雪想了想，笑出声："你的问题可真多。"

夏青心思电转："是通天之海上'神'的诅咒吗？"

楼观雪淡淡地"嗯"了一声。

出了千机楼，是一条安静狭窄的小径，在两面爬满藤蔓的墙间。

他们需要避开宫人和巡逻的侍卫，只能从这里走。

夏青后知后觉，理出了前因后果："所以说当年都是璃国先祖自作自受，明明是自己犯了禁忌被下诅咒，却倒打一耙说是鲛族带来的不幸。

"那照这么说，浮屠塔内关着的也不该是大妖。我看根本没什么妖，璃国皇宫最大的邪煞就是人的贪婪。

"可如果不是妖，那里面关着的会是什么？哦，也可能是妖。"他自问自答，陷入思考里，"反正是给璃国的惩罚。"

楼观雪笑了一声，没有给出评价："你既然那么聪明，为什么就从来没想过问我一个问题？"

夏青思绪被打断还有点不爽，但很快因为楼观雪的话陷入了更深的疑惑里，困惑地抬头："什么问题？"

楼观雪手拿着骨笛，黑袍翻飞，上面的鹤翎染着冰寒月光。

他视线垂下，似笑非笑："你还没发现吗？其实我并不忌惮燕兰渝。"

夏青愣住，没发现吗？……早发现了。

从他在早朝上直接不给摄政王好脸色，在风月楼射出那一箭开始，就发现了。

楼观雪说："我并不需要什么挡箭牌。

"在大祭司失败前，燕兰渝根本不会鱼死网破，和我撕破脸，逼我做任何事，甚至连选妃我都可以拒绝。"

夏青愣住，脑子里只有一个念头——

所以我被耍了？

楼观雪说："我问了你为什么不走，其实你也该问我的。"

"问我，"他手中的骨笛，轻轻挑起夏青的头发，眼眸深邃冰冷，淡淡地说，"为什么留下你。"

第六章 灯宴

走吧
很快 会再回来的

（一）

夏青还从来没遇到过逼着人问问题的。

为什么留下他，难道不是因为赶不走吗？

他一开始就是以一个阴魂不散的恶鬼形象出现在楼观雪身边的啊。

这是什么破问题？

不过他们今晚聊天的氛围还算融洽，夏青默默地把嘲讽的话咽下去，浅褐色的眼眸奇怪地看他一眼，很乖地点头，慢吞吞问道："哦，为什么？"

楼观雪将他的每个表情收入眼中，眼眸在月色下晦暗莫测。

很久后，他轻笑了一下，骨笛收回袖中，懒洋洋地给出了个回答："可能因为留下你比较好玩吧。"

夏青已经不再会被这种话气到了，面无表情，当耳边风。

楼观雪想了想，漫不经心道："夏青，你是真的觉得自己现在的样子可以什么都不怕吗？"

夏青拨弄下腕上的舍利子："我没那么蠢。"

楼观雪："嗯？"

夏青："你会那么多奇奇怪怪的东西，谁知道有没有一种是能让我魂飞魄散的。"

楼观雪愣了片刻，心思电转，缓慢地笑起来："所以，你是笃定我不会动你？"

夏青一愣，手指摩擦着红绳边缘，片刻后有些烦躁："你有完没完？到底我们两个谁的问题多？"

楼观雪盯着他看了会儿，唇角似笑非笑，慢条斯理、温温柔柔道：“你下次不想回答我的问题可以不说话的，我不会逼你，别生气。”

这像是哄他的语气直接让夏青头皮炸了。

楼观雪这人绝了！

他加快步伐往前走，不想再搭理他。

春宴中途陛下离开，留下文武百官和高门贵女们面面相觑，心中忐忑却都不敢吱声。

静心殿那边，燕兰渝果然也没什么表示，还是那副温柔婉静的样子，靠着凤榻，喝了盏茶，轻声细语。

“观雪中途离开，可是春宴上都没有喜欢的？”她放下茶盏，笑道，“不过你这孩子从小就和别人不同，生于皇宫，见惯了世族的大家闺秀，怕是早就对这类心生厌烦，喜欢一些性子比较与众不同的女子。”

她笑容灿烂恬静：“那么多年，也没见你身边多个人。前些日子听说你带回来一个少年，怎么不带过来给母后看看呢？”

楼观雪轻描淡写：“他不想出来。”

燕兰渝笑意丝毫未减：“这样啊，看来还是个怕生的孩子了。”

楼观雪等着她后面的话。

燕兰渝话锋一转：“刚好大祭司回来，带来了伏妖大阵的消息，解决了困扰璃国百年的难题，也算是一件好事，不如下令整个陵光城，普天同庆如何？”

她说：“届时夜市开放，如同上元佳节，燃灯表佛，登楼祭祀。紫陌大街必定人来人往，赏灯的多是妙龄少女，你在其间也可挑选一二。”

楼观雪：“太后安排便是。”

燕兰渝点了点头，笑起来，在檀香烛火里轻声说：“你也该把延续楼家血脉的事放在心上了。大祭司说他还需要等上一月，希望到时候立后之事也能一起进行，也算是我大璃双喜临门了。”

皇家春宴没有选出合适的人选，燕兰渝不急，干脆直接将它扩大成为整个天下的盛事。消息传出去，整个陵光城内的男男女女一时间炸开了锅，街头巷尾关于陛下选妃的事闹得沸沸扬扬，甚至盖过了近段时间云集陵光的道士的风头。

“这么说，灯宴那日，我们在紫陌大街有机会一睹陛下风采了？！”

茶楼酒肆此类话题讨论不休。

“久闻陵光珠玉之名，这次终于可以看个清楚了！”

“哈哈哈！我怕你是没命看清楚。”

“这话我就不爱听了，那么多人都在看呢！陛下还能纡尊降贵专门找出我杀了不成？”

“啧，我倒是对陛下从风月楼带走的那个少年更为好奇。”

“我也好奇，听说他和卫家六郎也有交情。”

“啧啧啧，不知是怎样的人。”

卫家六郎最近魂不守舍，他上次从皇宫出来后，人跟丢了魂一样。

卫十六娘过来还令牌时，被他那副样子给惊到了。

就见卫流光坐在国公府院子中心的亭子里，没骨头似的靠着，折扇放石桌上，眼神飘忽，坐那里思考人生。

卫十六娘手指转着令牌，步履轻盈地走到了他面前：“卫六？卫六！”她喊了一声见没把人喊回神，一时间拔高声音，拿着令牌在他面前使劲晃了晃，嗔道，“卫六！你想什么呢你，我那么大个人你都没看到？”

卫流光抬眸，轻飘飘看了她一眼，精神不好，恹恹地摆手：“找你的意中人去，别来烦你堂哥。”

卫十六娘古灵精怪地一笑，提裙坐下，在他对面捧腮，捏着嗓子甜甜道：“我不，找什么意中人啊，天下哪个男人能比我六哥更重要？”

卫流光被她的矫揉造作弄得鸡皮疙瘩起了一身，不过他在家里对几个堂弟堂妹都不错，所以也没发火，只是瞥她一眼，冷嘲热讽：“上次你要求我男扮女装替你去见楼观雪的时候，可不是这么说的。”

“那不是你自己提出来的馊主意吗？何况你也没去啊。哦，那天你在皇宫内，没被大伯逮到吧？”

卫十六娘难得有了点良心，心虚地问道。

卫流光没再搭理她，目光飘来飘去，还沉浸在自己的世界里。

“卫六！”卫十六娘是卫家最小的嫡女，卫太傅的掌上明珠，自幼也是千娇百宠长大的，于是难免有些娇横。见卫六没理她，干脆直接俯身，拽着他的头发逼他回神。

“卫六，我关心你呢！你这是什么态度？”

卫流光痛得龇牙咧嘴，从这个目无兄长的小丫头片子手中把自己的头发拽过来，没好气道：“没大没小，你还真是被三叔宠得无法无天了！”

卫十六娘收回手，笑嘻嘻：“谁叫你不理我。”

卫流光从刚才的思绪里回神，而后突然问道：“卫念笙，要是有一天你没人宠了会变成什么样？”

卫十六娘眨着无辜的眼：“你是说你吗？”她甜甜地笑，“你不宠我，我还有我爹，我还有顾郎，没有那一天的。”

卫流光拿起折扇，气得直扇风，冷笑道：“你就那么自信？你六哥我厮混民间什么事没见过！说不定你嫁给你的顾郎马上遇上一个恶毒婆婆，你又是这么个娇生惯养招人厌的破脾气，到时婆婆不喜，丈夫厌倦，每天只能苦着脸坐府宅门口给你的顾郎招小妾。”

卫十六娘气得张牙舞爪：“卫流光你要死啊啊啊啊！”

卫流光继续欠欠地说：“那时，嫁出去的女儿泼出去的水，卫家也管不到，你只能一个人在闺房哭断气。”

卫十六娘：“你给我闭嘴啊啊啊！”

卫流光一收折扇，忽然正正坐好，问道：“所以，卫念笙，你要是有一天什么都没了，你会怎样？”

卫十六娘瞪他，冷冷地说：“我可以回答这个问题，但是你先告诉我，你刚才在想什么？”

卫流光听到这个问题，神色又飘忽了。他上下唇抿了抿，随后轻声说："我在皇宫里遇到了一个人，他在哭，哭得我很难受……"

难受得心都在抽痛。

卫十六娘点点头，随手拿起桌上的瓜子："哦。能让你这么难受也挺不容易的。"

卫流光心道：狗嘴里吐不出象牙。

他冷着脸："好了我说完了，你快回答我，你要是什么都没了，会怎样？"

那晚他为了躲避他三叔，闯入了一个偏僻的房屋内，却见到了一个与记忆中救下他的女人有七分相似的少年。

少年哭了很久。

卫流光听那个少年难过委屈又无助的声音，心都揪了起来，密密麻麻抽搐般痛。他一个从来风流薄幸的浪子，被哭得居然也有了几分难过。

少年的皮肤很嫩，穿着绿色太监袍，跟青青翠翠的笋一样。

从他的哭声里，卫六得知少年以前是梁国最受宠的小皇子，现如今国破家亡，直接沦落成最卑贱的下人，娇嫩的手上布满伤痕冻疮。

少年说他什么都没了。

一夜之间从众星捧月万千宠爱的小皇子，沦为任人宰割肆意践踏的小太监。

他说，这个世界上没有一个可以相信的人，也没有一个愿意关心他的人。

他什么都没有了。

卫流光今天看着骄蛮任性的卫念笙，不由自主地想，那个小少年以前是不是也是这样的肆意张扬、无忧无虑？

这么一想他就更难受了。

卫十六娘说话算话，似乎也认真思考了会儿，才慢慢地道："我们是堂兄妹，我要是什么都没了，你估计也好不到哪儿去吧。

“你在陵光横行霸道那么久，不知道有多少仇人，估计落魄后上门寻仇的人多得很，好惨啊卫六。”

卫流光气得无语：“……我是问你没人宠了会怎么样！不是我！”

卫十六娘也被他气得无语：“我能怎么样啊！没人宠就没人宠呗！我还能上赶着找人过来吗？！没人宠就自己找乐子啊。”

卫十六娘冷静下来：“所以如果真有那么一天，我绝对每天苦着脸坐门口给顾郎招小妾，然后就搬凳子到你那里去嗑瓜子看笑话。”

说着，她还给卫六演示了一下，把瓜子咬得清清脆脆。

“哦，像这样。”

卫流光是想从卫念笙嘴里得出“那应该是很惨吧”“可能我就不活了”之类的答案，然后更确信自己的推断，更加心疼那个小少年。

结果卫念笙这人答的是什么玩意儿！

“你走吧，我看着你就来气。”他把人赶走。

卫念笙嘻嘻一笑，抱着瓜子溜了，下亭外石阶时，裙裾上绣着的细细花纹泛着金光，华灿富贵。她步伐一顿，忽然又笑着回过头来：“不过六哥，顾郎说要跟我一生一世一双人，所以我一辈子都没那么惨的机会了。”

卫流光面沉如水。

她在卫六要把折扇丢过来前，马上乖巧地开口：“当然了，我说这话也不是为了激你，听说太后娘娘要为陛下择妃，决定三日后在陵光城举办灯宴，到时候紫陌大街人山人海，你可以去另寻佳人。”

卫流光手指不由自主攥紧了折扇，而后低头，似乎还能感受到那种心脏不受控制地跳动的感觉，他声音很轻，散在风中：“不，这次和以前不一样。”

卫十六娘被他这副样子硌硬得够呛，嗑了颗瓜子翻白眼：“没事，等大伯知道了，就和以前一样了。”

和以前一样，以你跪在宗祠痛哭流涕认错为结尾。

在老国公面前，她堂哥就是个毛还没长全的小孩。

卫流光想反驳，但确实是这样。

听卫念笙一说他爹，他脑袋里就啥也不敢想了，心疼都顾不上了。

他爹真是个老匹夫！瞧把他吓成什么样！

（二）

夏青听到灯宴的时候，正在找一个东西，嘴里咬着刚吃了一半的糖葫芦，用左手翻来翻去，说："那到时候陵光城不是很热闹？你们会放烟花吗？名字叫灯宴，会不会晚上一条街都挂满了花灯啊？花市灯如昼，这么一想居然还挺好看。"

楼观雪没有回答他，只是问道："你在找什么？"

夏青左手拿下嘴里的糖葫芦，郁闷地说："找我的花灯啊，听你说灯宴我就想起了它。我记得上次我就塞在这边的，现在怎么找不到了？"他又把糖葫芦塞嘴里，俯下身，以一个特别不方便且别扭的姿势，用左手往里面探，"我再找找。"

楼观雪看了会儿，淡淡道："你的右手是断了吗？"

夏青这才反应过来，他现在那么吃力，是因为右手正拿着那根骨笛——又忘记放下了！

他默默把笛子丢桌上，然后弯下身，两只手一起翻箱倒柜。

不一会儿就从暗柜的角落里找到了那盏灵薇花灯。

夏青长呼口气："原来在这儿啊。"

楼观雪垂眸："你很喜欢这支笛子？"

夏青拨弄着花芯，闻言嗤笑一声，翻个白眼："喜欢个屁，只会见风使舵吃软怕硬，我喜欢它干什么？"

骨笛气得直接滚到了楼观雪那边。

楼观雪笑一声："那你怎么握住它就不舍得放开手？"

夏青头也不抬："这只是我个人的习惯，跟我喜不喜欢它没关系。"

楼观雪顿了一会儿，才用一种戏谑的语调懒懒地说："那你的个人习惯真多，又是喜欢乱盯人，又是拿了东西不放手。"

夏青不搭理。

楼观雪支着下巴，忽然想到什么，微笑道："夏青，你不会以前是个贼吧？"

夏青直接被气得头顶冒烟。

楼观雪分析："盯人其实是在物色猎物，偷了东西马上死不放手。"他朝夏青眨眼睛，"有道理吗？"

"没有！滚！"

夏青把糖葫芦咬得脆响，拿出扦子，想了想还是觉得不解气，冷冰冰地说："哦，那按这样推论，我觉得你上辈子是个仙女。不食人间烟火，对别人没有一点好奇心，金枝玉叶，事多洁癖，甚至喜怒也不能按常人思路猜测，你说是吧，仙女？"

"仙女"没说对不对，别过头，闷声笑起来。

夏青深呼口气，告诉自己不和疯子讲道理，埋头去搞他的花灯了。

晚上夏青实在闲得慌，打算出去遛笛透气，他拽着别扭不情愿的骨笛，把点亮的灵薇花灯坠在它尖端，用红绳又绕了几圈，准备出门装鬼吓人。

不过他装鬼没吓到别人，反倒觉得自己见鬼了。

夏青又遇到了温皎！

这是什么不解之缘？

皇宫一个偏僻的角落，温皎苍白着小脸站在了一边，细嫩的手指紧拽着袖子，支支吾吾回一个管事太监的话。

管事太监挑眉问："药真是这个侍卫私下给你的？"

温皎神色惶恐，唇瓣颤抖："对，他私下给我的，我也不知道哪儿来的。"

管事太监有了些年纪，眯着眼上上下下打量他一会儿。

温皎被这饱含侮辱的目光一激，眼眶又红了，但他心里怕得很，低下头也不敢反驳。

他上次过来找傅长生要草蚂蚱，刚好金叶子没了，便想顺手带些值钱的玩意儿去孝敬白荷姑姑，结果误打误撞让他从草席下面翻出了一看就是出自御药房的上好青玉膏。

他心中大喜，以为这是傅长生专门为他准备的，便理所应当地拿走了。

反正长生哥哥入宫做的一切都是为了他，连命都可以为他不要，这根本不算什么。

谁料草蚂蚱刚交给白荷姑姑，就被告知，那根本不是陛下的心爱之物，只是陛下身边那个少年随手丢的。

白荷姑姑知晓真相后，气得将草蚂蚱捏成一团，喝了好几壶茶，还坐在那里恨恨不休："太后一直让我留心那个少年，可我要是能接触到陛下身边的人，又何苦还带着身边这些人苦苦挣扎？！"

温皎就在室内面红耳赤，恨不得找个地缝钻进去。

他回去后哭了好久好久。

结果祸不单行，跟他住一块儿的小太监见他伤口好得那么快，趁他出门不注意从他柜子里翻出了青玉膏，小人得志，叫嚷着给管事太监告状，说他偷东西。

毕竟这青玉膏价值连城，天家专属，陵光寻常的贵族都没资格使用，他一个小太监哪儿来的？

温皎百口莫辩，又急又委屈。

在管事太监冷着脸要把他拉下去打板子前，他就把傅长生供了出来。

还把人都带了过来。

"他，他就在里面，你们问他吧，我真的什么都不知道。"

温皎哭得抽抽搭搭。

管事太监轻飘飘地看他一眼，拂尘一挥，带人进去。

夏青在不远处看着，一时间出神地想，温皎是真的很爱哭啊。

见他四次，每次都是眼眶通红泪水涟涟的。

他现在还没分化成纯鲛吧，不然按照他这哭法，真的能把自己哭瞎……

夏青对傅长生的奇怪感都很淡，对温皎就更谈不上什么喜怒了。他只是拿着骨笛提着灯，在道路尽头看了会儿，然后把灯往上提了一提，视线又落到了温皎眉心的那颗红痣上。

血红色，邪煞妖媚，仿佛一个细小的伤口。

夏青几不可见地皱了下眉。

他宽大的灰色衣袍猎猎随风，真像深宫游荡的鬼一样。

“把他给我带出来！”

太监尖锐的声音响起。

不一会儿，几个小太监从一间破落的房屋内把傅长生架了出来。

傅长生不能暴露武功，便没有反抗，随他们出来。他见一群太监急匆匆闯进门来抓他，马上心中千思百转，假设了各种可能，分析自己近日所做的一切。

哪句话、哪个动作错了，又或是接触了什么人暴露了自己。

可是都没找到答案，他心细如发，又在这璃国皇宫如履薄冰、事事小心，不可能蠢到让任何人发现自己的把柄。甚至连这间房，他也暗中布下机关，如果自己不在，只有温皎能进来。

那会是谁呢？

他镇定自若地问道：“公公，可否告知抓我的理由？”

太监向来对正常男子都有一种扭曲的恶毒，闻言立刻尖酸冷笑：“你还敢问咱家理由？不知道偷东西可是皇宫大罪？你这个不知死活的偷的还是青玉膏，死罪难逃！”

“青玉膏？”傅长生微微一愣，手指不由自主蜷了一下。

等他走出去，看到了在月色下哭得眼角通红的温皎。

傅长生愣住，如冷水当头泼下，脸色苍白。他缓缓低下头，心中无声讥笑自己，想那么复杂干什么呢……

“温皎，是他吗？”

管事太监命人压着傅长生跪下。

温皎吓得往后退了一步，身躯颤抖如飘零的落叶，声音怯懦：“是，是他，公公，是他给我的青玉膏，不关我的事。”

管事太监严肃道：“傅长生，温皎说的话，你可认？”

夜风卷过地上的落叶，稀疏的星光把每个人的影子都拉长。

傅长生拨开眼前垂落的发，跪在地上抬头去看他的殿下。

温皎红着眼，甚至还有些焦急地看向他，仿佛在催促他赶紧认罪。

傅长生感觉喉咙间全是鲜血的味道，灵魂不断往下沉往下沉，沉入深海，沉入永远逃不脱的禁锢里，永无天日，却全是他咎由自取。

他手捏得发白，短促地笑了一下，最后哑声说：“是，我认。”

温皎舒口气，吸吸通红的小鼻子，刚才哭得那么难受，现在才缓过来，打了个嗝。

管事太监听他认罪，冷声道：“带下去！交给内务府处置！”

另外两个押着他的太监年纪小，刚被净身，对傅长生这样的男人心思便更为恶毒。其中一个正是揭发温皎的人，他面容扭曲，下巴尖得仿佛能戳伤人，走在宫道上恶毒出言嘲讽：“偷来了这么好的东西都给温皎，傅侍卫还真是对温皎情深义重啊。”

傅长生面无表情，他沉默寡言时，那种久在战场养出的肃杀冰冷叫人瘆得慌。

小太监脸容更为扭曲——不过一个阶下囚，傅长生他凭什么！

他早就看不爽温皎，本来以为这次能弄死他，谁料居然有人上赶着替罪！真倒霉！

小太监心里的恶气如毒蛇盘旋，很久之后，他笑起来，轻声羞辱着傅长生。

他旁边的人也哈哈哈笑出声来。满是嘲意的眼神，上上下下打量着他，像蛇的芯子。

傅长生充耳不闻。

小太监更不爽了，非要把傅长生的尊严践踏在泥地里才好消除身体残缺带来的扭曲。

他换了语气，声音更轻也更恶毒：“温皎跟我说，你为他死都愿意，这么一条好狗——啊！”

一粒石头从远处飞过来，直接打得他牙齿都快掉下一颗。

“啊啊啊啊——”小太监捂着嘴巴，痛得半蹲到了地上。

在前方的管事太监立马反应过来，阴恻恻地质问出声：“谁？！”

灰袍少年手握骨笛，从小道尽头走了出来。冰蓝花灯照着他的神色，若剑锋寒霜。

夏青本来想掉头就走，结果好家伙！

主角和他的忠心将军真是不会让他失望啊！

这是什么忠心耿耿放下尊严为你顶罪的戏！

他真是听得人都傻了。

绝。

又荒唐又让人无语。

夏青烦躁得不行，抓头发，想走却走不了。

他幽幽吐口气，等内心的躁郁散了，才重新看向那个老太监，开口问道：“你们在干什么？”

夏青以一个局外人身份看别人的事时，其实很少会插手。

就像梦中老人所言。

苦海滔滔业孽自招。

人世间，贪嗔痴怨不外如是。

枷锁欲念都是自己吐丝结成的茧。

好比现在，与温皎的所有纠缠，是傅长生自己招来的业孽，心甘情愿吞下的絮果。

——不过为什么要让他遇到？！

夏青又暴躁起来，揪着骨笛上的红线。

他看不下去傅长生那种卑贱的态度。

不是心疼，更多的是一种违和感。

他也不知道违和在哪里。

再次找不出一个关于自己的答案后，夏青选择和以前一样忽略过去。

“什么青玉膏？”

夏青心平气和开口。

管事太监没见过他，也能猜得出来他是谁。

这估计就是陛下身边的少年了。

他愣了愣后，眼中大喜，马上换了副脸色，带上了讨好的笑意谄媚道：“回公子的话，这贼人偷了御药房专门供给皇室的青玉膏，奴才正带着他去内务府受罚呢。”

夏青继续心平气和，脾气很好：“傅长生，我给你的令牌你是弄丢了吗？就这么任人污蔑？”

一直低着头装死不说话的温皎，在夏青说这句话后忽然身体一僵，猛地抬头，眼眸望向了傅长生，内心突然涌出一丝惶恐，愣着喊了声：“长生哥哥……”

夏青扯了扯嘴角，对自己说：算了，就这样吧，最后一次。

下次别没事在皇宫乱逛，绕着温皎和傅长生走。

这两人……傅长生这人，惹不起惹不起。

傅长生心中苦笑。他丝毫不为他人的奚落羞辱所动，可被这个少年撞到如此窘迫的情况，却奇异地泛起一些难堪。

他握紧拳头，甚至不敢去看少年冷静的浅褐色眼眸……觉得自己在他眼里不该是这么一副样子。

他抿唇，声音沙哑：“我没丢。”他从袖中拿出那块令牌，摊开在伤痕累累的手中，解释道，“我说这是陛下的东西，他们也不会信。”

夏青：“哦。”

他对管事太监认真道：“令牌其实是我给他的，青玉膏是他去御药房太医给的，不是偷的，可以放人了吗？”

管事太监满脑子巴结讨好他，堆着一脸褶子笑成花：“当然当然，有公子您为他做证，我们也不敢乱冤枉人。”

夏青轻声道："谢谢。"

"哎哟，公子这是折杀老奴了。"

管事太监在夏青这里露了脸卖了个好，神清气爽，一挥拂尘，呵斥道："还不快放了傅侍卫！"

"是、是。"

几人手忙脚乱地给傅长生松绑。

被石子砸中的小太监捂着嘴，人也吓得哆嗦，哭都顾不上了——谁能想到傅长生一个低等侍卫能和陛下身边的人有关系呢！

他瑟瑟发抖，生怕夏青处置他。

不过好在这位陛下身边的小公子一刻不愿在这里多待，表情跟见鬼似的，帮傅长生证明清白后转身就走。

但没走两步，夏青又想起什么，退回到傅长生面前，想了想直接道："上次就有句话想说了，当时觉得没必要，现在看来很有必要。

"傅长生，你要是想活下去的话，离开温皎。"

他说这话的时候，看都没看旁边摇摇欲坠的温皎一眼，语气平静。

温皎迟早有一天会把傅长生害死，这是夏青确定的。

而傅长生完全有能力走，不需要任何人帮忙，关键看他自己能不能想得通。

傅长生盯着少年的眼眸，耳边静静淌过他的话。

不知道为什么，他率先感受到的情绪是好笑。

有一种自己家毛还没长全的弟弟，突然有一天一板一眼来操心他的事的感觉。

可是这种感觉马上被冷风吹散。

牵扯身体密密麻麻的痛，傅长生眼中也浮现一丝迷茫，想到自己做的那些事……他和夏青，到底谁是清醒的呢？

保护温皎几乎成为亡国后被他写入灵魂的一件事。

出于恩。

出于忠。

或许也出于说不出道不明的很多情感。

他知道温皎在看他，用一种震惊的、惶恐的眼神，甚至或许在轻声喊他“长生哥哥”，语气是前所未有的害怕。

但是对上夏青干净的眼神，心里的束缚就如抽丝剥茧，傅长生一点一点笑起来：“好。”

夏青看他一眼，没说话，转身走了。

管事太监带着人离开。

很快这处偏僻的地方只剩温皎和傅长生两个人。

温皎再也忍不住了，一下子冲过去，精致的脸上眼睛是红的，鼻尖也是红的，难以置信道：“不，长生哥哥，你刚刚说什么？长生哥哥，你刚刚说什么？”

傅长生现在依旧不能面对他的眼泪，但是早不会有那种撕心裂肺的痛了，他垂眸轻声问：“殿下，您拿了我的东西，为什么不跟我说一声？”

温皎满脑子都是他那一个“好”字，眼泪断线般从眼眶里涌出，整个人差点哭得背过气去：“对不起长生哥哥，皎皎知道错了，长生哥哥对不起，你不要离开我好不好？我真的好害怕，我在这个璃国皇宫只有你了。要是你不在，我也活不下去的。”

傅长生心中平静地想：我的殿下，你怎么可能活不下去呢？

你那么怕痛又那么怕苦。

但他没有说这话，他只是几乎出于本能地安慰他，轻声哄道：“殿下，不会的。没有谁离开谁会活不下去。”

温皎彻底崩溃了：“是那个少年吗？你就是因为他的几句话就不要我了吗？”

傅长生闭了下眼，这话刺耳至极，他心中也骤然升起了一股火，他一下子推开温皎站起来，很认真也很冷漠地说：“殿下，这与旁人无关。”

温皎根本听不进去他的话，被他推到地上，一下子捂住脸失声痛哭："凭什么？他凭什么？"

早在听闻陛下带回来一个少年并将他待为贵客后，妒火便已经在温皎内心熊熊燃烧，甚至有一种自己的东西被人霸占的怨恨感。在听到白荷的话后，嫉妒更是把理智焚烧殆尽。

温皎哭声沙哑："凭什么？他凭什么？凭什么得到陛下的重视后，还把你从我身边带走？"

傅长生冷眼看他发疯，却轻声说："凭他人很好，比殿下好一点。"

"人很好？"温皎轻声重复，抬起头，眼睛红得跟兔子一样，"就因为他给你令牌让你去拿药，就因为他今天出面帮你说话吗？"

温皎轻声说："可是长生哥哥，这些权力全是陛下给他的啊，如果没有陛下他什么都不是。他不过是仗着陛下看重，对你施加一些小恩小惠而已。长生哥哥……就这样，你就愿意为了他放弃我吗？"

温皎感觉漫天的委屈把自己淹没了，哭成了泪人："你是不是也觉得我很坏，遇到什么都只会哭，吃不得苦也受不了委屈。可是长生哥哥，这不能怪我啊……"

他跪在地上，嘴唇颤抖："我的父皇母后，从小到大都没教过我怎么去讨好他人，怎么去受苦受累。他们千娇百宠把我养大，把我养成这样，我能怎么办啊，我也改不了。你们不能在从来没教过我这些后，又逼着我去做这些。你也不能把我宠成这样后，又不要我。

"而你拿我和他比——"温皎的泪水流得更为剧烈，撕心裂肺吼出来，"他都没有经历过我经历过的一切！他凭什么跟我比！"

"我以前也不是这样的……我以前也帮过很多人。当我还是梁国九皇子的时候，好多人也夸我心善，夸我宽宏大量。"他不停地用袖子擦眼泪，带着哭腔，"要是现在我是他，我得到陛下的礼待，我不用再看那些阉狗的脸色。我也会救你的啊，我还会请最好的太医专门为你疗伤。

"他凭什么用那种眼神看我！他都没经历过我经历过的一切！他凭什么？"

越说越委屈，越说越愤怒，温皎声声泣血。

其实夏青的视线根本没怎么落到他身上，从人群中扫过时，也只是在他身上短暂停顿了片刻。

但就是这片刻足以叫温皎整个人疯狂。

干净的，一尘不染的。

没有轻蔑，没有嫌恶。

那个少年就一副见鬼似的神情看他们，忙着走人，但越是这样，越让温皎心如火烧。

温皎的呼吸颤抖起来："他凭什么这样看我？要是有一天他过着我的日子——像我一样朝不保夕悬着脑袋在皇宫做事，每天被人呼来喝去嘲讽凌辱，每天要看别人脸色经营算计才能吃顿饱的，他还能这样吗？还能这样保持着他的善良吗？"

温皎手指颤抖地指着自己，泪如雨下："他要是像我一样日日命悬一线，每天被迫与无数恶人周旋，他又能比我好到哪里去？！"

他抬头，通红的眼望向傅长生。

他觉得天底下最倒霉的人就是自己了，他只是想过上好日子而已，他又做错了什么？

如果他拥有这个少年所拥有的一切，他绝对比这个少年做得更好。

更加善良，也更加光明磊落。

衣食无忧的时候，施些小恩小惠，又是什么难事呢？

温皎觉得傅长生就是一时间脑子不清醒。

可他说完这些话，对上傅长生的视线时，却愣住了，整个人如处腊月寒冬。

傅长生一直没说话，站在月色下，眼神平静得很，可却像是要穿过皮肤血肉，把他的灵魂看个干干净净。

很久，傅长生轻声笑了一下。

"殿下，你根本不懂我在说什么。"

傅长生一字一句，很轻、很冷漠地说："殿下，就算你们现在身份互换，让他经历你经历的一切，你什么都不用经历，他也会做得比你好。”

来之莫名的信任，却无比坚定。

傅长生又看了温皎一眼，看着他被眼泪洗刷后干净纯澈的眼眸。

心中讽刺：的确纯澈啊，自私到了极致，也会衍生出这种纯澈来。

他的九殿下从来不傻。

做事或许蠢，可是脑袋从来不傻，思路多么清晰，句句有理有据。

温皎表情苍白脆弱，神色慌乱，只能哑声喊：“长生哥哥……”

傅长生转身就走：“殿下，以后别来找我了！”

“长生哥哥！”温皎骤然起身，冲过去，却被拒在门外。

他愣了很久，活生生要哭断气了。

不行，不行，不可以……

温皎这一刻终于意识到了什么叫绝望，他靠着门扉，委屈又无助地一声声喊着“长生哥哥”，却如石沉大海，没有回声。

温皎一直哭，在擦眼泪的时候，手指摸到眼睫突然愣住。

他一下子回忆起来，当初御书房内，他试图接近陛下差点被杀死时，出自本能的反应。

幻瞳。

对……幻瞳。

很久后，温皎小声说：“好，长生哥哥，我以后不来找你了。你出来见我一面好吗？”

骨笛熟读人间话本，看戏也看得特别快乐，还有些不满夏青为什么要那么快走。

夏青跟吃了屎一样难受，他回寝殿，给自己灌了好几口茶才冷静下来。

不行，这事他不能憋着！

夏青说：“傅长生真的是脑子进水。”

楼观雪微笑：“你又去见他了。”

夏青又喝了口水："何止，我还见到了温皎。"

楼观雪看他一眼，漠然道："我不想听。"

哦，自己憋着去吧。

楼观雪抬眸，眼睫若蝶，突然开口："你天天在我面前提傅长生，是想我去见他一面吗？"

哪有天天提？

夏青："算了吧。"

你过去就更热闹了，反正夏青打算以后见了他就绕道。

楼观雪笑起来："那你是很想我去见温皎了？"

夏青："……也不是。"

"嗯。"楼观雪低头，继续做自己的事，拿笔在宣纸上写着扭曲奇异的文字，更像是画符。

他道："那以后晚上别出去了。"

夏青对这倒是没异议："放心，我不出去了，你逼我出去我都不出去。"

他在楼观雪身边坐下，把灵薇花灯从骨笛上扯下来，这次放在了明显的位置，方便自己找。

之后夏青又玩了会儿九连环，眼皮打架后，才道："算了，我先睡了，你记得给我关灯。"

他依旧不愿意上床跟楼观雪一起睡，也已经习惯了趴着的姿势。

等他睡后，楼观雪伸出手指，面无表情地拨弄了下花灯的灯芯，长睫下眼眸晦暗。

在灯宴举行之前，夏青又见了摄政王一次。燕穆十有八九是救不回来了，摄政王跟老了二十岁一样，恨意让脸色扭曲，望向楼观雪的视线中，杀意几乎要化为实质。

除去摄政王，某一日，夏青还见到了宋归尘。

幸好宋归尘也没真给他送剑来。

那天下着雨，夏青在无聊地拿刀削木头。

“不走吗？”宋归尘刚从静心殿出来，一袭紫衫，黑发木簪，笑得温和通透。

夏青：“下着雨呢。”

宋归尘想了想，失笑：“忘了，你现在需要撑伞。”

夏青暗想：合着我以前是个下雨不打伞的傻子？

宋归尘道法高深，根本不需要避雨，自然也不会带伞，他就陪夏青在亭子里坐着。

外面大雨模糊世界，雾茫茫映照灰色天幕。

夏青扯了下嘴角，对于楼观雪的隐藏敌人还是选择避而远之，看也没看他，抱着削好的木头，直接头也不回地走进雨中跑了。

剩宋归尘在亭子里，无奈哂笑。

夏青淋了雨。

然后发烧了。

他真是没脾气。

发烧是楼观雪给他诊出来的。

在楼观雪冰凉的手贴上额头时，夏青在趴着睡觉。

随后衣料簌簌，他感觉整个人被楼观雪抱到了床上。

靠近后，那种荒芜冷冽的香就更加真切。

他烧得浑浑噩噩，居然也没反抗。

他身体以前很好的，虽然每次下雨总忘带伞，但也没生过几次病。

结果来这个世界第一次淋雨就病了，也真是造孽。

伴随那遥远孤寂的香。

夏青混沌的大脑又像是被雨滴驱散白雾，那些断断续续、光怪陆离的梦又续上了。

续着上次，那句他怎么也听不清的话。

“把剑交给你之前，你要答应我一件事。”

还是那个喜欢拖着调子讲话、半死不活的师父。

说这句话时，语气带了前所未有的认真和严肃。

山风和海浪在天地间，齐齐呼啸。

“什么事啊？”

另一道声音稍显稚嫩，奇怪地问。

师父说：“从此，无论生死，剑不离手。”

“啊？”

师父：“接过剑，就不能放下剑，知道吗？”

男孩蒙了：“剑不离手是什么意思，吃饭睡觉也不能放下吗？”

老者：“不能。”

男孩喋喋不休：“那我下雨打伞呢？我被安排扫地呢？还有我蹲茅厕怎么办？我只有两只手啊。”

老者被他的问题问得直翻白眼：“自己想办法！”

男孩支支吾吾，憋半天，还是没忍住说：“那我娶媳妇怎么办啊师父！我洞房花烛也不能放下剑吗？”

老者被气笑了，伸出手去捏他的脸：“毛还没长齐，想得倒是远。”继而凶巴巴道，“不能！洞房花烛也不能！”

男孩嘀咕吐槽：“……这怎么可能啊？”

老者轻声说话的时候，便缥缈遥远似仙人，他说：“没有什么不可能。刚开始是会不习惯，但是你现在还小，时日还长，一年不习惯，那就三年，三年不够，那就十年、二十年、五十年、百年，总能习惯的。

“我将阿难剑交给你，就只要求你这一件事。

“无论什么时候，都不能放下剑，知道吗？”

男孩明显就是找碴儿，非多嘴问一句。

“那放下剑会怎样？”

老者气急败坏：“不会怎样，但会被我打！”

“……哦。”

（三）

然后他也就真的从幼年开始，握住剑就再不离手了。

刚开始磕磕绊绊，每天和阿难剑相看两厌，吃饭穿衣都在骂骂咧咧，却碍于师父的威严不得不拿着。

可到后面，三年，五年，十年，日复一日。

这成了一种习惯，如同呼吸一样。

有一次出海历练，生死关头遇到风暴，他落入海中遭遇袭击，手腕被咬得鲜血淋漓，九死一生回到蓬莱，痛到昏迷也没把剑放下。

醒来的时候，已经是一个日光轻柔的午后。

厢房里都是草药的清苦味，有人坐在他旁边，衣裙是殷红石榴色，俯身却都是药的清淡苦涩。

梦中的视角只能看见她腰间坠下的枯叶子，由红绳串起，与富贵绝伦的金丝银线相映衬。

少女声音遥远，模糊地说："我就知道一到三月，海上的鲛人又要发疯。

"好在鲛人一族获得了'神'赠予的强大力量，却也永远失去了自由，不得离开通天之海。否则以他们这残暴凶狠的天性，出世必将为祸人间。

"真不知道宋归尘怎么想的，现在这个时节让你出海，我回去一定要骂他一顿。"

想了想，她又沉默很久，揉了揉眼角，声音极轻："……还有你，怎么脾气那么犟，到死都不肯放下剑，何必呢？"

这个人应该是师姐。

夏青做了太多有关这位蓬莱小师弟的梦，已经能够大概推断出来每个人的身份。

他淋雨后生了场大病，脑袋被烧得昏昏沉沉的。

但在梦里，夏青却仿佛感受不到那种冰火交加的难受，安静地看着师姐腰间坠下的那片叶子。

看它灰败枯老，脉络错综复杂，在尘埃浮动的金光中摇摇晃晃。

他甚至有点想伸出手去碰碰它。

师姐叹息一声，数落完大师兄又开始数落师父。

“在我们几人中，师父对你的要求总是稀奇古怪。每天坐在礁石上看天看海发呆就当作修行？我觉得老头在把你当傻子教。”

他似乎也能代入那个小师弟的心情。

小师弟深以为然，冷漠地想：没错，那老头就是在坑自己。

后面，云海呼啸，窗明几净温馨舒适的厢房消失在渺渺云烟里。

剧痛铺天盖地袭来。

夏青大脑被灼烧的感觉越发重了，仿佛一把刀在恶狠狠穿刺翻搅，灵魂不断下沉。

砰！

他耳边听到了各种巨大的声响。

哭喊和尖叫撕心裂肺。

石柱崩塌，墙壁粉碎，万事万物灰飞烟灭。

他好像受了很重的伤，左手的经脉被挑断，奉师命来到某个地方，跌跌撞撞闯进去，却刚好见到世界崩塌的一刻。

天地倾圮，深海崩析，整个神宫都在四裂下坠。

乱石齐飞，他体力不支，跪下来以剑支撑身躯。

海水逆流翻涌，画面混乱昏暗，他视野被血雾模糊，抬眸，却对上殿中央……一双极深极寒的眼。

如蒙昧未出世的明珠，绽放在浓稠的鲜血里。

太痛了……

后面的事夏青再也记不起来了。

恍恍惚惚隐约有灵薇花的香，荒凉冷冽，轻而易举勾起他所有的难过。

就像现在，夏青也是闻着那种香醒来的。

醒来后他发了很久的呆。

他烧退了，身上倒也不难受，就是很累、很疲惫。

浅褐色的眼眸盯着寝宫顶部那颗偌大的明珠，愣愣地出神。

夏青大脑很模糊，他大概趴着睡了太久，第一次睡床上，骨子里的懒散就被唤了起来。

不想动弹，也不想思考，只想发呆。

“不舍得放开吗？”

这时楼观雪淡淡的嗓音在旁边响起。

楼观雪在说什么？

夏青慢吞吞眨了下眼，有些不明所以。

“手。”

楼观雪简明扼要。

夏青才低头，瞪大眼，见鬼似的发现自己居然一直抓着楼观雪。

他整个人都精神了，猛地松开，然后一下子从床上坐了起来。

楼观雪坐在床边，慢条斯理收回了手，疑惑地看他一眼：“你是又做噩梦了吗？”

“我……”夏青愣住，这一次难得地不想跟他说清楚。或者说，他不想复述梦到的经历。

一开口嗓子就干得厉害，感觉恢复他才觉得特别渴，喉咙烧得厉害。夏青抓了下头发，而后慢吞吞地跟楼观雪说：“我……我想喝水。”

寝宫内瞬间陷入沉默。

楼观雪漆黑的眼眸冷冷地看他几秒，随后才起身，衣袍掠过玉殿，到桌案边给他倒了一杯水过来。

等楼观雪把注满清水的杯子递到夏青面前，夏青才反应过来他刚刚干了什么——他在命令楼观雪。

于是这一杯水他喝得真是一脸匪夷所思。

甚至有点佩服刚才的自己。

“还要吗？”

楼观雪唇角勾起，懒懒地问道。

夏青已经缓解了不少干渴，乖乖地摇头。

楼观雪修长的手指接过杯子，意味深长地说："那饿了吗？要不要孤再喂你吃点东西？"

夏青吐槽："……你真小气。"不就一杯水嘛，至于那么阴阳怪气？

楼观雪玉冠卸下，黑发如瀑，明显是要就寝的样子。

他微笑道："可以。我照顾了你一天一夜，你就是这么报答我的。"

夏青愣住，先开口："一天一夜？我睡了那么久？"

"你说呢？"

楼观雪神色淡漠地抬起手。

夏青睡觉迷迷糊糊抓的是他的几根手指，用力到上面都留下了些痕迹。

夏青真是无颜面对自己的杰作，憋半天，只能憋出一句："谢谢。"

楼观雪又低头看了他一眼，慢慢说："夏青，我还没这么伺候过人呢。"

夏青尴尬得不行，只能转移话题："所以你一天一夜没休息吗？那现在赶紧睡吧，我去帮你处理奏折。"将功补过，将功补过，虽然他知道楼观雪根本就不在意奏折，但他还是要给自己找点事做！

他急忙要从床上下去，可是脚已经麻了，踩在地上根本不稳。加上睡久了腰酸背痛，甚至后脑勺那种沉重感还没消散。

于是夏青刚落地，便两眼一黑往前栽去。

栽到了楼观雪那边，被一只手揽住。

华贵的衣料冰凉，他也清冷近雪。

夏青甚至怀疑自己在做梦。

楼观雪似乎也是愣了几秒，随后才低笑了好几声。

笑罢，他伸出一根手指慢慢抬起夏青僵硬的下巴，眼中的笑意很浅，浅得仿佛根本没有，眼皮处的痣神秘又妖冶。

他轻轻地说："这是什么？报恩吗？"

夏青人都要死掉了，首先的反应是用手背贴上自己的额头，有气无力地说："你就当我烧坏了脑子吧。"

楼观雪垂眸，嗤笑说："那你烧得不轻啊。"

夏青憋屈："是啊。"

他规规矩矩地站好，用手臂揉了下眼，不过头重脚轻、浑浑噩噩，看起来就没怎么恢复好。

楼观雪收回视线："不用折腾了，躺回去吧。我不想再照顾你。"

夏青："……哦，好。"

于是事情发展到后面，夏青第一次清醒地睡到了楼观雪的床上。

他躺下，盯着上面发呆。

幸好床很大，他可以默默滚到角落里。

他翻来覆去，又转过身，眼眸掠过一丝迷茫来。

陛下虽然懒得处理国事，却依旧日理万机，上了床也没有立刻入睡，懒散靠着，手里把玩着一个小巧的黑色方块盒子，盒子周围泛着层血光，给他指尖镀上色。

夏青就盯着他看，像是要看出一朵花来。

楼观雪漫不经心地对盒子拆拆解解，突然一下子合上盒子机关，"啪嗒"一声，转过头来："好看吗？"

他是俯身看着夏青的。

夏青从来没从这个角度看过他，半明半暗的光影里，少年帝王的容颜冰冷神秘，寝衣如雪，黑发落到了枕上。

这不是好看不好看的问题……

夏青盯着他眼皮上的那颗痣，鬼使神差地问出一句："楼观雪，我可以摸一下你那颗痣吗？"

两人无言对视。

哦，果然，发烧使人降智。

他半辈子的丑都在今晚出尽了！

"别理我。我、我今天真的有病。"

夏青气急败坏，率先崩溃自首。

楼观雪把小盒子放到一旁，语气平静："你对它很感兴趣？"

夏青："……算是吧。"

或者说，他就是突然对楼观雪这个人有了很深的好奇。

楼观雪盯着他片刻，意味不明笑了一下，眉宇间已经有了丝倦意，缓缓闭上了眼，随意道："摸吧。"

夏青人都傻了。

这还能同意？

烧坏脑子的是他还是楼观雪？

还是说他俩今天一起犯病？

虽然百思不得其解，可是夏青还是高兴起来了，不过很快神色又变得严肃，从床上爬着坐起，和楼观雪面对面。

他以一种几乎是凝重的表情，屏住呼吸，轻轻地伸出指尖，去碰了下那颗落在眼皮处的痣。

像是蜻蜓点水。

这是一种奇怪的感觉，夏青心里安静得不像话，目光干净而宁和。

他手指还落在那颗靠近眼尾的痣上，忽然感觉楼观雪睫毛微动。

夏青一愣，慌乱地想要移开手指。

却突然被楼观雪伸出手，用力捏住了手腕。

冰冷，不容挣脱。

藻井中的夜明珠散发皎皎清辉。

寝殿寂寥又空旷。

楼观雪睁开眼，眼睫如蝴蝶振翅，漆黑的眼眸望向他，深不可测。

这一刻，夏青耳边轰隆隆作响。

像是又回到了光怪陆离的梦境里，天地崩离。

又像，摘星楼内第一次……春雷乍动。

（四）

夏青感觉手都要被他捏痛了。

"你……"他神情错愕，却不知道后面该说什么。

少年坐在床上，灰色的衣袍和长发一同散落，手腕细而脆弱，浅褐色的眼眸满是迷茫。

楼观雪望入他净若风烟的眼中，神情在光影里捉摸不透。

很久，手指稍微摩挲了一下，楼观雪轻笑一声，放开手，淡淡道："摸完了吗？睡吧。"

沉默蔓延空中。

若是搁以前，夏青一定是非要说上几句问个清楚，但现在他心情奇怪又复杂，收回手，低下头也不想说话了。

他闷闷躺下，翻个身背对着楼观雪。本来大病初愈，身体就虚弱，现在更是大脑混混沌沌，盯着空气发了会儿呆，他便闭上眼重新陷入了睡眠。

第二天他醒来的时候，楼观雪已经去上朝了。

夏青走下床，一个人到寝殿外四处寻觅，而后找了一根长度和粗细合适的木头，抱回去，坐到桌边，用匕首开始削。

他决定先削一把木剑。

循序渐进吧，关于自己的那么多问题，总不能一直堆着。

削到一半，夏青突然发现这个寝殿之内，所有杂七杂八的东西都是他带来的。

楼观雪身为璃国帝王，生于皇宫，却没有在这里留下一丝痕迹。

他翻阅过的书从来不做笔记，写过画过的东西最后都烧成灰烬。

真的好神奇。

三日后。

灯宴效仿的是上元佳节。

入了夜，整个陵光城的琼楼玉宇全都挂上了灯笼。

花灯在屋角檐下次第燃起，广厦万千接连成线成海，汇成一片灯火通明不夜天。

其中尤以紫陌大街为盛，这条皇城最为繁华宽广的大街，纵横南北，跨好几条河。

莲灯顺着河流漂向远方，桥上花灯照夜如昼。街道上男男女女皆着春装，熙熙攘攘，热闹非凡。

既然是为了庆祝大祭司归来，自然也是要按照礼数行事，燃灯表佛，登楼祭祀。

祭祀是皇帝要做的事，楼观雪上去的时候，夏青不能跟，刚好他也不想跟，便离开人群，一个人拿着那盏灵薇花灯溜了。

他发现自己虽然很讨厌灵薇花的香，可是对这种花还是很喜欢的。

没什么原因——好看。

他在路上并没有吸引什么人的注意，毕竟穿得灰扑扑又披头散发，看起来就是个穷酸鬼，没人会愿意暗中去看他长什么样。

紫陌大街有一处热闹得很，人群里三层外三层围着。

夏青凑近才发现，这是一个珍宝阁举办的猜灯谜的比赛。

“你要去试试吗？！”

他正看着，突然肩膀上搭上一只手。

夏青偏头，就对上卫小公子唇红齿白的笑脸。

卫流光今天明显是精心打扮过，发梳得一丝不苟，手里的折扇也换了把新的，十分风流潇洒。

夏青吐槽：“我怎么在哪儿都能遇到你？”

卫流光打开折扇，想也不想答道：“说明我们俩有缘啊。”他又眨眼道，“现在陛下在祭祀，那些玩意儿又长又无聊，没半个时辰搞不定，要不要小爷我带你到处玩玩？”

夏青看他一眼，说道：“不要。”

卫流光眼露疑惑："为什么？你不是最喜欢看热闹吗？"

他到底是怎么表现出这一点的？

夏青深呼口气，一字一句为自己解释说："不，我不喜欢。"

卫流光点点头，一收折扇："好吧，但你不喜欢热闹我喜欢啊！你就陪陪我嘛！"

卫小公子撒娇卖乖求饶的手段，认识的第一晚夏青就见识过了。

然而夏青不吃他这套，拿着花灯往后退一步，瞥他："你上次不是见我跟见鬼似的吗，今天就不怕了？"

卫流光唇角一挑："这不是陛下今晚不在嘛。"

夏青隐忍的脏话就要说出口时，卫流光先惊讶地"咦"了声，目光落到了他手里的灯上。

"这是灵薇花？"他非常自来熟地伸出手，拨弄了下纸做的花瓣。

这一颗鲛珠换来的镇店之宝还是有些与众不同的，灯芯被夏青换了好几次也没有留下什么痕迹，依旧冰蓝纯净，亭亭而立。

卫流光盯着看了会儿，嘀咕说："做得还真像。"

夏青问："你见过？"

卫流光说："我肯定见过啊，不过一般都在画里。"

夏青惊讶："画里？你不是连纯鲛都见过不少吗？"见灵薇花对卫流光来说，并不算难事吧？

卫流光翻个白眼，道："你以为灵薇花是普通的花啊？"

夏青只在楼观雪的"障"里看过一次灵薇花，对这实在没有什么发言权。他开口："你说说。"

卫流光道："灵薇花要等鲛人的尸体彻底腐烂后，才会在白骨上长出来一朵，而且它存于这世上的时间非常短，可能你一眨眼它就没了。"

夏青愣住，难以置信地问："时间非常短？"

"对啊。"卫流光想了想，给出一个合适的描述，"它是边长边散的，就当着你的面，生出来，然后死去。

"以前有人爱好古怪，想要养殖一朵灵薇花，甚至托人专门运来了通天海的水，将鲛人尸体泡在水中，可是也没有用，灵薇花照样散了个干干净净。”卫六不无遗憾地说，“这花啊，根本留不住。”

夏青手指抓着花灯的柄，愣了很久。

原来灵薇花……是边长边散的吗？所以，这世上根本不存在一朵完整的灵薇花？

那怪不得他那次醒来后去闻楼观雪身上的味道，楼观雪会笑问：“你见过灵薇花？”

怪不得这花长得那么好看，可是他在陵光城内却没见过真实的一朵，而楼观雪也从来没提过此事。

留不住的花。

夏青轻轻地皱了下眉。

卫流光说上瘾了，继续道：“我还听说灵薇花也是有香味的，是一种诡异能致幻的迷香。但我在陵光城从小活到大，都没看清楚过它长什么样，更别提闻到它有什么香了。你说那些话本上画的灵薇花，是文人虚构的，还是真的有人见过它完整的样子啊？”

夏青低头看着静静燃着的花灯。

花瓣冰蓝，一片一片形状锋利，如细薄的刀，堆叠在一起，形成一种诡异的冷冽之美。

夏青轻声道：“应该有人见过它完整的样子吧。”

卫流光顿时稀奇：“真有啊？怪事。如果陵光都养不出一朵灵薇花，那么放眼整个十六州，还有哪个地方的人有这能耐？”

夏青远离人群，和他边走边谈，奇怪地问道：“你就没想过通天之海吗？”

卫流光道：“通天之海也没有啊。我太公随先祖去过海的尽头，都到了神宫之内，也没见到过这玩意儿。”

夏青想了很久，慢吞吞地说：“因为那并不是海的尽头。”

卫流光：“啊？”

夏青闭嘴不说话了。

他是真的没想到，原来他频繁接触的灵薇花，在世人眼中居然是存在于传说里的东西！

他那么幸运？！

放眼整个十六州大陆，甚至整片通天之海，都找不出一朵存活的灵薇花。

大概……全部都开在了冢上。

通天之海的尽头，不该是神宫，是魔渊万冢。

卫流光千方百计想从夏青手里把这个花灯骗过来，结果夏青软硬不吃，他只能悻悻地摸摸鼻子，换了话题："你知道燕穆快死了吗？"

夏青："……啊？快死了？"

卫流光幸灾乐祸："对啊，摄政王什么法子都用上了，还是救不回他的命。要我说啊，他这就是恶人有恶报。燕穆在陵光作威作福这些年，奸杀抢掠干了个遍，手下不知道多少冤魂。我早就看他不爽了，如果不是怕老爷子打断我的腿，我都想取了他狗命。"

夏青一点都不关心这事："哦。"

这时，一束烟花猛地炸开在空中，声势浩大，璀璨绚烂，将每个人的脸都照得分明。

紫陌大街上来来往往的少男少女们瞬间都停下了脚步。

惊呼嬉笑声起，彻底点燃夜的氛围。

卫流光愣住："怎么今年那么快？祭祀这就结束了？"

"祭祀结束了？"

夏青嘀咕一声，扭头就走，去找楼观雪。

卫流光见他这样，气得差点没捏坏扇子，恨铁不成钢地嚷嚷："你这是干吗？离开陛下一会儿也不行？"

夏青脑袋一时间没反应过来，理解他的意思后人都傻了。

……卫流光你脑子不要可以丢掉！说的都是些什么玩意儿？！

他心情也没比卫流光好哪里去。

袖子里的木剑一下子就拿了出来，抵着卫流光的嘴，他隐忍住打人的欲望，咬牙切齿说："卫流光，你再多说一句，我弄死你！"

卫流光突然愣住，在人群里安静地盯着他。

烟花爆炸和人言人语像是潮水远去。

灯火流烟映照在少年褐色的眼眸里，蹿着一簇火，鲜明生动。

卫流光现在应该害怕的。

但是诡异的是，他用一种茫然的状态对夏青说："不知道为什么，我觉得吧，你拿剑对着我的姿势我居然还挺熟悉。"

夏青一阵疑惑。

卫流光又慢吞吞道："我突然后悔小时候没学剑了，人人都说我是剑术天才来着，但是好累啊，我不想受苦。我要是练了剑，肯定能和你打一架，还能由得你这么欺负我？"

当然，他说完就拿着折扇悄悄挪开夏青的剑，贪生怕死、头也不回地溜了。

夏青把木剑收回去，没再理这个神神道道的人，他往祭祀楼走去。

等赶到时，忽然发现周围的氛围有些不对劲，祭祀结束，燕兰渝选择回宫，文武百官、太监宫女也都退场了。

但楼观雪没下来。

祭祀楼下守候的侍卫也没离开。

可是这些侍卫，一个个给夏青的感觉都不祥，每个人身上仿佛都带着杀意。

（五）

祭祀所在的琉璃塔位于陵光城正中心，夏青快步往上，到达顶楼时，却发现空无一人。

他愣住，从顶楼往回走，遇到一个关门灭灯的老人，便问道："陛下现在是回宫了吗？"

老人举起油灯，眯着眼看了他一会儿，确定这是陛下身边的人后才开口："回公子的话，应该没有。太后娘娘吩咐过了，陛下今晚要留下参与灯宴，与民同乐。老奴猜陛下应该是换衣去了，就在琉璃塔背后的院子里。”

夏青道：“好的，谢谢。”

他心中有不好的预感，于是也没多待就往院子走去了。

琉璃塔背后是一个偌大的庭院，临护城河而建。

亭台水榭点满了明灯，明亮煌煌，和这一晚的热闹繁华融为一体，远看根本看不出什么不对劲。

但夏青靠近就察觉出来，这院子周围杀机重重。蛰伏在黑暗中不知多少双眼，一点风吹草动似乎都牵扯着无数人的呼吸。

守在院门口的两个侍卫也是神色冰冷，手握长枪，对他厉声道：“皇家重地，闲杂人等不得入内。”

夏青当然不能硬闯进去。

他终于有个理由把这条破红绳给摘了。

夏青避开人群到了院外的一个角落。

这个地方非常隐蔽，刚好在琉璃塔的影子下，方便他进行操作。

但夏青很快就发现了问题——楼观雪给他戴上的这条红绳他根本就解不开！用刀都割不断！

夏青心里骂了一句。

行吧，既然不能飘过去，那就翻墙过去吧。

夏青撸起袖子，轻车熟路地爬上一棵榕树，结果刚打算跳上墙，一把刀突然从暗中极狠极厉地刺过来，带着一击毙命的杀意。

树上已经蹲了人？！

夏青的身体反应比大脑还快，瞬息之间，已经避开那人的攻击，同时木剑出袖，将那黑衣人的武器击落。

但是黑衣人显然也不是吃素的，见局势有变，身躯一下子扑过来。

夏青蒙在原地，他根本不是古代刺客的对手，现在全靠本能行事，而一旦本能没了，剑都不会用。夏青手忙脚乱，干脆先摘了一把叶子塞进他的嘴里免得他叫人，紧急之下，又拿头把那人撞了下去。

“呜呃——”黑衣人从树上跌落。

……就离谱啊。

夏青捂着额头，咬了下牙，拿着剑从墙上跳进庭院里。

“谁？！”

“有人闯了进去？”

黑衣人跌落的声响不小，很快惊动了侍卫。

脚步纷杂，守在琉璃塔的士兵也跑了过来。

马上，一个声音冷酷地响起。

“速速派人进去搜查！摄政王有令，今日擅闯此地者，格杀勿论！”

墙很高，夏青跳下去腿都麻了几秒。

庭院的正中心是一座三层高的红楼，临水而立，回廊挂了长长一路的长明灯。

夏青一袭灰袍，手握长剑，灯光下神情冷若冰霜。

他心想：果然是摄政王搞的鬼，燕穆的死估计让他打算彻底撕破脸了，也不知道燕兰渝对此事知不知情。

人还未到，夏青先听到摄政王的声音，隔着灯火长廊从红楼之顶传来，沙哑扭曲。

“早在多年前，我就知道你是个灾星留不得。一个能守着自己母亲的尸体半年直至肉身腐烂的人，不是疯子是什么？

“只可惜我那个好妹妹，行事瞻前顾后，优柔寡断，死都不肯动你。浮屠塔百年都没有出事，我都不知道她到底在担心什么。更别说如今大祭司自东洲归来，找到了彻底解决的办法，留下你也没用了。她妇人之见不敢杀的人，我来杀。”

摄政王的声音愤怒，带着深入骨髓的恨意，一字一字似乎泣血而出：“楼观雪！我今日就要你给我的孩儿偿命！让你血债血偿！”

“给我把他拿下！”

“楼观雪！”在摄政王下达最后命令时，夏青也跑到了三楼。

紧张到大脑一片空白，手中的木剑一下劈开了大门，大喊出声。

剑气如月色寒霜。

屋内所有准备出手的人都被惊动，纷纷转身看向他。

夏青愣住，也看清了房间内的局面。

乌泱泱一群人，却不光是侍卫、刺客，还有道士。他看到摄政王一身黑红蟒袍，眼睛充血，目眦欲裂，而站在他旁边的是一个佝偻着腰，一身黑衣的老者，浑身气质神秘强大，手上拿着一条带血的绳子。

摄政王豁然抬眸，目光如刀：“你是谁？！”

夏青没有作声。

如果他知道是这种局面，他绝对换种方式进来！那么多人，他是过来陪葬的吗？

摄政王早就因为丧子之痛，愤怒得理智全无，盯着夏青片刻后想起他是谁，咬着牙赤红着眼道：“好一条重情重义的狗！你来陪这个杂种一起死吗？！行，本王成全你们！”

夏青虽然心里发怵，但还是虚张声势。

握着木剑，冷脸不说话。

突然，摄政王旁边的握绳老者轻轻“咦”了一声，两只浊黄的眼上上下下打量着夏青。

紧接着他目光一凝，随后大笑起来，一声比一声癫狂，眼中是难以压抑的狂喜和震惊。

摄政王都愣住了，道：“仙人怎么了？”

老者声音沙哑：“有意思啊有意思，真是踏破铁鞋无觅处，得来全不费功夫，老夫还从来没见过灵气如此充沛的神魂呢。”

他握着手里的绳，眼睛贪婪恶毒地盯着夏青：“王爷，这小孩留给我，今晚真是天助我也，要知道比之剑骨剑心，至纯之魂更是淬炼神器的好东西！”

夏青还没完全理解清楚这个老变态的话，黑衣老者的鞭子已经破空甩过来。

那鞭子像是活过来一般，扭曲如赤练长蛇，在空中伸长，直直指向夏青的眉心，似乎要将他的灵魂活生生抽出来。

夏青吓得神情扭曲。

长鞭周围携带着腐烂的气息，邪光大盛，蕴含一股浩瀚神秘的力量，不同于他之前接触到的所有物品。

这个老者应该才算是这个世界真正的高手，修真大能。

他以为自己会死在鞭下，但是身体的本能再次救了他，夏青反应迅速，电光石火间堪堪躲过攻击。

长鞭如蛇，紧追不舍。

还来？！

他伸出木剑，几乎不抱希望地挡住那鞭子的追击。

谁料，居然还真成功了……

明明是木头削成的剑，在与绳上铁钩相撞的一刻，却发出了清脆如鹤唳的声音。

清如草木的风卷起他的灰袍，诡异地，木剑身上慢慢升上一层柔和的白光来，甚至把老者绳上的血色都驱散不少。

血鞭骤然扬起，像是遇到什么极其恐怖的东西，甚至往后退避了稍许。

“你！”老者脸色瞬间凝重起来，死死盯着他。

夏青的神情没比他好到哪里去，盯着自己的手，难以置信。

老者骤然厉声大喝：“你到底是何人？！”

夏青颇为郁闷：……我也想知道啊。

老者收了轻慢蔑视的态度，苍老灰白的脸上一点一点溢出黑色的魔气来，把长鞭收回，看样子就是在酝酿大招，他用干枯的声音喃喃自语：“奇了……我还以为蓬莱之后，再无剑修。”

夏青根本没想到会遇到道士。

这人就跟开挂似的，他还怎么打啊！

夏青没待那老头发威，首先拿着剑冲过去，到了一直冷眼旁观一切的楼观雪面前，语速飞快：“帮我把绳子解开！”

楼观雪孤身一人立在敌人中央，也没见任何慌张。他褪去祭祀的华袍，换上了惯常穿的雪衣，乌发如缎，容颜冷若珠玉，长身玉立站在窗边，在夏青冲过来后，才垂眸静静地看了他一眼。

“你怎么来了？”楼观雪的声音也很冷淡。

什么鬼？

夏青愣住，下意识反问：“我不能来？”

楼观雪笑起来，红楼处处灯火，给他眼皮上的痣镀上了层邪光，他懒懒道：“当然可以。”

夏青：“……我们快死了你知道吗？解开。”

他冷冰冰地把手伸到楼观雪面前。

摄政王终于理回被夏青打断的思绪，声音阴寒：“抓住他们！”

“是！”待命而动的侍卫纷纷拿着兵器，围成一个半圈向他们逼近。

“快点！”夏青人都傻了，楼观雪知道这是什么情况吗？如果别人看不见他还好操作，否则估计就是个拖油瓶。

楼观雪轻笑一声，手指摸上那条红绳，却没帮他解开，只道：“你不该来的。”

“对！你不该来的，只是来了就别想走了。”

接话的是握绳的老者。

他将那些黑气注入鞭中，佝偻着腰往前，脸上的表情更为扭曲而贪婪，整个人的气场变得越发强大也更为阴毒。

漫天的恶气似乎带着无数枉死之人的呻吟哭号，将怨念化成实质，成为鞭子周围的赤色灵火。

老者忽然将视线转向楼观雪，阴恻恻地开口。

“陛下，我们也算是老朋友了。”

他阴毒地笑了，哑声说。

“不过您当年才六岁，也不知道记不记得我。”

楼观雪看向他，神情清冷，没有说话。

老者咧开嘴：“应该记得的吧，毕竟当年你的母亲，是被我用鞭子活活打死的呢。

“瑶珂夫人不愧是纯鲛，沾上她的血，我直接突破了先天境。”

老者转而讥笑道：“擅闯浮屠塔可是诛九族的大罪，也是当年楼家子嗣稀少才留下您的命，您的母亲就没那么好运了。当初我鞭杀您生母时，您就在旁边看着，一滴泪也不掉。不知道今晚，您会不会掉泪呢？”

黑衣老者步步逼近，视线在夏青和楼观雪两人身上不断转动，缓缓道：“哦，还有你身边这少年。纯鲛之子，至纯之魂，今晚老夫收获颇丰啊。”

“楼观雪你干什么？！你真要拉着我一起死？！”夏青语气也带上了一丝焦急。

楼观雪偏头看他一眼，语气听不出喜怒：“你不是过来和我一起死的吗？”

什么？夏青不可置信。

他人都蒙了，想骂人，但烦躁地抓了下头发，还是拿起了那把木剑，几乎是自暴自弃地轻声嘀咕：“算了，就这样吧。万一我真是阿难剑主，濒死突然觉醒了全部力量呢。”

楼观雪闷笑出声。

夏青难以置信：“这时候你居然还笑得——”

他话还没说完，侍卫已经冲了过来，夏青没空理他了。

他神情专注，和那群人打斗。

这具身体其实很轻盈，敏捷到了非人的地步，加上力气很大，对付这群侍卫他还游刃有余。不过最难缠的是那个老头，夏青不是每次都那么好运的。

比如这一次，被长鞭一甩，手臂上火辣辣一条鞭痕，铁钩把血肉卷起。

夏青步履踉跄，倒吸一口气，痛得冷汗直冒，大脑空白，在被一个侍卫趁机擒住双臂前，楼观雪救了他。

作壁上观的陛下终于散去了那种事不关己的神态。

楼观雪伸手将夏青拉过来，把玩在手指间的小盒子一下子飞至空中，猛地发出耀眼的蓝光，甚至让黑衣老者都后退了一步，他瞪大双眼："这是？！"

红楼自上而下都在剧烈颤动。

一楼到三楼，每一盏灯都摇摇欲坠。

老者手中的鞭子忽然开始不受控制地发狂，他整个人神色惊恐。

夏青其实不是很怕痛，他握住流血的手臂，也没失去神智。

他只是仰头，看着那个小盒子在空中粉碎消融，最后生出一团幽幽的蓝色火焰来，随后携带毁天灭地的怨恨气息，齐齐涌向那个老者。

"不熟悉吗？"楼观雪俯身，唇角已经带着笑，轻声说，"这是瑶珂的灵啊。死前过于痛苦，所以灵都成了恨。"

（六）

怨灵灌入黑衣老者佝偻的身躯内，他骤然发出一声撕心裂肺的尖叫。

"啊啊啊啊——"

五指化成枯枝，衣袍猎猎鼓动，皮肤也像充气一般肿胀起来。

老者手中的鞭子被一股莫名强大的力量操控，血光大盛，反身噬主。

殷红的鞭身直接缠上他的喉咙。

黑衣老者再也站立不住，半跪下来，用手死命抓着绳子，瞳孔恐惧地缩成一点，嘴里发出破碎的呻吟。

"仙人！"摄政王厉声大叫，大步走过去。

却只见整座楼都在剧烈晃动。

摄政王往前走一步，立刻被从天而降的房梁拦住，碎木压到了他的脚。

“王爷小心！”

“啊啊啊，这是什么？”

砰！

众人抬头，难以置信地瞪大眼——房塌了？！

轰隆隆。

九丈高楼寸寸粉碎，自上而下，先是房梁而后是石柱，屋瓦片片掉落，噼里啪啦，碎成齑粉。

这座比邻琉璃塔的皇家庭院，楼阁自然也是富贵绝伦。

雕梁画栋倾颓，珠帘依次断裂。

夏青愣愣地看着眼前的乱象。

摄政王目眦欲裂：“走！快走！带我下去！”

侍卫们也被这突如其来的崩塌给吓到了，知道此地不宜久留，迅速拉着摄政王离开。

只是门已经彻底坍塌，挡住了出口。

楼阁摇摇欲坠。

众人脸色煞白。

楼观雪站在窗边，见此很轻地笑了一下，平静地说道：“我猜，你想要杀我，肯定是要先瞒过燕兰渝。”

他的声音很淡，无比清晰地传到摄政王的耳中，带着戏谑的笑：“那么燕兰渝现在应该被你困在宫中，不得下令三公，不得传令经世殿，也不得阻拦我。如我所料，你死前还真做了一件好事。”

“楼观雪！”摄政王终于醒悟过来，他转身，双目赤红，恨不得饮其血食其肉，“我倒是小瞧了你。”

摄政王理智全失，愤怒嘶吼：“你以为你杀了我就能活？！你也逃不出去的！现在院里院外都是我的人！纵你插翅也难逃！”

他字字泣血：“你不过一个傀儡一个阶下囚！你杀了我，燕家不会放过你的！”

楼观雪垂眸，看着他，微微一笑：“傀儡？阶下囚？你们可真把自己当回事啊。”

摄政王浑身僵硬，死死盯着他。

“楼观雪。”

夏青忽然感觉手腕被他抓住。

楼观雪抬眸往外看了一眼。

巍巍皇城，浮屠塔的方向。

他神色如霜，眼底满是薄冰般的讥诮：“百年之前鲛族自作自受，百年之后人族又重蹈覆辙，倒也算殊途同归。”

这时，黑衣老者被怨灵折磨得疯魔，大喝一声，突然爆体而亡。

汹涌澎湃的灵力直接蔓延至空中，将无数人重伤，一时间各种尖叫、嘶吼，此起彼伏。

“你要干什么？”夏青都被发生的这一切弄蒙了。

楼观雪抓着他的手，似乎现在才回头认真看了他一眼。

雪衣翻飞，青丝乱扬，眼眸中的情绪沉沉若深渊，能将人溺毙。

窗外就是护城河，河水湍湍淌过无声暗夜，带着莲灯一盏一盏汇向远方。远方整座陵光城笼罩在灯火长明中，浩瀚琼楼鳞次栉比，照得不夜繁华。

“楼观雪？”夏青愣住，又喊了一声。

楼观雪盯着他，忽然笑了一下，声音很轻却又无比坚定：“我给过你两次机会，既然你不想走，那就别走了吧。”

夏青愣住了。

下一秒，他终于知道楼观雪又发的什么疯了。

——楼观雪带着他跳楼了！

“你倒是先给我把舍利子解开啊！”

哗啦——

夏青话还没说完，已经坠入冰冷的护城河水中。

与此同时，第二道烟花倏忽升空。

“砰”一声巨响绽开，流光溢彩，照夜如昼。众人的欢呼声在远处桥上响起。

夏青从水中冒出头来，刚好一盏莲灯从他眼前流过，他气急败坏地揪着楼观雪头发，把他拉近，伸出手腕，寒声道：“楼观雪，这破东西你不给我解掉，我俩今晚——”

“没完”两个字堵在喉咙中，楼观雪已经伸出一根手指堵住了他的嘴。

红楼彻底灰飞烟灭，成为一片废墟。

岸边传来侍卫长怒不可遏的声音。

“给我关锁城门！掘地三尺也要找出作乱的贼人！”

“大人，摄政王和陛下好像都在楼内。”

“什么？！速速派人救驾！”

夏青就在水中和他四目相对。

楼观雪黑发散开在水中，眼睫同样是湿的，现在也不知道发什么神经，笑了好久。

夏青看他像看个精神病。

两旁是各种摇曳的祈福莲灯，盏盏自身边过，烟花灯火留下倒影。楼观雪皮肤极白，红唇噙着笑，眼眸深冷潋滟，仿佛夺人心魄的水妖。

他哑声道：“我们今晚当然没完。”

说完，拉着夏青的手，往护城河的尽头游。

“你要出陵光？”夏青现在才反应过来。

“嗯。”楼观雪抬眸看了眼前方，淡淡地说，“灯宴人来人往，城门可不是那么好关闭的，何况燕兰渝又被困静心殿，机会难得。”

夏青发现他是真的从来都搞不懂楼观雪想要做什么。

在水中潜伏了一会儿，楼观雪带着夏青暂时上岸，到了岸上，夏青低头才发现，被那个老者用鞭子打出的伤口泡了水后看起来更加恐怖了，鲜血晕湿衣袍，被风一吹，就是刻骨的痛。

楼观雪显然也注意到了这一点，他垂下眸，不由分说地握住了夏青的腕。

而后动作干脆利落，从袖中伸出骨笛来。

现在的骨笛似乎和夏青平日见到的有些不一样。

初见之时就一直蕴在上方的邪煞血气，现在全没了。

它通身洁净如玉，褪去红色显露出原本的样子来，寒光微微、如雪如月。

笛上的流光被楼观雪的指尖渡到了夏青的伤口上，离奇地，一种极度温柔的触感后，血肉在光尘中愈合。

夏青在街巷的暗处，眼眸愣怔，一言不发。很久，他一下子抬头，轻声问："楼观雪，你现在是'神'吗？"

楼观雪想也不想，讥笑："不是。"

夏青不说话了。

楼观雪帮他治愈伤口，淡淡地道："神骨是我从瑶珂身上取下的。她自浮屠塔救我出来，知道必死无疑，先嘱咐我了这件事。"

夏青愣住，开口："所以之前笛子上的邪光都是她死前的怨？"

楼观雪："或许。"

夏青又问："你出陵光要去哪里？"

楼观雪意味深长地笑了一下，说："大概，去一趟梁国皇陵吧。"

这怎么又和梁国扯上关系了？！

楼观雪说："你猜宋归尘会不会追出来？"

夏青思考了一下，缓慢道："大祭司？应该不会吧。不过你问我干什么？我又不了解他。"

楼观雪的玉冠在落水的一刻也掉了，黑发散落，华贵衣袍在暗夜里像一捧雪，闻言笑道："你若是一直逃避这件事，我也不会逼你的。毕竟你以前是谁，对我来说并不重要。"

夏青无话可说。

他选择抿紧唇不搭理。

楼观雪说："我倒是觉得宋归尘会追出来。"他脸色冷白，笑意却若染血盛开的花，颓靡奢艳，"他是思凡剑主。思凡，我看宋归尘这一辈子注定要被凡尘拖累至死。"

"被凡尘拖累至死。"

夏青听到这句话，一下子有些出神。

事实上真如楼观雪所言。

宋归尘来了。

他好像本来就参加了灯宴。

闻名于世的思凡剑收于袖中。

一开始他就站在紫陌大街邻近城门口的地方，把玩着一个孩童玩的拨浪鼓，像个不愁吃不愁喝的富家公子，姿态优雅随意，跟小贩一言一语聊着家常。

木簪束发，一袭紫衫。

搁于闹市，气质若清风明月却一点不显得高冷遥远。

来来往往没有一个人能认出这是经世殿的大祭司。

宋归尘跟任何人都能聊起来。

小贩对他心生好感，笑道："公子是买给家里小孩的吗？"

宋归尘温和地笑笑："倒也不是，我没有家室。"

小贩旁边的卖花灯的姑娘顿时眼睛亮起："这么说来，公子还未娶妻？"

她眼中是丝毫不遮掩的钦慕。

宋归尘闻言摇头，朝那姑娘促狭地眨了下眼，语调缓慢："娶过，不过和离了。"

花灯姑娘眼中的光顿时暗了点，想想却还是不肯罢休，佯装洒脱笑道："公子这般样貌气度，那姑娘都舍得和离，可真是有些不长眼了。"

宋归尘放下拨浪鼓，淡色的唇勾起，绛紫衣袍无风自动，声音却平静疏离："道不同不相为谋罢了。"

花灯姑娘被他一下子流露的冷漠震得哑然。

知道触及他逆鳞，讪讪一笑，不再说话了。

"皇家捉拿要犯！闲杂人等一律避开！"

士兵赶至城门外，声震如雷，可灯宴人山人海，烟花声又接连不断，沸反盈天，他的声音也并未引起多大效果。

驱散人群并不是一件轻松的事。

宋归尘看着黑压压站成一排的侍卫，又是一笑，语气淡淡："你们是真把陛下当傻子呢。"

护城河很长，黑黢黢一片，但庆幸今日灯宴，百姓们往河中送了无数盏灯，有了些引路的光。

不知道是不是那神骨神光的庇佑，夏青在水中，并没有觉得难行，反而走得非常轻松。

对于追随楼观雪出陵光，夏青倒没什么意见。

反正他在这个世界没有目的，来了就跟旅游似的。见识了十六州最为繁华的陵光城，再去看看其他地方，体验一下风土人情，也不错啊。

护城河蜿蜒向城门口，为了严防陵光城，这里立着一堵坝作为墙。

夏青慢吞吞："就不能从正门光明正大出去吗？"

楼观雪说："哪边都是一样的。"

夏青："什么？"

楼观雪游到了坝口，伸出手摸上那被水流日复一日浸润，长出青苔的墙面，而后借着某个粗糙尖锐的凸起处划破指尖，用鲜血在上面画了起来。

那个图案夏青熟悉，他见楼观雪在纸上画过无数次。

下一秒只听"咔咔咔"，裂痕沿着画出来的线四散，以摧枯拉朽之势往上，似乎要将整个坝摧毁。同时护城河的水流更为湍急，一股力量自天地孕育而出，带着汤汤河水，疯狂地激打大坝。

轰——

大坝彻底粉碎，乱石劈头盖脸落下。

夏青都没反应过来，直接拿手挡头，但是谁料那些乱石全部避他而行。

这是什么？夏青愣住。

他还没问出问题。

河中莲灯已经随着一下子变得汹涌的河水涌向了城外，穿过滚石灰烟，浩浩荡荡，直引东流。

楼观雪带他出水，衣发一丝潮意都不带。

坝外出城不远处是一个废弃的拱桥。

坍塌一半，长满荒草。

而此时，拱桥之上站着一个人。

宋归尘手里拿着一把剑，声音融着月色听起来温柔，威压却毫不吝啬地释放出来。

“陛下，灯宴尚未结束，您身为主人公怎能现在离席呢？”

楼观雪神色不变，却是贴在夏青耳边对他笑说：“你看，我猜对了。”

夏青没作声。

宋归尘神色恹恹，拿着思凡剑，低下头，直到看到夏青才猛地愣住。他神情凝重，浅色的瞳孔一点一点加深，与夏青桥上桥下相视。

远处滚石尚未落尽，墙塌处还有灰烟和声响。

无数莲灯涌向远方。

似乎百年之前，也是这样。

宋归尘：“夏青。”

他平静地喊了一声他的名字。

（七）

夏青撩开湿漉漉的头发，抬头看着废旧石桥上的宋归尘。

这一晚烟花乍起高楼崩塌，看似惊心动魄生死一线，可是他在楼观雪身边，其实都没怎么慌乱过。

如今和宋归尘桥上桥下对视，似曾相识的场景，却让他恍惚了很久，而后无端心生烦躁——一种迷茫的、排斥的、逃避的情绪。

总之，把他心情搞得非常乱。

夏青看他一眼皱了下眉，低头，情绪郁郁，选择不搭理。

楼观雪却在旁边笑说："哦，上次我让你好好看看思凡剑的，你听我的话了吗？"

夏青简直难以置信："你搞没搞清楚现在的状况？！"

宋归尘过来抓你回去，你还有工夫跟我扯这些？！

楼观雪唇角勾起："清楚啊，你大师兄现在跟你叙旧呢。"

夏青无言以对。

楼观雪低声笑了下，转而面向宋归尘，散漫道："大祭司不待在经世殿，今夜专程过来找孤？"

荒草随风摇曳。

宋归尘垂眸平静地看着二人之间如若好友的互动，他指节摸索着思凡剑柄，没有得到回应似乎也在意料之中。

沉默很久，宋归尘闭了下眼又睁开，极轻地笑了下，眼神融合月色静静望向夏青，说道："你打算和他一起走？"

夏青抓着自己潮湿的头发，往后站在一边，不断重复的梦境让他再不能像以前一样洒脱地面对宋归尘，他忍下烦躁，对这个问题不说话，当默认。

宋归尘静了片刻，随后才开口，他认真说话时总带着入世的温柔，轻轻道："夏青，你待在楼观雪身边并不是好事。如今陵光局势复杂，他牵扯各方利益，你记忆修为都未恢复，很容易受到伤害。听我一句话，离开他。”

夏青扯着发尾拧出水，浅褐色的眼眸看他一眼，觉得宋归尘的立场挺悬乎的，于是也就真的笑了一下，慢吞吞开口说：“我也想啊，可是我离不开。”

宋归尘微愣：“离不开？”

“对啊。”夏青知道这话有歧义，但是他真的不想和宋归尘多交流，“随便你怎么理解吧，就是离不开。”

没有身体时直接绑定，可有了身体又要戴着这串舍利子。

他两样都不想要。

宋归尘再次沉默很久，笑得没什么情感，声音低沉微哑。

“离不开？真是稀奇，我居然有一天从你这里听到‘离不开’这三个字。阿难剑法的前两式——天地鸿蒙，众生悲喜。你修的是太上忘情道啊，怎么可能会有离不开的人呢？”

“太上忘情”……

夏青苍白的手指一僵，维持着刚才的姿势，指间缠着自己潮湿的发。

他低着头，愣愣看着五指间交错的黑色，发呆。

宋归尘的眼眸越发哀伤，声音散入清风中：“夏青，他对你就真的那么特别吗？”

楼观雪轻笑开口：“宋归尘，我和他之间的事，你那么操心干什么？”

宋归尘这才把视线移了回来，语气转凉，针锋相对：“陛下，如果不是他，你以为你现在还能站在这里吗？”

楼观雪唇角的笑加深，似融入了夜色。

宋归尘冷眼看着这个璃国的傀儡皇帝，他握着思凡剑自桥上飘落下去，对夏青道：“他身上有着楼家血液，纵是逃到天涯海角，陵光三家也会把他抓回来。你跟着他只会过着东躲西藏颠沛流离的生活。”

虽然很扯，但夏青就是从宋归尘语气中听出了一丝自家亲弟被人拐卖的感觉。

夏青深呼口气，到最后还是忍住了，换了个平和的语气，客客气气道：“大祭司，这是我的事，而且陵光的安逸日子过惯了，找点刺激也挺好的。”

宋归尘面无表情地说：“你和他有何情义吗？”

夏青人都炸了，憋了半天的烦躁彻底破功，语速飞快：“你这说话都不管前后逻辑的吗？！上一秒才说我修的是太上忘情，这一秒又问我什么情义，你们蓬莱的功法就这么随便？”

宋归尘握紧剑，安静地看着他，短促地笑了一下，语气轻若夜风：“太上忘情道可不是无情道啊，我的小师弟。”

“罢了。”宋归尘眉眼间带了一丝疲倦之意，“你决定的事，从来都听不得劝。”

他从袖中掏出一片枯叶子摊开来：“这是你师姐当年留下的芥子，我将阿难剑封印在了其中。等什么时候你心结解了，就将它拿出来吧。”

夏青听到阿难剑就浑身抗拒，更别说还有个让他很不是滋味的宋归尘，他面对宋归尘下意识就是烦躁。

但在他拒绝前，宋归尘已经先开口：“想让我今晚放你们走，就收下。”

夏青还真的从没遇到过这种威胁，可是目光落到楼观雪身上，要说出口的话又硬生生吞了回去。

何况他袖子里还有自己削的木剑——虽然他从来对发生在自己身上的事想得开，可是也没想得那么开。

接二连三的梦与现实对应，今晚他对宋归尘有一种莫名的抗拒。

迷雾重重压下来，总归是需要理出一点线索的，当然，一点点就够了……

“希望你说话算话。”夏青低头，木着脸把那片叶子从宋归尘手里拿了过来。

到手里他才看清，这片叶子他在梦中见过。

叶色灰褐，脉络错综复杂。

梦中在金光浮尘里由红线穿引，坠在少女腰侧摇摇晃晃。

那个人果然是师姐。

枯叶看着单薄，可是摸到手里却如石头一样硬，上面带着经久不散的清苦药香，还有一丝宫廷华筵般的奢靡味道。

宋归尘说："离开陵光，就不要再插手这边的事了，知道吗？"

夏青："……哦。"

宋归尘重新看向楼观雪，语气很淡："我的小师弟从小性子就又倔又硬，不服管教，他居然能为你做到这个地步，陛下可真是运气好。"

楼观雪笑起来："这一点，孤倒是不想否认。"

宋归尘眼眸很浅，温柔散去，便只剩冰冷："我对璃国的争权夺利不感兴趣，对你与燕兰渝的事也没心思插手，但夏青若是在你身边出事……楼观雪，我已经百年没出剑了。"

怎么又是这副语气？！

"这是你们之间的恩怨，你威胁他归威胁他，别什么都扯上我好吗？！"

宋归尘道："如果没有你，我甚至不需要威胁他。"

夏青头皮发麻，拽着楼观雪的手："走，快走。"

楼观雪低头看着夏青牵自己的动作，却偏头，饶有趣味地对宋归尘说："那么大祭司，后会有期。"

宋归尘像是第一次认真看璃国这位傀儡皇帝，眼眸沉沉，他道："别急，还有一件事。我答应放你们走，但是陛下，骨笛留下来。你若是要离开陵光，它可不能再留于你身边。"

楼观雪笑着问："那它该去哪儿？"

宋归尘不动声色："它自有它的去处。"

楼观雪从袖中拿出骨笛来。

上面银辉映照着明月清风。

"大祭司，"楼观雪语气平静地喊了他一声，漆黑的眸中全是讽刺，“这是我母亲的遗物，去处不在我这里，难道还有别的地方？”

宋归尘想也不想：“它远不止是你母亲的遗物，不过多余的你也不需要知道。拿来。”

楼观雪倒是从善如流，把骨笛丢给了宋归尘。

他就这样给了出去？！

夏青抬头看楼观雪，欲言又止。

楼观雪似笑非笑：“没事。你得了阿难剑，我失了骨笛，换你大师兄放我们亡命天涯，多划算啊。”

夏青：“……这话我是听着真别扭。”

楼观雪伸出手指，为他拨开耳边的发，低笑说：“哪里别扭，放在人间的话本上，我们也算是生死相依了。”

夏青寒毛竖起，后退几步：“我不！你离我远点。”

宋归尘看着二人互动，拿着那根笛子，也不再多说什么。

绛紫衣衫猎猎随风，仿佛牵引着百年的孤独。

他往陵光城的方向走去。

夏青送走他，怪异不舒服的感觉消失，才有心情把那片叶子拿出来，疑惑道：“宋归尘放过你，燕兰渝也不会放过你啊。”

楼观雪说：“所以说是亡命天涯。”

夏青可真是一点看不出来楼观雪有亡命天涯的意识。

“你真就把笛子给了他？”夏青又问。

楼观雪懒懒地说：“宋归尘想要就给他吧，别急，等宋归尘自顾不暇，它会自己溜回来的。其实本来在我的预想里，从他手里脱身没那么简单的。”

夏青：“啊？”

楼观雪突然走到了石桥上，站到了刚才宋归尘站着的位置。

月明星稀，荒草横生。桥下是墙崩之后直接从城内流出来的一盏盏莲灯。这地方估计真的荒芜很久了，石壁斑驳，青苔长满每一个裂缝。

楼观雪的手指随意搭着，及腰的黑发随风舞动，雪衣不染纤尘。

他望着陵光城的方向，忽然说："你知道琉璃塔是什么时候建起的吗？"

夏青："什么？"

"上元佳节登楼拜神，是百年前璃国才兴起的习俗。在这之前，璃国人也不信神的。"

夏青愣住。

楼观雪手腕上其实一直戴着那根缥碧色的发带。

他看着远处灯火通明的陵光城，神情在莲灯映照的变幻莫测的光影里，遥远而冷淡。

他的声音随风散开，带着似有若无的讥笑："什么时候他们才会明白呢？觊觎不可得的东西，总会付出代价的。"

夏青茫然地看着他。

楼观雪说："灯宴就是如你今晚所见，确实热闹，街上处处都挂满了花灯。等下是最后一次放烟花，或许真的会像你之前说的那句话——花市灯如昼。"

夏青感觉那片叶子边缘在细细碾着他的血肉。

他们站在断桥上，四目相对。

青石破败，一地废墟。

桥下潺潺流水，远处寒鸦寂寂。

很久，楼观雪朝他一笑。

陵光城今夜最后一次烟花往上绽放，比之前两次都要盛大，都要强烈。

从城中各个地方升起，绽开，烟火曳出长长的尾巴，星芒散落四周。

隔着那么远，也能听到人群的喧闹惊呼，喜气洋洋。

但是很快，这份热闹繁华，被惊叫所掩盖。

大地似乎都在颤抖。

夏青骤然回头。

琉璃塔建于百年前，是陵光城标志性的建筑，高耸在正中心，一眼就能看到。

而如今，却见璀璨烟火在琉璃塔顶绽开，“轰——”带起燎燎大火，从琉璃塔顶燃烧。炙热澎湃，如刀割开沉郁夜色。

夏青脸色被烟火映得煞白。

尖叫四起。

“这是什么？”

“啊啊啊啊啊——这是什么！”

“琉璃塔，琉璃塔——琉璃塔倒了！”

“啊啊啊——快逃！”

“快跑！琉璃塔倒了！”

烟花声震耳欲聋，“砰砰砰”炸开，遮盖住了一切硝烟、坍塌、奔逃、哭喊、尖叫……

楼观雪说：“你猜大祭司会怎么做？”

夏青久久盯着他，不说话。

“放心，有思凡剑主在，不会有人受伤，塔里也早就没人了。”

楼观雪说完低笑一声，望向夏青，眼里映着华丽的烟花，光彩溢动在眸中，夺人心魄地诡艳。他轻声道：“如何？这样的灯宴盛况是不是没辜负你的期待？”

夏青半天才找回自己的声音，涩声：“你真是……”

后面的话他不知道说什么。

是不是从风月楼箭杀燕穆开始，他就算好了这一切，或者更早的时候？

楼观雪笑了笑，没再说话。

背后是兵荒马乱烈火熊熊的陵光城。

他束发转身，淡淡道：“走吧。”

他说：“很快，会再回来的。”

图书在版编目（CIP）数据

宫廷生存纪事 / 妾在山阳著 . -- 北京 : 国际文化出版公司 , 2023. 3

ISBN 978-7-5125-1482-9

Ⅰ . ①宫… Ⅱ . ①妾… Ⅲ . ①长篇小说—中国—当代 Ⅳ . ① I247.5

中国国家版本馆 CIP 数据核字 (2023) 第 002849 号

宫廷生存纪事

作　　者　妾在山阳
责任编辑　侯娟雅
出版发行　国际文化出版公司
经　　销　全国新华书店
印　　刷　三河市中晟雅豪印务有限公司
开　　本　880 毫米 ×1230 毫米　32 开
　　　　　　9.25 印张　260 千字
版　　次　2023 年 3 月第 1 版
　　　　　　2023 年 3 月第 1 次印刷
书　　号　ISBN 978-7-5125-1482-9
定　　价　49.80 元

国际文化出版公司
北京朝阳区东土城路乙 9 号　邮编：100013
总编室：（010）64270995　传真：（010）64270995
销售热线：（010）64271187
传真：（010）64271187-800
E-mail：icpc@95777.sina.net